姜子牙演义

马光复 赵涛 主编
马光复 著

中国古代军师演义丛书

国际文化出版公司
·北京·

图书在版编目（CIP）数据

姜子牙演义 / 马光复著 . -- 北京：国际文化出版公司，2023.2
（中国古代军师演义丛书 / 马光复，赵涛主编）
ISBN 978-7-5125-1376-1

Ⅰ.①姜… Ⅱ.①马… Ⅲ.①章回小说—中国—当代 Ⅳ.① I247.4

中国版本图书馆 CIP 数据核字 (2022) 第 013942 号

中国古代军师演义丛书·姜子牙演义

主　　编	马光复　赵　涛
作　　者	马光复
责任编辑	侯娟雅
出版发行	国际文化出版公司
选题策划	兴盛乐
经　　销	全国新华书店
印　　刷	保定市西城胶印有限公司
开　　本	880 毫米 × 1230 毫米　　　　32 开 11.5 印张　　　　　　　　　　258 千字
版　　次	2023 年 2 月第 1 版 2023 年 2 月第 1 次印刷
书　　号	ISBN 978-7-5125-1376-1
定　　价	65.80 元

国际文化出版公司
北京朝阳区东土城路乙9号　　　邮编：100013
总编室：（010）64270995　　　传真：（010）64270995
销售热线：（010）64271187
传真：（010）64271187-800
E-mail: icpc@95777.sina.net

序 言

中国是有着五千年悠久历史的文明古国，中华传统文化博大精深，军事文化是其中很重要的组成部分。在我国古代军事文化中，军师的产生与存在也是一个十分特殊而耀眼的现象。

中国古代军事文化源远流长，异彩绚烂，在世界文化发展史上具有突出地位。它是中国古代无数次王朝战争和大规模农民起义战争的经验总结。它的丰富内容，是前人留下的宝贵军事经验，是中华民族灿烂文化遗产的一个重要部分，是用流血换来的推动历史发展的理论财富，也是人类智慧的结晶。随着历史的发展和社会的前进，历代的军事家、战略家和不断涌现的军事论著中对于战争与军事问题的理性认识，也在不断地深入和提高，中国近代直至现代的军事思想，都从中批判地继承和吸取了许多有价值的内容。

在我国古代大大小小的战争中，军事家与战略家不断总结经验，逐渐形成了独特的"以仁为本"的战争观，它主要包括两层含义：

第一，战争的核心支柱是"以仁为本"，即所谓的"仁义之师"。《司马法·仁本第一》中即开宗明义："古者，以仁为本，以义治之之谓正。正不获意则权。"仁者使人亲和，义者使人心悦。仁和义，才是军队战斗力的核心凝聚力，才是赢得战争胜利的最根本的基础。

第二，战争首要准则是"师出有名"。古籍《礼记·檀弓下》中就明确主张"师必有名"，认为"师出无名"必将遭到众人的非议和反对，终成败局。

这些战争的基本原则，即使历史发展到今天，仍然是颠扑不破的真理。

中国传统军事文化包含着丰富的军事理论和深邃的军事思想，以及战争智慧、军事谋略、战略和战役的策划、战争指挥与战争部署等内容。在中国历史上曾发生无数大大小小的战争，在轰轰烈烈的战争历史进程中，时时刻刻都有军师（军事家、战略家）的身影，以及军师的劳苦、军师的智慧、军师的心血。

我国古代杰出军师，通过战争的实践，以及长期对战争的研究，总结出许多可贵的军事思想，值得我们学习与借鉴。比如：

一、重战思维。战争是国家头等大事。《孙子兵法》中就明确指出："兵者，国之大事，死生之地，存亡之道，不可不察也。"它认为战争是关系到国家生死存亡的头等大事，绝对不能大意，不能不认真研究和对待。

二、慎战思维。慎重对待战争，要仔细分析前因后果，以及各种形势与条件，不可以轻易言战。《孙子兵法》中这样写道："亡国不可以复存，死者不可以复生。故明君慎之，良将警之。"

三、备战思维。指的是战争要有准备，要未雨绸缪，不打无准备之战。必须重视备战，思想上时刻不要忘记战备，要做到"用兵之法，无恃其不来，恃吾有以待也；无恃其不攻，恃

吾有所不可攻也。"(《孙子兵法》)

四、善战思维。就是要会用兵打仗。第一，注重以"道"为首要因素的多因素制胜论。"道"就是政治，是"令民与上同意也。故可以与之死，可以与之生，而不畏危也"。第二，庙算制胜论。庙算，是古代开战前在庙堂举行军事会议，商讨与谋划战争的一种方式。《孙子兵法》主张战前庙算，要对战争全局进行计划和筹划，制订出可行的战略方针。第三，"诡道"制胜论。《孙子兵法》里讲道："兵者，诡道也。"因此，他提出"能而示之不能，用而示之不用，近而示之远，远而示之近。利而诱之，乱而取之，实而备之，强而避之，怒而挠之，卑而骄之，佚而劳之，亲而离之"的诡道之法，进而达到"攻其不备，出其不意"的目的。第四，"知彼知己"制胜论。《孙子兵法》中写道："知彼知己，百战不殆；不知彼而知己，一胜一负；不知彼不知己，每战必殆。"

在用人方面，古代军师也有自己的精心总结。战争中怎样使用军事将领，几乎同样决定着战争的胜负。用将之道的原则是选贤任能，这不仅是古代军师的用将之道，也是社会的用人之方：

一、重将思维。即十分重视军队的将领工作，了解和统筹部属。《投笔肤谈·军势第七》指出："三军之势，莫重于将。"并且认为："大将，心也。士卒，四肢百骸也。"也就是我们现代所说的"千军易得，一将难求"。

二、选将思维。即注意考察、选拔将领工作。在古代，选将标准有五个。《孙子兵法》中就明确提出"将者，智、信、仁、勇、严也"。这五项标准即使在今天仍有极大的实用价值。

三、用将思维。即选人之后,还要用好人。古人认为,将帅使用的基本原则,就是第一信任和第二放手。要做到"用人不疑,疑人不用"。

古代军师是我国历史上一颗颗璀璨的明珠,他们的爱国主义思想、杰出的军事谋略与高超的指挥能力和军事智慧,是我们需要认真继承和弘扬的中华优秀传统文化遗产,广大读者也能够从中了解和学习我国古代军师那种兢兢业业、追求理想、大智大勇的精神,以及一丝不苟、认认真真学习和工作的高贵品德。

基于以上的认识,我们在20世纪90年代初策划了这套《中国古代军师演义》丛书,从中国古代众多军师人物中撷取十位。因为中国古代军师名录众多,撷取哪些人进入十大军师之中,曾有过不同看法。为了选题的严谨性,我们征求了著名历史文化学者、中国古典文学专家余冠英[①]先生的意见。

根据余先生的建议,本套丛书精选了十位具有重要历史地位的军师,用演义的文学样式,全面、生动、活泼、形象地书写他们辉煌的一生,书写他们的历史贡献以及丰功伟绩。作家们力求全书人物形象突出,故事性强,具有较强的可读性,能达到思想性与艺术性相结合的高度。

《中国古代军师演义》系列丛书一经上市,就受到广大读者的热烈欢迎。我们也深感欣慰。经历二十余年的沉淀,这套

[①] 余冠英(1906—1995),江苏扬州人。毕业于清华大学,曾在清华大学、西南联大任教。1952年担任中国科学院文学研究所研究员,后又担任文学研究所主任,国家学术委员会主任。曾主编《中国文学史》《唐诗选》等。

序　言

书也经受住时间的考验，在中国文化更有影响力的今天，为了更好地适应时代的变化，讲好中国故事，也为中华优秀传统文化的传播贡献一份力量，我们特组织了优秀的编辑老师对《中国古代军师演义》系列丛书进行重新修订、审校、设计，并对封面人物画像、内文插画进行了艺术创作，希望这套全新的丛书能再次给读者朋友带来更好的阅读体验。

阅读军师演义，不仅可以让我们形象地了解、认识、学习中国古代的军事与军师的高超智慧、战略思维、人格品德，帮助我们做好今天的工作，而且可以让我们享受阅读演义过程中的愉悦和快乐。

十卷军师演义的内容十分宽泛，历史材料的收集也繁简不一；书写工程宏大，还要做好取其精华去其糟粕。在塑造典型人物和描绘战事的时候，还要尽量坚持"大事不虚，小事不拘"的原则。因此，书中可能会有些许疏漏与不足，敬请学者专家和读者不吝赐教、指正。

马光复

（编审、国务院有突出贡献专家、中国作家协会会员、
北京作家协会儿童文学创作委员会副主任）

2022年4月

目 录

楔子	刀光剑影夏商周 天惊地动师尚父	001
第一回	天尊师徒论天下 吕尚父子述家世	014
第二回	玉虚官前听教诲 仙人台上争高低	026
第三回	姜子牙绝处逢生 辜江洋荒野拜师	032
第四回	宋义仁助人为乐 申公豹卖身求荣	050
第五回	娘娘庙小女惨死 朝歌城老臣进谏	060
第六回	选美人苏女遭难 做噩梦妲己惊醒	072
第七回	遭侮辱美人自尽 调包计胡仙得志	085

第八回	申公豹叙述往事 孟邑姜稚说未来	095
第九回	孟玉兰决意离家 邑姜女不肯认父	104
第十回	寿仙宫作乐丧志 八卦堂说命直言	114
第十一回	纣王无道杀忠良 妲己入宫夺后位	122
第十二回	老丞相尽忠死节 辜江洋遵命传书	130
第十三回	读甲文姬昌动容 罚诸侯纣王无情	135
第十四回	怜百姓卦谏纣王 说利害惹恼妲己	146
第十五回	巧施计假说仙人 双打赌残杀孕妇	156
第十六回	北侯府笑说将军 玉石桥搭救先生	162
第十七回	比干解脱崇侯虎 姜尚密劝伯邑考	170

第十八回	亚相驿宫会孝子 白猴大殿伤王后	184
第十九回	妲己愤怒杀公子 西伯纵马返西岐	193
第二十回	亚相怒斥妲己女 纣王剑剜比干心	204
第二十一回	临潼关难民被困 蜿蜒山师徒带路	215
第二十二回	姜子牙磻溪垂钓 武樵夫渭水拜师	226
第二十三回	前往磻溪求圣贤 齐聚将台拜三公	231
第二十四回	献洛西取悦纣王 睦四邻献策姬昌	245
第二十五回	施巧计诱敌深入 征密须旗开得胜	255
第二十六回	伐黎国试探商纣 投西岐拜卿辛甲	267
第二十七回	商纣出兵平东夷 西岐密谋攻崇国	279

第二十八回	西岐王攻城无望 师尚父粥计奏效	284
第二十九回	崇侯虎怒打将军 太公望拜托鬻翁	295
第三十回	申公豹奉命援城 姜子牙夜走风口	300
第三十一回	黑风口申贼丧命 崇国城崇家火并	307
第三十二回	西伯侯乘胜入城 崇国君兵败被杀	315
第三十三回	论时势重建都城 说亲情缔结良缘	322
第三十四回	壮志未酬昌先死 世子即位发为王	329
第三十五回	移都丰京正纲纪 会师孟津大演习	337
第三十六回	继遗志誓师东征 坚信心不惧西风	342
第三十七回	太公挥戈周获胜 昏王自焚商灭亡	345

尾　声 ………………………………… 353

楔子　刀光剑影夏商周　天惊地动师尚父

有一句流传极广的歇后语，您一定听说过。这句歇后语是：姜太公钓鱼——愿者上钩。

姜太公是谁？您会答道，这难不倒我，姜太公嘛，不就是那个周朝的姜子牙嘛！他辅佐周文王、周武王灭掉了商纣，大名鼎鼎。

不错，不错。

不过，也可能会有人这样说："咳，姜太公，姜子牙，《封神演义》里的那个白胡子老头儿，他没啥本事，一遇到困难就去求仙拜佛，那都是虚构的神怪故事。姜子牙呀，嗯，根本就没那人儿，是古人瞎编的。"

姜子牙是虚构的历史人物？是瞎编的吗？

此言差矣！

说起姜太公姜子牙，那可真不简单。他可不是人们瞎编的历史人物。《封神演义》里那些神呀仙呀一闹腾，给人造成了一种错觉，仿佛这个人物是虚构的，历史上根本就没有这个人。

恰恰相反。无数典籍文物与资料证明，姜子牙确有其人，而且是勋功伟烈。

请看我国最古老的诗集《诗经》中是这样描述姜子牙的:

殷商之旅,其会如林。
矢于牧野,维予侯兴。
上帝临女,无贰尔心。
牧野洋洋,檀车煌煌。
驷騵彭彭,维师尚父,时维鹰扬。
凉彼武王,肆伐大商,会朝清明。

以上诗句的意思是:

殷商的强大军队啊,
汇集起来如同丛林。
他们列阵在牧野上,
给了我们取胜的机会。
上天是会保佑我们的,
意志坚定千万别动摇。
牧野广阔得浩浩洋洋,
檀木的兵车熠熠辉煌。
赤騮的战马健壮精强,
勇敢的师尚父姜子牙,
像一只山鹰迅疾飞扬。
是他辅佐了周武王,
很快打败了商纣王,
与众多诸侯会盟一堂。

楔子　刀光剑影夏商周　天惊地动师尚父

《诗经》将姜太公姜子牙比喻成一只矫健勇敢的山鹰，迅疾飞扬，立下赫赫战功，可见此人非同小可。

《辞海·姜子牙》中说：

> 名尚……即历史人物吕尚。在《鬻子》（《太平御览》卷三〇一引）、《六韬》《金匮》《搜神记》等书中，已逐渐加以神化，至《封神演义》而达于极致。

司马迁在《史记》中这样记载姜子牙：

> 吕尚盖尝穷困，年老矣，以鱼钓奸周西伯。西伯将出猎，卜之，曰："所获非龙非彲，非虎非熊，所获霸王之辅。"于是周西伯猎，果遇太公于渭之阳，与语大说，曰："自吾先君太公曰：当有圣人适周，周以兴。子真是邪？吾太公望子久矣！"故号之曰"太公望"。载与俱归，立为师。

以上记载中有两处值得我们注意：一是民间广为流传的歇后语"姜太公钓鱼，愿者上钩"是有史据的；二是"立为师"的"师"，就是掌管军事的太师。

我们可以这样认为，姜尚是我国有正史记载的第一位军师，亦即军师的鼻祖。

"军师"这一称谓，作为官名，周朝尚未使用，只是到了东汉、三国、晋代才有设置，如三国时的荀攸、诸葛亮等。后人在戏曲与小说中大量使用了这一称谓，指的是那些在军中帮助主帅出谋划策而又举足轻重的人。

从前边提到的《诗经》对姜子牙的赞颂中，我们可以认为他就是这种人，就是这种名副其实、当之无愧的军师。

诗句中称他为：师尚父。

师，老师、先生的意思，也包含有太师、军师之意；尚，是姜子牙的名字；父，是长辈的意思。合起来，是姜尚老先生或姜尚老前辈的意思。

有人赋诗感叹：

叱咤风云一军师，灭纣兴周垂青史。
回眸远事三千年，是非自有分辨日。

让我们把历史的时针倒拨，回到公元前十六世纪，也就是三千五百年之前。

那是我国远古夏、商、周三代夏商的交替时期，也就是夏朝将亡、商朝将建的时期。

夏朝是大禹之子启建立的，传到它的第十七代国王桀的时候，由于桀多行不义，暴虐成性，天下开始大乱。

一个忠心耿耿的大臣进谏说："大王，您一次歌舞就召来三千美女，制衣做帽，花销无数钱财！这且不说，陛下又让奴隶们修建盛美酒的池子，让美女们围着池子饮酒，这工程浩大啊！大王如此奢侈，会失去民心，会失去天下的……"

大臣的话还没说完，桀就大怒。他站起身，瞪大着眼睛，拔出剑来，从王位上走到大臣面前，大声喝问："你好大胆子，敢如此对天子讲话！你大概是喝醉酒了！"

大臣仍然跪着，昂起头，说："大王，小臣并未喝酒。"

桀见臣下竟敢顶嘴，便狠狠地朝大臣的腰上踢了一脚，说：“你是不是忘了你姓什么啦？”

大臣"哇"的一声哭了，不知是疼痛呢，还是委屈。他边哭边说：“我怎会忘了我是谁呢！小臣是关龙逄啊，只有忠心耿耿的人才会对您说这些话的。您若不听，仍然这般下去，用不了多久，就会亡国的。”

桀哈哈大笑，说：“亡国？笑话，我就像天上的太阳，天天升起，怎么会亡国？你是在咒我，你真可恶！”

话音未落，桀挥动右手，将剑刺向关龙逄的背上。那剑被脊椎一挡，并未刺深，但血却流了出来。

桀不愿在其他大臣面前亲手去杀一名大臣，便喊道：“来人，把关龙逄推出去斩首！今后再有人诅咒天子，其下场就是这样！”

关龙逄被杀后，曝尸三日，才准其家人埋葬。埋葬那一天，许多百姓前来围着关龙逄的坟墓哭泣。他们边哭边唱："你这个太阳啊，为何还不毁灭？如果需要，我们愿意与你一起灭亡！"

这个太阳是指桀。百姓们不敢指名道姓，只好诅咒太阳了。

就在夏朝渐渐走下坡路的时候，东边的商国却渐渐兴盛起来。商国国君名叫履，后人称呼他为成汤。成汤十分英明，他发展生产，增强国力，所占地方北到现在的辽宁，南达现在的河南。

几年以后，夏、商两军对垒于鸣条（今山西运城一带），几十万人一场恶战，夏军大败，桀带着他的美人后妃落荒而逃，到南巢（今安徽巢县一带）时被汤追上。这时的夏桀已是上天天无路、入地地无门，成了孤家寡人。商汤活捉了夏桀，没有杀他，只是将他囚禁在南巢，剥夺了他的自由。

三年后，夏桀病死了。从夏朝创建，经历了四百七十一年，除去中间寒浞篡位三十九年外，夏朝共有四百三十二年的历史，传了十三世，共有十六位王。

商汤建国以后，汤做了天子。他在位二十九年，最后病死了。汤的大儿子太丁，也是早年病死。太丁有个弟弟，名叫外丙。在大臣伊尹、仲虺等人的扶持下，外丙登基为王。不幸的是，外丙刚刚当了两年天子就离开了人间。汤还有一个三儿子，名叫仲壬，众大臣又扶他做了天子。说来也怪，他们兄弟三人均为短命，仲壬只当了四年天子，又死了。这时，太丁的儿子太甲已经长大，伊尹等众大臣便扶太甲做了天子。

在王位的继承上，夏、商两代不同。夏朝仅是父子相传，而商代却是兄终弟继、父子相传，传到最后一个弟弟，下边没有弟弟可传了，然后才传给儿子。

就这样父子兄弟相传，传到了汤的九世孙盘庚。盘庚为了防止王位纷争与国内战乱，毅然从奄（今山东曲阜东）迁都于殷（今河南安阳西北小屯）。在此之前，盘庚的先祖从仲丁起曾五次迁都，均未能稳定局势。这一次，盘庚迁殷以后，"行汤之政"，收到了明显效果，政局渐趋稳定，经济文化获得迅速发展，各地诸侯也纷纷前来朝拜纳贡，国都殷成了全国政治文化中心。因此，后人常称商朝为殷朝，或叫殷商。

盘庚死后，传位小辛，小辛传位小乙，小乙又传位武丁。武丁是位很能干的天子，他体谅百姓疾苦，同时征讨叛乱，扩大领土。武丁在位五十九年，是商朝的鼎盛时期，又称"武丁中兴"。

武丁之后又传了七世，到了帝乙做天子的时候，商朝已渐渐不太平稳。在此前后，西部的周国兴盛起来，百姓乐业，经济发展，军力增强，对商形成了极大的威胁。在东方，东夷人也渐渐强大起来，不断对商国进行骚扰，使商天子十分烦恼。

商天子帝乙躺在龙床上，辗转反侧，久久不能入睡，透过窗缝可以望见黑暗中带着青蓝色的夜空。夜空中点点繁星在眨着眼睛，仿佛在向帝乙努嘴，并且轻轻地呼唤："天子，你好！"

帝乙叹了口气，不想却惊醒了躺在身旁的王后。王后轻声问道："陛下还未安息？"

帝乙"嗯"了一声，侧过身子躺着，没有再说什么。

王后也转过身，将手伸到帝乙额头轻轻按了按，又轻声问："陛下是否龙体欠安？"

帝乙摇了摇头。他意识到摇头在黑夜里别人是看不到的，所以补了一个字，说："不。"

王后心中不安了。她想，天子一定是为自己不能生育难过，天子无后，没有太子，这对天子来说可是件天大的事情。她越想越难过，她不知道自己怎么得罪了神灵，神灵为什么要惩罚她，不给她生龙育凤的机会。

她哭了，哭得十分伤心。

帝乙心中正烦，见王后无端哭泣，忍不住呵斥道："三更半夜，你哭什么？"

王后一听帝乙发怒了，心中更加不安，沙哑着嗓子说："陛下，我对不起你呀！我知道你为了太子的事深夜难眠，我不知道怎样才能弥补我的罪过。"

帝乙这时明白了王后为什么啼哭，柔声说："王后误会了，我并非为太子之事烦恼。我相信上天不会亏待我的，我问心无愧啊！我是为东夷不断骚扰烦恼。看来，我需要亲自率军征伐东夷了。"

听了帝乙的话，王后心中平静了一些。她想了想，说："陛下不必烦恼。我大商天下与东夷的交汇要冲是攸国，我想，我们与攸国结成同盟，然后对付东夷，不怕事情解决不了。"

帝乙点头说："你说得很有道理，我已经记在心里了。夜已经深了，王后可以睡了。"

王后点了点头，往帝乙的身旁靠了靠，帝乙心中也十分怜爱王后，就顺手将王后揽在怀中……

第二天，帝乙召集大臣会议，商议征伐东夷之事。

老臣商容行过君臣之礼以后，深谋远虑地说："天子所虑，正是我等臣子所思。当今我大商天下，面对两大势力的威胁，想必我王心中明白。"

帝乙望着这位忠心耿耿的老臣，说："你说明白一些，你的明白和我的明白，若是一致，那事情就明白了。如若你的明白与我的明白不一致，那我们再去寻它个明白。"

商容笑了，说："天子所说有理。我大商天下西有近些年兴起的周人。他们在岐山及其附近十分活跃，势力大增，早已引起先王文丁的注意。自从杀死了岐山周人的首领季历之后，他们的气焰已经小多了。"

说到这里，另一位与周人打过多次仗的将军冯敬补充道："大王与商大人，请让我插一句话。"

帝乙不愿让人打断商容的话，瞪了冯敬一眼，稍稍停了一会儿，说："说吧，简明扼要地讲。"

冯敬有些后悔，心想自己鲁莽了，干吗非要打断人家的话语呢！此时，不讲也不好，只好硬着头皮说："恕我插话无礼。刚才商大人讲，西岐周人已经气焰减弱，的确如此。只是，那仅仅是表面现象。据小臣观察，岐山周人仍怀有夺我大商天下的野心。"

商容是辅佐帝乙多年的老臣，很有修养，见的世面也多。所以，对冯敬的鲁莽丝毫也不计较，他关心的不是别人是否反对他，而是别人的意见或看法的实质。

野心？西岐人今日仍怀有图谋大商天下的野心？商容望着冯敬，问："有何凭证？"

冯敬为了对商容表示尊敬，就有意识地放慢了语气，压低了声调说："商大人容冯敬细说。那季历被先王囚禁，继而又杀死了他。他图谋不轨，死有余辜。那季历的儿子姬昌，早就被立为太子。姬昌可不是一般的人，他年岁不大，却知书达礼，头脑聪慧，极善笼络人心。"

商容笑了，问："还有更有力的凭证没有？"

冯敬心中似还有话要讲，但却讲不出来。这只是作为一名将军，对西岐抱有的职业的直感与忧虑，但他终归是一名武将，表达能力有限，若硬要他讲，那肯定是重复上边的话。商天子帝乙也笑了，他看出冯敬的忧虑完全是出于忠诚，所以，尽管冯敬并没有按他要求的那样"简单扼要地讲"，也仍不怪罪他。

那么，冯敬讲的话有没有道理呢？他的忧虑是对是错？那时，所有在场的人都难以判断。这历史的发展变化，就如生活中的俗话说的："小豹子不咬人，那是因为它还没长大哩！"

帝乙略微摆了摆手，说："冯将军，你的忧虑，我明白了。不过，当今，对我大商天下更具威胁的是东方。"

商容点头，说："天子所说与臣所想一致。冯将军说的西岐周人，我们当然要防，但对东夷的处置，已到了火烧眉毛的时候。"

商容与众大臣的议论，更坚定了帝乙征讨东夷的决心。他用征求意见的口吻问："我想，征讨东夷，首先要与处于要冲的攸国建立牢固的联盟。不知众大臣谁能前往完成此项重大使命？"

商容向前行礼，说："老臣愿前往一试，不知天子同意不同意？"

帝乙望着须发斑白的老臣，说："我完全同意。只是商大人年事已高，一路辛苦，我心中十分不忍啊！"

最后，众文武大臣一致同意商容前往。帝乙心中也愿意他去，因为，商容的威望在众人心目中很高，再加上他的口才与智慧，定会马到成功。

不出所料，几个月以后，商容归来，完成了与攸国缔结联盟的谈判。帝乙十分高兴，嘉奖了商容及其随从，然后，开始了征伐东夷的准备工作。

征伐东夷是商天子帝乙亲自率军的。他率领数万精兵强将，浩浩荡荡，几经激战，终于打败了东夷。为了巩固战果，也为了震慑东夷，帝乙在靠近东方的沫水北岸，建起了一座陪都，这就是有名的朝歌（今河南淇县）。

帝乙在历代商天子中是比较有作为的一位，在稳固疆土、扩大影响、整顿朝纲等方面，都有建树。尽管他心胸开阔，但也确实免不了为王后没有生育而苦恼。

商代规定，只有王后生的儿子，才可以继位天子。帝乙的姬妾中有生儿子的，其中有一个叫启的孩子，聪明伶俐，很讨帝乙喜欢。

启非王后所生，不能立为太子。

说来也巧，帝乙正为此事发愁时，突然，王后生病，因救治无效死去了。王后是十分贤惠的，与帝乙相处恩爱，她的逝去，帝乙心中万分悲痛。人生人死，天命难违，帝乙只能以对王后的厚葬来安慰自己。

王后死去，大臣中有人建议："多年来，天子为立太子之事烦恼，现今王后归天，可立启的母亲为王后。"

帝乙接受了群臣建议，将启的母亲立为王后。启也非常高兴。帝乙本来就喜欢他，见他高兴，就问："启儿，你母亲立为王后，你是为此事高兴？"

启眨眨明亮的眼睛，拉着父王的手，答道："父王问儿，儿应当如实回答。父王立母亲为王后，儿心中确实高兴。"

帝乙又追问道："是不是因为你母为后，你就可能成为太子，将来可能继承天子王位了，所以高兴？"

启摇了摇头，说："不。儿没有想当不当太子，更没有想当不当天子。儿只是想，这样一来，父王与母亲会更恩爱、更亲近，所以高兴。"

帝乙听罢，心中还真的感动了。面前的启还是个孩子，难得他有如此善良的心愿与纯真的情感。他弯下腰，一下子将儿子启抱起来，然后举过头顶，笑着说："启的回答好极了！好极了！"

让人想不到的是，三年以后，启的母亲，也就是新王后又生了一个儿子。这个孩子生下后的第一声哭叫就非常怪："危哇——危——危哇——"

俗话说，好事不出门，坏事传千里。商天子的儿子生下来大叫"危哇"的消息很快传遍了朝歌城。朝歌北城内一条小街道上住着一位远近闻名的女巫,名字叫乌仙。乌仙三十五岁,外貌丑陋:一只眼大,一只眼小,大的眼睛是血红的,小的眼睛是个黑窟窿;鼻子扁平,嘴巴翘起,是个典型的地包天。她解开外衣,敞胸露怀,双脚有节奏地在一块方木板上跳跃,双臂上下舞动,嘴里哼唱着:

　　危危危哇危,
　　人欲死,
　　山将毁,
　　鸟兽亡,
　　草木催,
　　天意难违背
　　……

别看人们传说帝乙的这个小儿子出生时就不吉利,可那孩子却长得胖墩墩的十分招人喜欢。帝乙给他起了个名字:辛。

帝乙原想让启继承王位,现在又有了一个同样长得十分喜人的辛,让谁当太子呢?帝乙拿不准主意。

商容老臣看出了天子的心事,在一个没有别人打扰的议事厅,商容说:"关于立太子继王位之事,天子应早做定夺。依老臣看,启虽为长子,但他是王后被封之前所生,若立为太子,名不正,言亦不顺。倒是上天助商,天子再得贵子,王位将来由辛继承,才合乎礼仪。"

帝乙点了点头,说:"你说得在理,就这样定了吧!过几天举行仪式,立辛为太子,将启封到微地,也算没有亏待他。"

帝乙死后,辛继承了商天子的王位。

这位名辛的商朝天子,就是中国历史上有名的暴君商纣王。在他登上王位的时候,他不会想到,当然别人也不会想到,他会是商朝十七世、三十一王的最后一世、最后一王。

他断送了大约经历了六百多年的商代,辜负了他父王的期望。

从另一个角度讲,辛——商纣王也给了西岐周族兴起与夺取天下的机会。

就这样,西周与商朝的兴衰交替的大搏斗,在我国历史的舞台上,紧锣密鼓地开演了。大幕已经拉开,生旦净末丑,各色人等将陆续登场……

是为楔子。

有诗为证:

> 来龙去脉讲在先,
> 后事之师前车鉴。
> 春风秋雨入心田,
> 千年故事泪斑斑。

第一回　天尊师徒论天下
　　　　　吕尚父子述家世

　　有人说：莽莽昆仑山，处处有神仙。

　　此话有理，也无理。昆仑山莽莽苍苍，横贯中华大地的西部，高处近日连月，琼雪冰川；低处丛林似海，奇峰异洞。这样的奇境妙地，怎会没有神仙？

　　这人间真有神仙？

　　可以说有，也可以说没有。说有，是因为人类的文明智慧有个发展过程。早期，人们对事物本质与自然规律欠缺认识，自然就用"神仙"观点去解释那些未知的事物。说没有神仙，那是历代人有了不同的科学知识，可以用科学来解释自然界的各种现象，于是说：人间哪里有什么神仙！

　　如果说，我们只是把那些知识渊博的先知先觉、智者学人当成神仙的话，那自然另当别论了。

　　另外，我们也不要把昆仑山与现实世界的那座昆仑山等同起来。因为，在古人心目中，还有一座想象的、浮于幻梦中的昆仑山。《史记》说："昆仑其高二千五百余里，日月相避隐为光明也。其上有醴泉、瑶池。"此为西昆仑。还有东南方的昆仑，《水经注》说："东海方丈，亦有昆仑之称。"

因此，古人说："高山皆得名之。"

既然，高山都有可能叫昆仑山，那我们现在所讲的昆仑山只是指处于中原大地的那座奇峰连绵而又山清水秀的山。这山的中心部分是莲花山。莲花山山体高耸，直插云霄。它的顶部分出枝杈，像一瓣瓣莲花花瓣，煞是壮观。

在这朵形似莲花的花蕊的那个部分，有一处山洞。山洞洞口呈方形，两侧石柱对称，石柱上仿佛有两条巨龙攀缘。进入洞门，即是大厅。大厅里并不阴暗，几缕从山缝窟隙射进的阳光，仿佛几条光柱斜卧在空中，更显出大厅的肃穆和神秘。大厅后的石屏风挡住了深不可测的穴道，一股股钻入骨髓的冷风不时地"嗖嗖"吹过。

这就是昆仑山最有名的玉虚宫。

玉虚宫主人名叫元始天尊。元始天尊生于何年何地，谁也说不清楚。他鹤发童颜，白眉白须，是一个地道的仙翁神叟。但如若转过身去，戴上帽子，只看他那副筋骨，又都会说他是个小伙子！

有人曾试探着询问元始天尊："天尊师父，敢问您今年高寿？"

元始天尊哈哈一笑，反问："你是问我的年龄？"

"是。"

天尊点点头，微微闭上双眼，不快不慢地答道："若问我年龄，我也说不清。生死交错在，无年亦无龄。"

于是，人们就纷纷猜测：有人说，天尊已经五百岁啦；有人说，他何止五百，起码也有一千二百岁；还有人说，他三千多岁了……

元始天尊有许多徒弟。他教徒弟们如何看待世界、如何对待人生、如何处世为人、如何分辨丑恶、如何评说自己。

天近傍晚，火热火热的太阳渐渐西沉，时隐时现在西边的山峰之间。西边天空散布着淡淡的灰黑与白色的云，云在阳光的照射下，变成了极富层次的如锦缎织就的风景画，幅幅均镶着华丽的金边。那阳光透过云朵，射向远处，成了诱人遐思的晚霞。

元始天尊打坐在状似莲花的座台上，当晚霞突然透过侧壁的一个孔洞射进宫中时，他的眼睛睁开了。他稍一收腹，深深吸了一口气，并将其送入丹田，然后轻轻说了声："起！"

只听"嗖"的一声，天尊腾空跃起，仿佛在空中翻了一个跟头，眨眼间，他已离开莲花座台，站在了洞门外。

玉虚宫外，斜阳夕照，美极了！

左边是茫茫云海，那云海是万丈渊谷中的云雾的结合物，在渊谷中如同万马奔腾的大海。云海的对面是一座座直插云霄的山峰。山峰状态各异，有的如同尖刀，有的犹似宝剑，有的状如春笋，有的像朵荷花。右边是莲花峰的一处峡谷，一挂瀑布自上而下悬在绿茵茵的山体上，如同白绸在空中飘曳。瀑布的落地声与水流的撞击声，汇成了万马奔腾的声响。

玉虚宫的正前方是一块几十丈见方的石台，台的周围是在山缝中生长出来的一株株桃树、李树和杏树。桃树上结满了散发着诱人香味儿的大蜜桃。

元始天尊走到桃树前，望着那一只只已经熟了的桃子，说道："桃、淘、咷、陶。"

话音刚落，他猛地转过身，对着峡谷深处喊："贼头贼脑，偷看什么？你过来！"

峡谷口处有一块巨石，从巨石后跳出一个人来，个子不很高，却十分健壮，那宽肩厚胸，犹如一堵墙。令人惊奇的，是此人的头。那头向左侧歪着，下巴颏几乎是在左肩头的上方。原来，此人是个歪脖儿！

歪脖儿一纵双腿，跳到元始天尊面前，左腿一跪，说："徒弟申公豹拜见师父。"

元始天尊问："申公豹，你不在豹洞练功，到这里窥视我，是何意图？"

歪脖儿原来是天尊的徒弟，名叫申公豹。申公豹眼珠儿滴溜溜一转，说："师父容禀。徒弟近闻天下大乱，东有东夷，西有岐山周族，各路诸侯蠢蠢欲动，天下不安，天子纣王寻求贤才，弟子有意下山，助纣王一臂之力，安定天下。只是意犹未定，不敢贸然禀报师父。今见师父望桃兴叹，窥视于此，望师父原谅！"

元始天尊微微点头，问："你可听到我的话语？"

申公豹答："听到了。我听师父念了四个字'桃、淘、咷、陶'。只是不解其意，还望师父教诲！"

元始天尊想了一想，说："你可知你师兄姜子牙现在何处？"

申公豹皱皱眉头，答道："听说又到山下去了解民情去了。哼，什么了解民情，明明是——"说到这儿，申公豹打住了。

元始天尊问："为何话讲半句？"

申公豹狡黠地一笑，说："不是徒儿讲半句话，是徒儿不敢讲了。讲了，师父又会怪罪于我，说我背后讲师兄坏话。"

元始天尊说："我何时怪罪过你！"

申公豹说："师父忘了。前些日子，我说姜子牙偷穿徒儿鞋子，师父怪我冤枉了他。"

元始天尊说:"鞋子之事,姜子牙从你处拿去,事前未曾给你打过招呼,是他的疏忽。但拿鞋子之事,我与南极仙翁是知道的。南极仙翁的一个徒弟有事下山,没有鞋穿,派姜子牙去向你借,恰巧你不在山洞,事后又忘了告知于你,这你不能责怪师兄,若怪,就责怪师父我和南极仙翁好了。"

申公豹叹了口气,说:"嘻,反正师父总是向着姜子牙说话。不过既然师父说让我把话讲完,我就如实讲来,姜子牙下山所谓了解民情,我觉得,这是他不想跟师父练功修行了。一句话,他凡心不死,修炼不诚,当然也难成大器。"

元始天尊听后,哈哈笑了,说:"你说的也许不错。不过,我只同意你前一半的话,那就是你师兄确实心不在山、神不在仙,人间世界在他心中并未抹去。你后一半话,我不同意。什么叫大器?三百六十行,行行出人才。干一行,精一行,精于此道者,即为大器。话说回来,要下山的,并非姜子牙一人,你不也是口口声声要去帮助纣王吗!"

元始天尊的这一番话,说得申公豹脸一阵红一阵白,他不好意思地说:"总之,师父总是向着师兄说话。"

元始天尊摇摇头说:"不,不。天有天理,人有人情。白天黑夜,黑暗光明。向与不向,心中有秤。好了,你去为师父摘下两个熟透的桃儿。"

申公豹说声"遵命",便跳到桃树跟前。他左看右看,选了一个黄中泛红的桃儿,伸手去摘。很怪,那桃儿像粘在枝儿上一样,硬是摘不下来。

奇怪!申公豹用两只手去摘,仍是摘不下来。有心扭断那挂桃的树枝,可又怕师父怪罪。

元始天尊走上前来,说:"还是我来吧。"说罢,伸出一

第一回　天尊师徒论天下　吕尚父子述家世

只手，只轻轻一摘，桃儿就落进天尊手中。

元始天尊将那鲜灵灵散发着一股诱人香味儿的桃儿放在掌心，不住地赞叹道："这桃不同一般。传说王母娘娘有蟠桃盛会，请各路神仙共享，讲得美妙极了。人们都说，我也是被邀请的嘉宾，因为吃了蟠桃，所以长生不老。其实呢，我哪里被邀过！我说我没有被邀请去享用蟠桃，你们总是不信，说是天尊不肯泄露天机。唉，人一入了迷，就解脱不出来了。要说蟠桃，我种的这个就是蟠桃。它依山傍水，吸天下之精气，汲山石之精髓，当然非同凡物。"

元始天尊说到这儿，忽然抬起头，侧耳倾听，问："申公豹，可曾听到脚步之声？"

申公豹摇头说："未曾听到。"

元始天尊说："说雨来雨，说雷来雷。你师兄姜子牙来了。你登上山石远看东北方。"

申公豹完全相信师父的判断。因为他知道，元始天尊每日修炼气功，那双目能看到百尺外的蚊虫，那双耳能听见几里外的脚步声，还能分辨出不同的步幅和轻重。

申公豹一耸双脚，"嗖"地腾空跃起，跳到山石半腰，从山峰缝隙中望去，果然看到师兄姜子牙正快步走来。

姜子牙三十二岁上山拜元始天尊为师，学道，学天文，学地理，学兵法，学武艺，转眼间二十年了。

姜子牙，本姓姜。说起这姜姓，可有个来头。千百年来，人们都认为姜子牙从东北部的朝歌来到西部渭水，垂钓于磻溪，终于等来了周文王姬昌的赏识，为周朝的兴起出了大力，其原因是他对纣王的无道不满。这当然不假，但是还有一层原因，似乎人们并未提到，这就是，姜子牙的祖先与西周姬家有着亲缘关系。

姜子牙七岁的时候，他父亲姜台豆曾经讲了一个故事给他听。故事发生在遥远的古代，但却与他们姜家有关。

姜台豆经营着三十多亩桑田，那桑树长得十分繁茂。天色将晚，耕作完毕，他携着姜子牙的哥哥归来。母亲呼唤姜子牙："尚儿，打水给爹爹、哥哥洗脸。"

姜尚十分听话，答应着，用一个硕大的瓦盆端来了清水。就在洗罢脸等待母亲做晚饭的这一间隙，父亲坐在一棵长满桑葚的树下，问："尚儿，今天是否有人欺负你？"

姜子牙点点头答："是。"

"谁欺负你？"哥哥问。

"仍是吕仁悔的儿子。"姜子牙说。

父亲皱着眉头，问："他讲些什么？"

姜子牙想起白天受人辱骂，并且挨了一顿打，不由含着眼泪呜咽着说："他先是骂我桑虫子，一家种桑没出息。然后又说他爹早晚要收了我们的桑田。他用土块打我，又用唾沫吐我，我忍无可忍，与他动了手脚。正在这时，吕仁悔带着几个衙役从旁路过，反咬一口，说我欺负他的儿子，让衙役打了我一顿。"

姜台豆听后，双手握拳，说："可恶！可恶！小人得志，颠倒黑白。你可知道，这里的大片土地原本都是封给我们家族的？"

姜子牙吃惊地问："真的如此？"

姜台豆点头说："一点不假。说来话长啊！"

接着，父亲满怀激情地讲道："很久很久以前，在大西北有两条大河。一条大河名叫姬水，一条大河名叫姜水。在这两条河的附近生息着两个部族，即姬族人和姜族人。后来，二族又各自出现了首领。姬族人的那个首领名字叫黄帝；姜族人的那个首领名字叫炎帝。"

姜子牙是个聪明的孩子，听到这儿，问："爹爹，您是不是说，我们姜家是炎帝的子孙后代？"

姜台豆说："是的，你说得对。听我继续讲下去。"

黄帝和炎帝率领各自的人马不断扩大地域。黄帝沿着偏北的路线东渡黄河，沿着中条山、太行山的山边，一直走到北部富饶的地带。炎帝呢，率领自己的部族稍稍向南，顺着渭水和黄河两岸，发展到了我们现在居住的地方。

后来，他们又各自建立了都城。炎帝的建在曲阜（今山东曲阜），黄帝的建在新郑（今河南新郑）。

炎帝和黄帝很能干，在他们管辖下，百姓都能安居乐业。这时，在南方有一伙人，首领名叫蚩尤。他十分勇猛，率领部下不断侵扰周围部族，也侵占了炎帝的地盘。他们抢掠屠杀，无恶不作，百姓叫苦连天。炎帝为了保卫土地，起兵抵抗，无奈蚩尤十分强悍，又有力敌万夫的勇将夸父辅助。他们发明了铜刀，锋利无比。每次交战，蚩尤总是身披斑斓虎皮，头戴双角铜盔，手执铜刀，宛如凶神恶煞。炎帝兵士用的多是石刀石斧，不消几合，就被杀得大败。炎帝无奈，只好将国都迁到涿鹿（今河北涿鹿）。炎帝联合了周围部落一齐向黄帝求救，黄帝慷慨应允，率兵士前来支援。

人们对黄帝说："打败蚩尤，绝非易事，望大王三思。那蚩尤的兵士个个手执利刃，兽身妖面，别说交锋打仗，光吓就吓死人了！"

黄帝深入了解情况后，对众人说："大家无须害怕。那蚩尤与兵士并非兽身妖面,他们只是戴面具、穿兽衣罢了。他们的兵器确实厉害,但也不是没有对策。我们只要不畏缩、不后退,团结起来,是一定会打败他的。"

黄帝与炎帝商议,终于想出了一个办法。他们捕获了许多熊、罴、虎、豹等猛兽,把它们囚禁起来。然后精选了一些胆大心细的兵士训练那些野兽。几个月以后,那些野兽居然能听从人们发出的信号,冲锋陷阵了。

一切准备停当,黄帝便调集军队,带了猛兽,在阪泉摆开了阵势。那些猛兽就埋伏在附近的森林中。

黄帝发出挑战。蚩尤早先连连得胜,根本不把黄帝放在眼里,便带了夸父,出来迎战。

蚩尤来到阵前,大声呼喊:"来者可是有熊氏黄帝?"

黄帝答道:"正是本人。你侵扰别族百姓,为非作歹,令人痛恨。我劝你改邪归正,退回你的属地。不然,我们将杀得你有来无回!"

蚩尤见黄帝高声斥责,早就大怒,便命令部下:"冲上去。我的将士,发挥手中神刀的威力,跟随夸父去活捉他们的首领!"

霎时,战地上响起了令人心惊胆战的奇特的呐喊声。喊声中,蚩尤的部队在夸父的率领下如同洪水一样,冲向黄帝的阵地。黄帝的部下看到蚩尤兵将个个相貌狰狞、装束诡异,本来就有几分畏惧,所以才一交战,就纷纷败退。

黄帝心中有数,看到兵败,也不阻拦。蚩尤看到黄帝兵败,哈哈大笑,不由放开喉咙高喊:"哈哈哈哈,瞧吧,他们兵败了!冲上去,杀死他们,一个也不要放掉!"

蚩尤指挥全军奋力追赶。追到藏有猛兽的树林时,黄帝下令:"众将士躲入林中,放出猛兽!"

一声信号,黄帝部下的勇将应龙驱赶着无数只猛兽冲出森林,直扑蚩尤的军队。那些经过驯服的虎、豹、熊、罴,前后整齐,进退有序,张牙舞爪,咆哮着,吼叫着,见了蚩尤的兵将就咬。冲在前头的蚩尤的兵士一个个被咬死咬伤,大军刹那间乱了阵脚,呼啦啦往后退去。这时,黄帝又命令:"勇士们,冲上去,打败蚩尤军!"

炎帝也命令部队:"蚩尤不可怕,他们已经逃跑了!冲上去,消灭他们,报仇雪恨!"

各路人马一齐向蚩尤部队冲杀过去,蚩尤见大势已去,只好招集残兵,后退到一处山谷中。第二天,不到拂晓,忽然大雨倾盆。大雨过后,满天雾瘴,竟然伸手不见五指。

有些心有余悸的黄帝兵士传言说:"不好啦,蚩尤使了妖术,大雾迷蒙,他要偷袭我们啦!"

妖术是假,偷袭是真。蚩尤确实抓住了这一机会,倾巢出动,偷袭黄帝部队。大雾中,蚩尤凭借熟悉地势,东闯西撞,企图冲乱黄帝部队。黄帝却并不慌乱,他说:"不要乱,我发明了指南车,我们不会迷失方向。各路将士,听我调动。"

几经追赶,两军主力在涿鹿相遇。拼杀开始了,杀声震天,黄帝与炎帝的部队越战越勇。蚩尤见军心涣散,只好冲出重围,落荒而逃。不知跑了多少路,到了中冀地方,被黄帝与炎帝的部队追上、包围。炎帝对黄帝说:"蚩尤虽为非作歹,但他豪爽,敢作敢为,不惧困难。若能招降,他只要改邪归正,我们便当重用。"

黄帝点头说:"你说得很对,但愿如此!"

于是,炎帝喊话说:"蚩尤听着,你若改过,我们欢迎你归降。希望你能三思！"

蚩尤听后，哈哈大笑，说："我已三思，蚩尤宁死不降！"说罢，他扔掉武器，猛地撞向山石，顿时脑浆迸飞，一命归天。那山石被撞得坍塌下来，埋葬了他的尸体。

…………

姜子牙听父亲讲到这里，眼眶里含着热泪，轻声问："爹爹，您是说蚩尤死了？"

姜台豆答道："死了。死得悲壮！"

姜子牙叹了口气，说："他要能改过自新就好了。"

姜台豆也叹了口气，说："是呀是呀。我讲的故事的要点是，自从炎黄两帝打败了蚩尤后，就平定了东到东海、南到长江、西到崆峒（今甘肃）、北到山戎的大片地方。他们将有功之臣派封各地，炎帝派了姜氏来到吕地，这姜氏就是我们的祖先。这吕地原是我们宗族的封地啊！"

姜子牙恍然大悟，说："我明白了。爹爹在我的名册上有时写成吕尚就是这个原因。那为什么，现在我们只剩下了几十亩桑田，这大片地方要归吕仁悔管辖了呢？"

姜台豆脸上流露出一丝悲哀，缓慢地说："这怪你爷爷无能，又犯了王法，封地才被人夺去。"

这时，姜子牙的哥哥插嘴问："爹，我听说西部岐山的周族人这些年已发达起来。周族人是尧帝、舜帝时周弃的后代，姓姬。这弃的母亲也姓姜。"

这是姜子牙第一次听说，在西部岐山有周原土地，周原上居住着周族人，而周族人的始祖母也姓姜。

姜台豆想了一想，点着头说："的确如此。据说，弃的母亲姜嫄是有邰氏的女儿，有邰氏居住在武功一带（今陕西武功）。有一天，姜嫄打扮得漂漂亮亮，到野外游玩。忽然，她看见地上有一个挺大挺大的脚印。她很好奇，就将自己的脚也踏在那脚印上，比比谁大谁小。当然那脚印比她的脚大多了。就在她的脚踩上那脚印的时候，只觉得心头一热，头也有些发晕。她急忙收回脚，跑回家中。从此，她觉得自己的身子起了变化，肚子渐渐大了起来，原来她怀了身孕。不久，就生了一个儿子。姜嫄觉得这个孩子来历不明，就将他丢弃在小巷口。奇怪的事情发生了，竟有牛羊去喂那小孩儿奶吃。姜嫄再把那孩子丢弃到丛林中。恰巧有人去丛林砍柴，就将那孩子拾了回来，还给了她。姜嫄叹了口气，又感到十分惊奇。她又试着把这孩子丢弃在冰冻的河面上，这回，她想，孩子必死无疑。过了几天，她去巡视，却见一只大鸟将翅膀垫在孩子身体底下，还喂他食吃。大鸟见姜嫄走来，猛地飞了起来。那孩子'哇哇'地哭着，伸着小手，让她抱。姜嫄见了此景此情，心中不忍，便抱起了本想抛弃的儿子，痛哭起来。她决心养下这个孩子，并且给他起名叫弃。这弃从小就喜欢种麻、种庄稼，耕耘田地。后来，尧和舜都十分重视他，让他负责天下的农作物耕种，人们叫他后稷。后稷就是周族人的祖先。"

父亲讲的故事娓娓动听，姜子牙听得入了神，不由连声说："啊！真有趣，真有趣！我知道了，我们姓姜，我们姜家有那么多故事——爹，再讲一个，再讲一个嘛——"

…………

第二回　玉虚宫前听教诲
　　　　　　仙人台上争高低

　　长大后的姜子牙常常回忆起小时候的故事和他几十年不平凡的经历。那往事掺和着许多悲苦与欢乐。

　　远处传来申公豹的呼喊："师兄——姜子牙——姜师兄——天尊师父唤你——"

　　姜子牙听到了，回答说："唔，知道了。"说着，迈开大步，在山石中穿行。不大工夫，就来到了玉虚宫洞口。他向师父行了礼，说："天尊师父，徒儿姜子牙向您问安！听师弟喊，师父叫我前来，不知有何教导？"

　　元始天尊微微一笑，说："你来得正好。听说你又下山去了，一定看到许多人间变化，为师亦很想知晓。"

　　申公豹一挤眼，故意说："师父，这样讲，您就不对了。众所周知，您也常常教导徒弟们，上山修道就要超俗脱凡，远离尘世。现在，您又说很想知道人间变化，这不是矛盾吗？"

　　元始天尊听了，摆了摆手，一只山鹰从峰顶飞来，落在他的肩头。他一边用一只手抚摩着山鹰，一边回答申公豹的问题："申公豹，你只知其一，不知其二。我等入山修行，修行的是性格、魂灵与德行。超凡脱俗，是讲的脱离凡人琐事、低俗杂念、钩心斗角和争权夺利。超脱并不是不去观察了解。以为修行者应与人间一刀两断，这是一种误解。唯有真正的超脱才能观世俗、探规律、出污泥而不染，然后才能超度众生，净化世界。"

姜子牙向天尊又拜了一拜，说："师父所言极是。徒弟过去也常为这一矛盾困惑，今日听了师父阐述，顿开茅塞。"

元始天尊将另一只手中的桃儿举了一举，笑着说："姜子牙，看那桃树上的桃儿，你去选一个熟透了的摘下来。"

姜子牙说声"遵命"，便走过去在桃树上寻找那熟透的桃儿。寻到了一个，他伸出双手，轻轻一扯，桃儿便落在他手中。

申公豹看了，心中想：怪哉怪哉，我怎么硬是摘不下来，他却轻而易举？

姜子牙捧了桃子，走到天尊面前，双手将桃儿奉上。元始天尊两只手托着桃儿，转身走入玉虚宫洞口。

他回头说："你们跟我来！"

话音未落，那鹰扑棱棱飞了出去，落在玉虚宫正面莲花座的上方。几乎与老鹰腾空飞起的同时，元始天尊也一个鹞子翻身，端坐在那莲花宝座上。

姜子牙与申公豹连忙走进洞中，跪在莲花宝座前。元始天尊声若洪钟地说："姜子牙，你上山拜我为师多少年了？"

姜子牙立刻答道："已有二十年。"

元始天尊又问申公豹："申公豹，你呢？"

申公豹想了想，答道："回禀师父，徒弟上山已有七年。"

元始天尊点点头，说："不错。今日凑巧，你们师兄弟二人均在这里，也是天意。我的门生数千人，有的已修成正果，有的另立门户，有的云游天下，虽然同为玉虚门人，各个志向有别，不可划一。你师兄弟二人却属一类，是俗根难断，牵挂人世，成为正果，实难实现。依师父之见，目前天下大乱，你二人下山，都可以有一番作为。我已看出，你二人心中均有此念。山上所学，绝非无用。"

申公豹听了天尊的话，正合他的心意，说："师父说得有理。"

姜子牙却还心存矛盾，有些不舍，说："师父判断，应是正确无误，我等心中确是难忘人间善恶，只是跟随师父多年，实实不舍远离。"

元始天尊笑了，说："世事万物，都有规律，这就是道。道者，路也。有生命的与无生命的，还有视而不见的事与物，各自都在走着自己的路。这路，这道，有些是不可更改的，有些却是大路套小路，路路交错，极其复杂，也许能够更改。当前，山下各种势力，风起云涌，都在路上奔跑。你们二人也可去驰骋一番，只是要牢记一句话'正义必胜'。好了，我今日特别摘了两只桃儿，就是为你们俩饯行的。"

说到这儿，元始天尊轻轻摇了摇两只手中的桃儿，霎时，洞上竟流下一股清泉，将桃冲洗得干干净净。他又摇了一摇，那泉水忽然停了。

姜子牙和申公豹都抬头观看洞顶，并未看到有孔洞可以流下泉水，心中不免十分惊奇，但又不敢询问。那泉水也许是师父的意念，也许是一种什么机关，说不清楚。不管怎么说，那桃儿已确确实实洗得洁净无比。

天尊望了望跪着的两个徒弟，轻轻喊道："二人接桃儿！"

话音刚落，天尊将桃儿"嗖"地一下抛了出去。两只桃儿各自飞向姜子牙和申公豹。姜子牙凭着二十年的功力，眼疾手快，接住了那飞来的还沾有水滴的桃儿。

申公豹精神不集中，他对于摘桃时自己出了丑耿耿于怀，当他见师父将桃儿抛了过来时，忙伸出双手一抓，因为用力过猛，竟将那桃儿捏得稀烂，桃汁儿溅了他一脸。

那老鹰突然叫起来，跟笑声一模一样："哈哈哈哈，哈哈哈哈——"

元始天尊呵斥老鹰说："放肆！"

老鹰立即闭上了嘴，不再叫了。

申公豹羞得满脸通红。元始天尊却装作没有看见，只是说："请两位徒儿品尝。"

姜子牙吃了桃儿，心中想道：此桃儿是师父精心培育的，让我们吃，是让我们把他的教诲点点滴滴记在心头，师父用心良苦啊！

申公豹心慌意乱，糊里糊涂地将稀烂的桃儿吞了下去。为了掩饰自己的失礼，又连连说："好吃好吃。谢谢师父！"

姜子牙也向天尊施礼，说："桃儿香甜，滋润心田；师父教诲，牢记心间。"

元始天尊叹了一口气，语重心长地说："有些话，我还要告知你们。当今商汤天下，纣为天子。天下各路诸侯各显神通，东夷起兵，已被平息。西周兴起，屡遭镇压。天下大局，动荡不安。得道多助，失道寡助，亘古至今，至理名言。我有四个字，从你们吃的桃说起，桃、淘、咷、陶。"

申公豹记起了师父摘桃前的自言自语，他不解"桃、淘、咷、陶"是何意思,连忙问:"此四字怎讲?"

元始天尊反问:"你能否悟出?"

申公豹摇头,说:"先前听到师父讲过,我已反复思考,不知其意,还望师父明示。"

元始天尊又问姜子牙:"子牙徒儿,你可有所悟?"

姜子牙想了想,说:"师父容禀。徒弟有悟,只是不知对否?"

天尊点点头,说:"讲来我听。听者为听,悟者为悟,前者为耳,后者为心,大有不同。"

姜子牙不快不慢地说:"弟子是这样想的,桃香陶醉人,心潮逐浪高;大浪能淘沙,逆者泪嚎咷;顺应潮流好,才得乐陶陶。桃、淘、咷、陶——弟子胡言乱语,还望天尊指教!"

元始天尊听罢,双手击掌,说:"好极了!子牙所悟,正是我意。好了,你们去吧!"

只见元始天尊将刚刚击掌的双手向外一推,"呼啦啦"突起一股狂风,转眼之间,竟将姜子牙和申公豹推出了玉虚宫,站立在洞门外侧旁的仙人台上。

他们回头看那玉虚宫,早已宫门紧闭,悄然寂静,仿佛刚才什么事情都未曾发生过似的。

姜子牙向着玉虚宫连连行礼说:"感谢师父教诲之恩,弟子告别了!"

申公豹"呸"的一声,啐了口黏痰在仙人台上,对姜子牙说:"姜子牙,瞧你那低三下四的窝囊样儿!师父又看不见,一会儿行礼,一会儿感激,耍什么虚伪的鬼把戏!"

姜子牙双眉紧锁,说:"师弟,话可不能这样讲。"

申公豹哼了一声,说:"我知道,你会拍马屁,逢迎师

第二回　玉虚宫前听教诲　仙人台上争高低

父，所以师父总是向着你。其实，你也比我强不了哪儿去，到头来，还不是跟我一样，被师父赶下山！"

姜子牙生气地说："你的话越说越无道理。明明是你要下山，却说师父赶你走。我虚伪？明明是你虚伪嘛！"

申公豹将歪脖儿一摇，双目圆睁，骂道："姜子牙，你敢说我虚伪？我下山去辅佐纣王天子，平定天下，难道不对？你别总觉得高我一头，师兄怎么样，饭桶一个！比文，比武，你说吧，由你挑！"

申公豹的无礼，气得姜子牙浑身发抖，他心中明白，申公豹恨他。恨他的原因绝不只是挂在他嘴边上的什么师父向着谁的话，而是姜子牙受师父委派监视和揭发过他的过错……

申公豹自恃年轻，十分自负，他相信自己的文才武功均胜过姜子牙一筹。他越说越有气，一不做，二不休，竟想对师兄姜子牙下毒手！他在师父的指导下练就了黑砂掌，丹田运气，口中念"砂"，右掌平伸，使足了力气，这一掌打出去，可以折断碗口粗的大树，可以推倒十寸厚的土墙，如若打在人的身上，那个人的五脏六腑就会变成烂糊糊，顿时一命呜呼。

怒从心中起，恶从胆边生。申公豹瞄准了姜子牙的胸膛，说时迟，那时快，大喝一声："砂！"

随着喊声，右掌已经如同霹雳一样打了出去。

姜子牙毫无防备，只听他"啊呀"大叫一声，向仙人台侧旁的万丈悬崖跌了下去……

第三回 姜子牙绝处逢生　辜江洋荒野拜师

申公豹想用一记黑砂掌袭击姜子牙，置他于死地。姜子牙毫无防备，但他眼疾身快，风到掌未到之时，猛一闪身，然后腾空跃起，不想，身后是仙人台侧畔的万丈深渊，他收不住身，跌了下去。

黑砂掌虽未打中，但如果跌下深渊，照样免不了粉身碎骨。正在这时，只听天空传来一声大叫，元始天尊的神鹰如同出弦的箭，飞到深渊，从半空中接住了姜子牙。姜子牙一个人身的重量，那鹰哪里能够托住！原来，他们个个都练就一身轻功，能使自己缓缓飘浮，再加上神鹰相助，所以就不至于径直坠落了。

万丈深渊下是峡谷河流。水深流急，但却十分清澈。姜子牙看到自己慢慢飘落，离水还有几尺，便说道："神鹰，姜子牙感谢你前来救我，代我问候天尊师父！"

神鹰又叫了一声，从姜子牙身下脱身飞去。姜子牙收腹弯膝，然后又一纵身，双脚踏在了水面上。水流湍急，一个浪头，将他冲倒，幸亏他从小就学会了游泳，几个猛子，就游上了岸。

第三回　姜子牙绝处逢生　辜江洋荒野拜师

说是河岸，其实就是山脚窄路。几尺宽的羊肠小道，杂草丛生。他浑身已经湿透，急忙脱下衣服，晾在草丛之上。夜幕渐渐降临，峡谷中更显得阴森森的，令人感到恐怖。山风越来越大，虽是夏季，仍冻得他索索发抖。

"好冷！"姜子牙自言自语。猛一抬头，看到远处山坡上有几个慢慢向前移动的白点儿，他不由高兴地叫起来："啊，那是山羊！"

姜子牙收起半干的衣物，穿上短裤，踏上鞋子，大步向前追赶那山羊。他想，有羊群定有牧羊之人，近处当有人家可以借宿。他的想法不错，在几十只羊的前头，果然有一个十几岁的男孩儿。只听那男孩儿边走边吆喝："快，天黑了，快回家啦！"

姜子牙放声喊道："小兄弟，等我一等！"

姜子牙的喊声着实吓了牧羊孩子一跳。这里很少碰到人，何况又是在这黄昏时候。男孩儿惊奇地转身问："你是什么人？"

姜子牙大声回答："我是从仙人台上失身跌下来的，名字叫姜子牙。瞧，衣服全湿了，又冷又饿，不知近处可有借宿的人家？"

男孩儿一听，睁大眼睛问："你从仙人台跌落下来？没有死，还能活着？你不会是神仙吧？"

姜子牙笑了，说："哪有什么神仙！我更不是，我是学了些武功的凡人。小兄弟不必多疑，我不是歹人，只是想求个方便。"

男孩儿警惕的目光消失了，和善地说："我看你也不像坏人。这山峡并无住家，在前边只有我的一个窝棚，倒还可以避风避寒,也还有一些吃的。你若愿意,就跟我前往。"

姜子牙笑了,说:"小兄弟是个好心肠之人,我怎能不愿意呢。我跟着你走。"

姜子牙在后边帮助那男孩儿赶羊。羊儿一路小跑,很快来到一个山凹之处。山凹的东侧有一块巨大的飞石,飞石下有一个不大的窝棚。窝棚旁,依着石壁围起了羊圈。羊儿很顺从地依次走进羊圈,男孩儿关上木栅栏,搬起一块石头堵在门口,然后回头对姜子牙笑了笑,说:"到了。这窝棚是我父亲留下的。"

二人进得窝棚,顿时暖和了许多。窝棚是用树枝茅草搭起的,因为是夜间,里边很黑,只有从缝隙中透进些星光。他们摸索着坐在草垫子上。

姜子牙问:"小兄弟,谢谢你帮助我。不知你叫什么名字?今年几岁?"

男孩儿一边在草垫子底下摸索着,好像在寻找什么东西,一边答道:"我叫辛江洋。这名字是我父亲让一个卦仙起的,说我命中缺水,所以叫江洋,哼,全是水。我不喜欢这个名字!瞧,江洋江洋,结果呢,净得跟水打交道。这不,让我在这峡谷放羊,天天看那河水。说来也怪,江洋里还有羊,这不,我成了放羊娃儿。"

辛江洋的话,逗得姜子牙直笑。姜子牙说:"辛江洋这名字挺好听嘛!看来,你是认识字的?你家是读书人家?"

辛江洋叹了一口气,说:"唉,我今年十二岁。你还真说对了,我父亲是京城的修造宫殿的工匠,认识字,会算术,在朝歌可出名啦!"

姜子牙听了,十分惊讶,问:"想不到你在京城朝歌住

第三回　姜子牙绝处逢生　辜江洋荒野拜师

过,那你怎么会流落到这儿了?"

辜江洋不再说话了,只是将在草垫子下摸出来的野瓜递给姜子牙,说:"嘿,瞧我这嘴,没有把门儿的。怪不得我爹总骂我'嘴上没毛,说话不牢'。我今儿说多了,我爹不让我跟生人讲自己的身世。好啦,给你点儿吃的。这瓜是这山里的特产,是长命草的根儿,我们叫它长命瓜,甜甜的,吃了又解渴又耐饥。吃吧,我都洗干净了。"

姜子牙接过长命瓜,咬了一口。刚开始有些苦涩,但嚼了几下后,果然是甜甜的,并不难吃。他一边吃,一边又问:"看来,你的命挺苦的,家中一定遭遇了不幸,跟我一样。"

辜江洋好奇地说:"跟你一样?难道你也命苦?"

姜子牙长长吁了一口气,说:"是的。你想听吗?想听,好,那我讲给你听。只当是我讲故事给你,算是报答你的关照,好吗?"

姜子牙面对辜江洋这个天真善良但又命运多难的孩子,陷入了沉思,陷入了那遥远但又永远难忘的回忆之中……

我已经跟你说过,我叫姜子牙。子牙是我的字,本名叫姜尚。我有个哥哥,有个姐姐。姐姐十二岁时得了重病,死了。哥哥比我大九岁,跟我父母一起种植着三十亩桑园,勉强能够维持生计。我九岁那年,当今天子的先王征伐东夷,征召兵丁,将我哥哥征去。一去不复返,听人讲,他战死在沙场上,死得很惨,头被人砍了去,只留了个尸身。

我的父母都读过书,从小就教我识字。父母都是胆小憨厚之人,谨小慎微,从不招惹是非。天下不公平的事太多了,好人受气,坏人风光啊!我十三岁那年,地方官吕仁悔带领衙役人等闯入我家，说我父亲曾向他借过大额钱粮，逼我父亲还债。

我父亲对吕仁悔说："这真是无中生有，天大的冤枉！我何年何月借过你的钱粮？"

那吕仁悔双眼一瞪，对他的管账说："把借据拿给他看！哼，看他还敢抵赖！"

那管账取出凭据，硬说是我父亲所立。我父亲说："这凭据是伪造的，我不承认！"

吕仁悔恼羞成怒，下令他的爪牙连捆带绑，锁走了我的父亲。我母亲急得晕死过去，我哭着喊着，将母亲唤醒。第二天，我和母亲到衙门要人，衙门说："看什么人？那姜台豆昨天竟敢大闹公堂，他已被乱棍打死。"

我父亲就这样不明不白地死了。我母亲哭得死去活来，就在当天晚上，在我睡梦中，上吊自杀了。

吕仁悔霸占了我家三十亩桑园，他还逼我说："小崽子，父债子还，你甭想赖账！"

他的衙役们用绳子拴着我的脖子，拉到了他家。从此，我成了他家的奴隶。没有过多少日子，下了一场大雪。那大雪纷纷扬扬，给整个大地穿上了一件白袍子。好冷啊！我的双脚光着，上身穿着一件缝缝补补的衣衫，下身仅有一条短裤。我踩着雪为他家磨粮、挑水、劈柴。天不亮就开始干活，一直干到夜半三更，晚上就住在牲口棚里。那天清晨醒来，我被冻僵了，双腿失去了知觉。

他们用皮鞭抽打我，说我装病。我的眼泪都哭干了，直至昏死过去。他家一名女仆看我可怜，悄悄救我出来，谎报主人说我已死去。几个月后，直到春天，天气变暖，我的双腿才恢复了知觉。在那里我没了活路，就一路讨饭，逃到了孟津（今河南孟津县东北）。在孟津，我自编自卖草鞋，后来又在一家饭馆当堂倌，卖饭为生。一天，饭馆来了一位老人，世外仙人打扮。我端茶端饭给他，他说："茶不急，饭不忙，双脚冷得慌。"

我看老人可怜，帮他脱下鞋子，将他的脚揽在怀中，暖了好一会儿，老人说："好了，好了。难得你有如此善心。"说罢，又望着我的脸，说："你不要动，让我仔细瞧瞧。"

他瞧得我直发毛，真不好意思。瞧罢，他笑了，问我："你叫什么名字？"

我回答说："姓姜名尚。"

他点了点头，不慌不忙地说："七年后的今天，你到昆仑山莲花峰去找玉虚宫的名叫元始天尊的人，他会收你为门人，教你学问与武艺，你将来会有一番作为。去不去由你。但是，如果去，那就不能早，也不能晚，只能是七年后的今天。"

我记住了老人的话。去不去我拿不定主意。当时老人站起身就要走，我说："您的饭还没吃呢！"

他哈哈一笑，说："我已吃过了。饭钱放在桌子上。"

我很奇怪，明明他没吃嘛。我说："您明明没有吃嘛。要嘛，就不用付钱了。"

老人真怪，一甩袖子，说："饭钱要付。我明明吃了，怎说我没吃呢？"

我说："你饭未进口，怎说吃啦？"

老人走出门口，回头说："我是用眼睛吃的，全部吃光了！"

你说这老人怪不怪？他说他是用眼睛吃了那顿饭的。后来，我又干了好多营生，都不顺利，但我心里却牢牢记住了那一天。七年后，就在那一天，我赶到了昆仑山莲花峰玉虚宫，找到了那位元始天尊。你猜，那元始天尊是谁？"

辜江洋一直在专心听着姜子牙讲。这时，姜子牙问他，他稍稍想了一想，答："这个元始天尊嘛，我想，就是那个用眼睛吃饭的老头儿。"

姜子牙夸奖辜江洋，说："你脑子好使，一点不错，就是他！"

辜江洋又问："后来，他收你当徒弟了吗？"

姜子牙说："嘿，他可是个了不起的人。他见了我的第一句话是'我知道你一定会来的'！他收我为徒，到现在二十年了。"

辜江洋问："那您今年多少岁？"

姜子牙答："五十二岁。"

辜江洋惊讶地说："你在骗我，我看你只有三十岁！"

姜子牙叹了口气，说："时光流逝，似箭如梭。我的女儿都有两个你这样的年龄了！"

辜江洋在黑暗中向姜子牙身旁靠了靠，这样可以暖和一些。他好奇地问："你有女儿？没听你讲娶妻成家嘛！"

姜子牙拍了拍辜江洋的肩头，说："我女儿名字叫邑姜，算来今年应该有二十三岁了。"

辜江详问："为什么叫邑姜，不叫姜邑？她娘现在何处？"

姜子牙笑了，说："你是打破砂锅问到底儿呀。要讲下去，话就更长了。今天夜深了，我们还是睡吧。"

第三回　姜子牙绝处逢生　辜江洋荒野拜师

其实，辜江洋也困了，上下眼皮早就在打架。他依偎在姜子牙的身旁渐渐进入了梦乡。他睡得很香，仿佛今日又一次靠在母亲的怀里。

正像他讲的，他父亲与母亲原来都住在京城朝歌。他父亲负责建造纣王的一处宫殿。有一天，他母亲去给父亲送饭，平日，吃罢饭，她立即离开工地，可这天，父亲说："我的褂子被钉子刮破了，你帮我缝好再走吧。我先去干活了。"说罢，便转身干活去了。

辜江洋的母亲辜刘氏从饭篮中取出针线，为丈夫缝补褂子。缝到一半的时候，忽然听到附近人们一阵骚动，她没有在意，继续缝自己的。

一个人的喊声传了过来："报告将军，闲杂人等已经清理干净。"

另一个人的声音，肯定是那个将军："加强戒备，纣王已到！"

听到"纣王已到"的话，辜江洋他母亲吓坏了，那针竟把发抖的手刺出了血。她抬头观看，周围已无百姓，远处布满了兵丁将士。由于她坐在房檐角落，有一木板遮挡，竟未被发现。

她不知该怎么办。是躲？是逃？

正在举棋不定时，又听到那将军的声音："迎接纣王！"

在一阵欢呼声后，她听到一个极洪亮又厚重的声音："这里建造一座六角亭子，前后左右各有一座花坛。把前边的木板拿开！"

将士们答应："遵命！"

辜江洋他母亲听到要搬开前面的木板,吓得她差一点儿喊叫起来。她知道,木板外边站着发号施令的就是当今天子商纣王。她躲藏在这里,没有回避,那肯定是死罪呀。她蜷缩成一团,挤在墙角一动也不敢动,听天由命了。

将士们吆喝着搬开了木板,看到了辜江洋的母亲。啊!一个多么美丽的天仙般的少妇!将士们不约而同地喊:"这里藏着个女人!"

纣王听到喊声,警觉地"唰"地一下抽出宝剑,快步走上前看,顿时被辜江洋母亲的美貌所吸引。不高不矮的身材,不胖不瘦的腰身,白皙如玉的皮肤,圆圆的脸庞儿,乌黑的头发,明亮如月的眼睛。那眼睛里充满了恐惧,这恐惧让人产生一种深深的同情与怜悯。

纣王好色。他见了如此貌美的女人,怎肯放过!他稍稍观望了一会儿,然后迈步走上前去,伸出右手轻轻抚摸了一下辜江洋母亲辜刘氏的脸庞。那细嫩的如同白玉的皮肤上好像有一股神奇的热量,霎时使得纣王浑身热血沸腾。他轻轻说道:"你不要怕。看把你吓得,浑身发抖。我又不是虎狼。来,来,我搀你起来。"说着,纣王用手一搀,将她扶了起来。

她脸色苍白,可双颊却泛着红晕。高高隆起的胸部急促地起伏着,嘴里不停地小声说:"小民不知大王到来,小民有罪!"

纣王笑了,说:"我赦免你无罪。你是什么人?躲在此处干什么?"

辜刘氏微微抬眼,看了纣王一下。纣王确实十分威武英俊,她从那热辣辣的目光中,已经感觉到了纣王对她的非分之念。纣王问话,她只好回答:"小民丈夫为大王修造宫殿,我

第三回　姜子牙绝处逢生　辜江洋荒野拜师

每日前来送饭。今日为他缝补衣服，不知大王到来，小民有冒犯天颜之罪，望大王饶恕！"

纣王点了点头，说："唔，我明白了。我想问你，你爱你丈夫吗？"

辜刘氏害羞地微微点头。

纣王眼睛盯着辜刘氏的脸，又问："如果本王找来你的夫君，与他商议，让你改嫁于本王，你可乐意？"

辜刘氏听了此话，十分紧张。她不知如何回答面前这位万人崇拜的天子。纣王见她说不出话来，又接着说："我将你接进宫去，立你为妃，有享不尽的人间富贵。至于你的丈夫，我会给他最好的补偿。你有孩子吗？"

辜刘氏这才急忙点头，答："有，有。我们有一个可爱的男孩儿，今年整十岁，名字叫辜江洋。"

辜刘氏说到此处，就想借机离开，于是，一边向纣王鞠躬，一边说："大王请原谅小民，我那儿子一人在家，无人照看，我要赶快回去了。"说罢，转身准备离去。

纣王部下上前拦挡，纣王摇了摇头，命令部下说："让她去吧。"

辜刘氏惊慌失措地逃离工地，晕晕乎乎回到了家里。刚才发生的事像一场梦，使她坐立不安。辜江洋那年十岁，已很懂得看人脸色。他见母亲神色紧张，便问："母亲，发生了什么事？"

辜刘氏摆手说："没有什么事。"

辜江洋上前摸摸母亲的额头，又问："是身体欠安？"

辜刘氏仍然摇头，说："不，我很好。"

辜江洋见母亲不高兴，不敢再问。直到晚上父亲归来，母亲将白天的遭遇告知父亲时,他才知道家中可能要面临一场灾祸。

果不其然,夜半三更,他被父母的说话声惊醒。他微微睁开眼,看到不大的屋子里,墙边的桌子上点着一盏油灯,母亲流着泪说:"这可怎么办?都怪我招来了灾祸。"

父亲也擦了擦眼睛,说:"纣王派人对我说,让我将你送进王宫,这不是拿刀剜我的心吗!送吧,你不愿意,我也舍不得。不送,他们肯定不会放过我们的。"

"要不,你带着江洋先逃走吧。"

"剩你一个女人家,怎么对付他们?"

"大不了,一死相拼!"

…………

父亲沉默了。他长长叹了口气,愤恨地诅咒道:"天啊!老天爷不长眼啊,怎么将这样的灾难降到我的头上呢?我是个本分人,本分人应该少些祸端……"

辜刘氏终于忍不住失声痛哭起来,她怎么也想不通,女人的美貌竟会是灾难的根源,她恨老天爷为什么不让她长得丑陋一些。

父亲转头看了看假装熟睡的儿子,说:"要不,我们一起逃走。"

母亲想了想,说:"好吧,只有这一条路了!"

父亲站起身,说:"事不宜迟。如果决定一起逃走,那就得立即动身。如若天亮,恐怕就走不了。"

母亲问:"逃到哪里去呢?"

父亲想了想,搓着双手,说:"先回家乡,那里还有个叔叔。"

第三回　姜子牙绝处逢生　辜江洋荒野拜师

辜刘氏摇头说："不可以。逃回家乡，纣王会派人去追的。要逃，就要逃到一处荒僻之地才好。"

就这样，他们全家匆忙收拾了行李，连夜离开了朝歌城，经过一整天的逃亡，来到了离京城八十多里地的京堡村。天色渐晚，他们找了一家客店暂时住下。

半夜加一天的奔波，实在太累了。他们一家三口吃了些饭，倒头就都入睡了。他们想，离开京城这么远，又无人知晓他们出逃的去向，总该比较安全些了。

大约睡了两个时辰，突然附近的狗"汪汪汪"狂叫起来，接着是一阵急促的马蹄声。

辜刘氏从睡梦中惊醒了，用手推丈夫，小声呼喊："快，快，醒醒，狗叫得厉害！"

辜汪洋和他爹都醒了，翻身坐起。就在他们还闹不清发生了什么情况时，只听"咔嚓"一声响，那本来就不大结实的木门被撞倒了。

几只明亮的灯笼伸进小屋里，照得屋里亮堂堂的。灯笼后站着一群恶狼似的官府兵丁。

其中一名首领喊："不错，就是他们！"

这时，一个军服装束的人走上前来，辜刘氏一眼就认出来了，这人就是昨日见过的那个纣王身旁的将军。他一把将辜刘氏拉下土炕，说："把这位美人儿带回去！"

辜江洋见官兵抓走了自己的母亲，猛地扑上去，哭喊着："娘，你不能去。你们这些坏蛋，抢人，做坏事，天打五雷轰，不得好死呀——"

那将军伸出胳膊，一把将个子矮小的辜江洋提起来，骂道："兔崽子，好大胆子，敢骂官府！要不是看你还是个孩子，我今儿个把你的心挖出来。滚，别让我再看到你！"说着，他猛地一推，将辜江洋甩到炕沿边。辜江洋的头一下子撞在炕的棱角上，磕破了一个大口子，霎时，血流如注。

辜刘氏看到儿子头部磕破，挣扎着喊："江洋啊，我的孩子——你们怎么打我的儿子啊！你们丧尽了天良——"

辜江洋他父亲急忙抱起儿子，用手去捂伤口，嘴里恳求将军："求求你们，放了孩子的娘吧！"

将军瞪了他一眼，说："放了美人，我怎样向纣王交代？你们私逃，已是有罪，又敢反抗，罪加一等。今日只带美人回宫，放你父子一条生路，已是够宽宏大量了。兵士们，押解美人儿，返回京城复命。"

官兵走了。

这小小的客店又恢复了安静。被吓得发抖的店主人与住店客人纷纷前来打听，有安慰的，有咒骂的，有幸灾乐祸的，一直闹腾到天亮，辜江洋才跟父亲匆匆离去……

为了躲避官府，他们父子几经周转，来到了这荒凉的山谷。穷愁潦倒，不久，父亲就病死了。山谷有一家李姓富户，看辜江洋可怜，就让他当了羊倌……

他父亲就埋在附近的一处山坡上。

他日夜思念母亲，常常对着高山喊："娘，你在哪里？你想我吗？"

那高山与峡谷无奈地重复着他的话："娘，你在哪里？你想我吗？"

姜子牙轻轻将这可怜的孩子搂在怀里，听他说着梦话："娘——娘——"

第三回　姜子牙绝处逢生　辜江洋荒野拜师

姜子牙真没想到，会遇到今天这样的事。他怎么也睡不着，过去的身世，从前的经历，师父的叮嘱，都时隐时现断断续续地在他脑子里闪现。师父说"桃、淘、咷、陶"。现在，也许就在大浪淘沙之中？那命运的浪涛在翻滚，无数人物，包括他和面前刚刚认识的孩子，都将在这历史的浪涛中经受洗礼。

远处传来了猫头鹰瘆人的叫声，那声音好像是人在临死前的呻吟……

他终于迷迷糊糊地入睡了。

第二天，天刚蒙蒙亮，羊群的"咩咩"叫声吵醒了姜子牙和辜江洋。他们互相瞧着，问着各自想问的问题，同病相怜，一老一少竟如同父子一般。

辜江洋说："听你讲，你在昆仑山玉虚宫跟随元始天尊学武艺学了二十年，肯定也快成神仙了。我想拜你为师，行不行？"

姜子牙还真没想到这孩子会说出这样的话。他给元始天尊当了二十年门徒，还真没有当过师父，当然也不知晓当师父的滋味儿。这辜江洋老实机灵，命又苦，是个好孩子，也让人同情。既然孩子有这样的愿望，就不要让他失望，拜师就拜师嘛。

姜子牙想好了，答复说："你要拜我为师，我不反对。"

辜江洋眨着明亮的大眼睛，问："你是说，同意当我的师父？"

姜子牙点点头，说："不错，但有三个条件。"

辜江洋高兴得一下子跳起来，头碰在窝棚的横梁上，撞得窝棚"哗啦啦"要倒似的。他一边用手摸着碰疼的脑壳，一边说："别说三个,就是一百个条件,我也答应。快说,快说,什么条件?"

姜子牙望着天真无邪的孩子,望着他那高兴劲儿,忍不住也笑了起来。他边笑边缓慢地说:"好,好,听我说。三个条件嘛,第一,要听我的话,也就是听师父的话,我说让你向东,你就不能向西。做得到吗?"

辜江洋一跺脚,说:"做得到,绝对做得到。别说是上刀山下火海,就是让我去死,我也毫不含糊。好啦,这是第一,我做得到,快说第二。"

姜子牙伸出右手的两个手指,说:"这第二是,认真学习,不能怕苦。俗话说,'不吃苦中苦,难为人上人'。只有吃尽了苦,才能高人一等。你能做到吗?"

辜江洋想了一想,说:"我明白,既拜师父学习,哪能怕吃苦呢!天下人间苦,我已品尝不少,什么苦我也不怕。你放心,这第二条我能做到。"

姜子牙称赞说:"好,好样的。"

辜江洋催促说:"快说,第三。"

姜子牙故意逗他,不慌不忙地说:"第三,很难。怕你是做不到的。算了,算了,不说这拜师父的事了。"

辜江洋一听,愣了一下,说:"你说,第三是什么?我一定能做到。"

姜子牙摇摇头,摆摆手,说:"怕你是做不到。不说了,不说了。"

辜江洋有些失望,忽闪着两只大眼睛,满脸的委屈。他越想越伤心,大颗大颗的眼泪竟噼里啪啦地往下掉。他边哭边说:"你说话不算数,你不像师父。不说不行,说,说,第三个条件是什么?"

他的话语中带着一点点威胁,继而又转成了恳求:"求求你了。你都答应收我为徒,说了两个条件,我都答应做得到。这第三,你就说说让我听嘛——"说着,上前搂住了姜子牙的腰,"呜呜"地哭着,哭得好伤心啊。

姜子牙的心被哭动了,看到孩子的一片真诚,也忍不住热泪盈眶,他终于说出了第三个条件:"好了,好了,别哭。注意听我说第三个条件。"

辜江洋一听姜子牙要讲第三个条件,立即止住了哭泣,催促着说:"你快讲,我在听。"

姜子牙说:"这第三是——不许哭!"

辜江洋惊讶地反问:"不许哭?"

姜子牙毫不含糊地重复说:"对。不许哭。"

辜江洋忽然"咯咯"地大笑,笑得前仰后合,笑得眼泪又流了出来。

姜子牙也哈哈大笑,笑着,指着辜江洋的眼泪,说:"瞧,你根本做不到。伤心事要哭,高兴了,也要哭!"

辜江洋一听,连忙用胳膊抹着眼睛,说:"我哪儿哭啦!没有,没有嘛。这不要哭也算条件?我答应了,我能做到。这三条,我都能做到。"

姜子牙止住笑,语重心长地说:"你别以为这'不要哭'好笑,似乎这不够一条的标准,很容易做到似的。我可没有开玩笑。老辈人说,'男儿有泪不轻弹,深仇大恨记心间''有志目的能达到,十年复仇不为晚'。"

辜江洋心领神会,点头说:"我懂了。我现在给你磕头吧!"

姜子牙说:"稍候。我听你讲,你父亲的坟茔就在附近?"

辜江洋点头说:"是。你要去看吗?我也正想要去,告知他我要拜你为师。"

姜子牙望着辜江洋,说:"好。咱俩想到一处了。走,现在就去。"

他们一老一少,一前一后,快步来到不远处的山凹的小山坡上,那里确实有一个不大的坟墓。坟墓没有墓碑,没有标志,有的只是坟前的一棵小松树、坟上的杂草与散乱的野花。

辜江洋走到墓前一指,说:"到了。这就是我爹的墓。这小松树是我种的。"

姜子牙点了点头,伸手掐了三根长短一般的草棍儿,弯腰插在墓前,说道:"墓里的朋友,我们不曾相识。是你的儿子让我知道,你是一个不幸的人。你心含怨恨,一定是死不瞑目啊!我理解你。你值得安慰的是,你有一个善良、聪明、厚道的儿子。他现在就站在这里。他要拜我为师,我想你不会反对吧?"说罢,望了辜江洋一眼。

辜江洋听了姜子牙的一番言语,心中早就翻江倒海,激动万分了。苦辣酸甜,迸作一腔热泪。他"扑通"跪下,号啕大哭:"爹——儿子给您磕头啦——"

姜子牙看到辜江洋发自肺腑的哭泣,想起人世间的诸多不平,禁不住也流下了热泪。

他的哭声在这峡谷中轰鸣,震天撼地,连那些鸟儿都悄悄落在树上,一动不动。

辜江洋哭着,向外倾倒着满腹的委屈与仇恨,忽然,他仿佛听到天空传来隐隐约约的歌声:

第三回　姜子牙绝处逢生　辜江洋荒野拜师

男儿有泪不轻弹，
深仇大恨记心间。
有志目的能达到，
十年复仇不为晚。

不能哭！

他猛地记起姜子牙说的条件，忽地站起身，擦去眼泪，"扑通"一下，面向姜子牙跪下，一连磕了三个头，说："请师父原谅，徒弟又哭了。今日，在我父亲坟墓旁边，我辜江洋诚心拜您为师，遵守师父提出的三个条件。"

姜子牙接受了辜江洋的跪拜之礼，在他父亲的坟前，说："好了，起来吧。从此，我们就是师徒了！"

辜江洋又一次磕头，道："谢师父！"

他站起身，对坟墓说："爹，我走了。"然后，跟随姜子牙回到窝棚。他们收拾了一下，赶着羊群到了羊群主人李家，交还了羊群，领了工钱，道了感谢，转身离去。

辜江洋问师父姜子牙："师父，我们去哪儿？"

姜子牙说："朝歌。"

"京城？"辜江洋又问。

"是。"

第四回 宋义仁助人为乐
申公豹卖身求荣

师徒二人日行夜宿,走走停停。有时候不得不为人家做些活计,赚些钱作为盘缠。大约走了四十多天,终于到了繁华热闹的都城。

都城朝歌是纣王的父亲帝乙修建起来的。开始时作为陪都,后来城郭修建规模越来越大,经济文化越来越繁荣发达,纣王就干脆将它作为国都了。

姜子牙看到路上人来人往,十分热闹,生怕辜江洋走丢了,就拉着他的手,说:"你在朝歌住过,今日返回,可还认识?"

辜江洋摇了摇头,说:"变化很大,再加上我那时年龄又小,父母又不让我出门玩耍,所以生疏得很。师父,我们是投靠亲朋,还是租住客店?"

姜子牙问:"难道这里你还有什么亲朋?"

辜江洋点了点头,说:"我记得那时与我父亲非常要好的一个朋友,名叫宋义仁,也是修造工程的一个头领。他为人忠义,就住在南门外的宋家庄。"

姜子牙听到徒弟讲的宋义仁这个名字,不禁十分惊讶,

第四回　宋义仁助人为乐　申公豹卖身求荣

说："啊呀！天下竟真有巧事！你说的宋义仁是不是东方口音，个子很高，浓眉大嘴，说话有些嘶哑？"

辜江洋点头说："一点儿不错。如果我没记错，今年也有四十八九岁。"

姜子牙双手一拍，喜上眉梢，说："这宋义仁我也认识，当年跟我还是结义拜把的兄弟呢。好了，我们就去找他，先探明一下这京城的情况。"

问了路，左拐右拐，他们找到南门外的宋家庄。进入村子，离村口不远就有一处宅院。在街口玩耍的孩子说："这宅院就是宋伯伯家。"

辜江洋站下观望，记起了小时曾随父亲来过这里。他看了师父一眼，走上前去叫门。

大门"吱"的一声，一位中年女人将门拉开，探出半个脸庞问："你们找谁？"

辜江洋答："请问，宋伯伯宋义仁是不是住在这里？"

那女人脸上现出惊讶，眼睛盯着辜江洋观看，大概觉得面熟，但又一时记不起是谁，就试探地问："你是谁？你是不是辜家小子？"

辜江洋点了点头。他也想起了，这女人是宋义仁的妻子，那时他叫她宋伯母。姜子牙也认出了她，走上前去，微笑着问："你再认认我是谁？"

那女人抬起眼睛观看，禁不住叫起来："哎哟！是姜大哥驾到，今天早上我就听见喜鹊'喳喳'叫个不停，果然喜事临门，不知是哪阵春风吹来了两位客人！"

说着，宋义仁听见了大门口的对话，三步并两步地从堂屋跑出来，一手拉着姜子牙，一手拉着辜江洋，连连说："真想不到你们会来。快，快进屋去坐！"

进了屋，落了座，宋家夫妻问东问西，亲人相见，热情极了。宋义仁看客人洗了脸，吃了饭，感慨地说："你们师徒此次来到京城，就别走了。这些年，你们受了不少罪。京城活计好找，吃饭居住都由我管，你们放心好了。"

姜子牙和辜江洋住在宋家，一晃十几天，倒也平安无事。他们香香地睡了觉，饱饱地吃了饭，只是心中很不落忍。

一天，姜子牙问宋义仁："义仁兄弟，辜江洋这孩子命苦，他最关心的是他母亲的下落，你帮他打听打听，是死是活，好有个准信儿。"

宋义仁点头说："唉，可怜呀。那真是天有不测风云、人有旦夕祸福！头一天，我和他父亲还一起干活儿，有说有笑，第二天就祸从天降。他母亲被抢去之后，我曾打听过，但没有一丝消息。趁这些日子纣王又大兴土木建造宫殿，我借机再去打听打听。"

姜子牙想了想，又说："还有一事，我与贤弟商议。我们师徒常住你处，白吃白喝，终不是长久之计。我想出外弄些营生，也好减轻你的负担。"

宋义仁听了，也觉得姜子牙说得有理，想了一想，说："不知兄长想做什么？"

姜子牙笑着说："贤弟知道，我卖过鞋，卖过饭，杀过猪，宰过羊，做过堂倌，当过工匠。这些，我暂不想去做。这些年在昆仑山学艺学武，懂得些天文地理、阴阳八卦、风水巫祝，我想出去开个算命店铺，挣钱糊口。为兄不想瞒你，我并非真的要在这上面花费精力，只是想通过店铺了解社风民情、人心归向……"

第四回　宋义仁助人为乐　申公豹卖身求荣

宋义仁有些疑惑，皱起眉头问："兄长难道有意问政？"

姜子牙摇头，说："我自己也还说不清楚。我只是常常感到这个天下有许多弊端，也感到我的肩头应挑起什么……"

宋义仁十分了解姜子牙，他知道姜子牙胸怀壮志，非同凡人。他佩服地说："兄长所言，我已领悟。天机不可泄露。俗话说，鲲鹏之志，燕雀岂能相比！正好，在南门里的街面上，我有一处空房，闲着无用，正好拿来为兄长开个算命店铺。"

姜子牙连连拱手说："那为兄就万分感谢了。有一事还想拜托贤弟，我这里有一百二十文零钱，暂放在你这里。如若有一天有人来卖柴，你就买了那柴，将钱付他，走时赏他四个点心两碗酒。"

宋义仁听后，会心地笑了，说："放心，我记住了。"

经过筹备，算命店铺选了个大吉之日，开张了。门面虽然不大，但却干净整齐，新贴了一副对联。上联是：壶中日月长，下联是：袖里乾坤大，横批是：算就准。

第一天，看热闹的多，算卦的少。大约午时，来了一位满脸愁容的中年妇女。她说："我家父母均已年迈，近日多病。我们兄弟姊妹都想知道是父亲先亡故，还是母亲先亡故，好安排后事。"

姜子牙问了二老的生辰、姓名，然后闭上眼睛，用手在沙盘上写了五个大字：父在母先亡。

辜江洋将这五个字抄在一片帛上，递给那位女人。

姜子牙说："上天已将神意表示在这字里行间。你看，父在母先亡，也就是说，您父亲先亡故，母亲后亡故。"

那女人点点头，付了卦钱，满意地走了。

姜子牙对辜江洋说："江洋，看到了吗？这一行要善于察言观色，还要善于分析，不要放过只言片语。刚才那女人述说父母病情，说父亲心口疼痛，母亲腰腿疼。心口疼比腰腿疼要命，再加女比男长寿，所以我说，父在母先亡。"

辜江洋点点头，问："原来如此。当然，师父的分析会有七八成是对的，父先亡故，那没得说了。要是万一不是父先亡，而母先亡怎么办？"

姜子牙狡黠地笑了，说："那也没有问题。这里有个秘密。万一，你说得对，不能不防万一，万一相反，是他们的母亲先死了，他们就会来找，说，你算得不准。我不怕，我会说，算得准，只是当时天机不可泄露，现在可以告诉您了，您看，父在母先亡。父在，母先亡。母先亡嘛！"

姜子牙说罢，二人都笑了。辜江洋说："唔，原来在前两字处断句，读成'父在'就行了。"

又过了几天，那个女人披麻戴孝，来到店里，没进门就大声喊："姜先生，真是算就准啊！活神仙，你说我父亲先亡，果然不假。幸好早做准备，省去了许多麻烦。"

姜子牙此时只是平静地劝她："人死人生，均是天意。请多多节哀，不要伤了身体。"

这天下午，有一个砍柴人路过门口，抬头看见对联，嘟哝道："算就准？好大的口气！我来试试。"

此人名叫刘大，五大三粗，生性粗鲁，外号惹不起。他放下柴担，进门就问："你是姜先生姜子牙，算就准？"

姜子牙点头说："在下正是姜某。"

刘大问："'壶中日月长'，什么意思？"

姜子牙答："是说姜某会健身长寿之术。"

刘大又问："'袖里乾坤大'，又是怎讲？"

第四回　宋义仁助人为乐　申公豹卖身求荣

姜子牙看了一眼辜江洋,辜江洋说:"这是说我师父上知天文、下懂地理,天上地下均在他的卦中。"

甭看辜江洋年龄不大,可口齿伶俐,几句话还真镇住了刘大。

刘大仍不服气,说:"好吧,那我就算一卦。若准了,我给你二十文卦钱;若不准,我就砸了你的卦摊,你从这条街上滚出去!"

姜子牙一笑,说:"一言为定。请你取来一片龟壳。"

刘大从一瓦盆中取出一片上面有许多纹路的乌龟壳片,递给姜子牙。姜子牙用刀子"沙沙沙"在上边刻了六行字:一直往南走,柳下一条狗。有人唤住你,有事向你求,给钱一百二十文,外四个点心两碗酒。

刻完读给刘大听,刘大半信半疑,照着做去了。他挑起柴担,一直往南走,走了一会儿,果然在一路口有棵柳树,柳树下拴着一条狗。

他想,就是这里了。于是,放下柴担,东张西望,并不见人。刚要骂街,见柳树旁那个人家的门开了,走出一个人,盯住刘大看了一会儿,试探着问:"你的柴卖吗?"

刘大说:"正是来这儿卖的。"

那人笑着说:"那太好了,求你卖给我吧。"

刘大心里想,这卦好准!不忙,不忙,再看下边如何?

那人上前看了看柴,说:"这柴你卖多少钱?"

刘大故意少说二十文,好让姜子牙的卦不准,大声说:"你诚心买,就给一百文吧。如果同意,我可以替你挑进院子。"

那人点头说:"那就麻烦你了。"

刘大将柴挑进院子,摆好,等着那人付钱。一会儿,那人从房中走出来,说:"谢谢你将柴挑进院子,还帮我码好。这里是一百二十文钱。一百文柴钱,二十文赏钱。今天我高兴,我老伴赠你些食物,消消疲劳。"

话音刚落,一个女人端出一盘点心、一壶酒、一只碗。一数点心,正好四块。壶中之酒先倒了一碗,刘大喝下;接着再倒,又刚好一碗……

刘大喝了两碗酒,吃了四块点心,心中又惊又喜,不停地说:"朝歌出了神仙了,朝歌出了神仙了——"

刘大挑着空担,赶回南大门里。姜子牙卦摊前,店门口人山人海,都在等着看热闹。姜子牙老远就看见刘大笑嘻嘻地疾步走来,心里有了底,故意大声喊:"江洋徒儿,备些茶水,迎接刘大,看他怎样说!"

辜江洋大声答应:"遵命,茶已倒好。"

刘大到了,声若雷鸣,喊:"让开些,让开些!姜先生真是活神仙,算得一丝不差!姜先生,受粗人刘大一拜!"说着,就地跪下磕起头来。

姜子牙连忙扶他起来,说:"不要如此,姜某不敢受此大礼。不过,有言在先,算得准,要付卦钱呀。"

刘大将一百二十文钱往桌上一拍,说:"这钱都归你了!"

活神仙姜子牙的名声,一传十,十传百,在京城传开了。辜江洋在店中无人时,问:"师父,你怎么知道宋义仁伯伯家的附近有柳树,柳树那里还有狗?"

姜子牙说:"记住,不管见什么人,到什么地方,都要眼观六路、耳听八方,处处留心,细细观察,将听到的、看到的

第四回　宋义仁助人为乐　申公豹卖身求荣

默默记在心中。那天,一到宋家门口,我就注意到了那棵大柳树,树上拴的狗,狗的高矮、大小、颜色,墙的高低,路的宽窄,过往行人……"

辜江洋深受启发,说:"师父的教诲,我已记在心中。"

二人正在说话,忽然"咚咚咚"有人叫门:"开门,开门!"

辜江洋跑过去,打开门,一看,吓了一跳。只见门口站着一个极其丑陋的女人,只有一只眼睛,敞着怀,两只干瘪的乳房像两块死肉挂在前胸。于是便问:"你是谁?"

那女人竟笑起来,说:"哈,好漂亮的小伙子。想来你是姜子牙的徒弟了?若问我是谁,只说一只眼的丑女人,你师父就知道了。"

丑女人的话,姜子牙早已听到。他走到门口,施了礼,说:"不知乌仙驾到,未能迎迓,望大仙饶恕。快请屋内坐。"

乌仙并不客气,径直走进房中,在桌旁坐下,说:"与姜先生久违了。前次姜先生来到朝歌,恰巧赶上那申公豹纠缠我那女儿,幸亏有你阻拦,不然,我女儿还有可能毁在那歪脖儿手中。"

原来,乌仙是朝歌有名的巫婆,其名声不下于现今的姜子牙,只是二人路数不同,前者是巫,后者是仙。乌仙其貌丑陋,甚至有些可怕,招人厌恶,但她心地也还善良。别看她丑,可她却有个极漂亮的女儿。

乌仙的女儿名字叫胡仙儿。

胡仙儿从小就招人喜爱,有人说她是乌仙的亲生女儿,只是不知父亲是谁,或许父亲早已死去。有人说她是乌仙抱来的孩子，只是个养女。

有人问她："乌仙是你亲娘吗？"

胡仙儿就会"嘻嘻"笑着说："亲也这样，不亲也这样，管它亲不亲！"

有人又问："你爹呢？"

胡仙儿仍会笑嘻嘻地答："爹？我娘就是爹！"

她处在乌仙这样的巫婆家庭，从小就神神道道，人们认为这是这个漂亮女孩儿的仙气。不管外边有多少风言风语，乌仙与胡仙儿都不在乎，乌仙始终对女儿极好，从不虐待，而且将自己的巫术一点点儿传授给她。

胡仙儿十分聪慧，在她长到十四岁的时候，就出落得像一朵含苞初放的荷花，稍瘦的高挑儿身材，亭亭玉立。瓜子脸，丹凤眼，那浓浓的眉毛，不大不小的鼻子和嘴，再加上洁白如玉的皮肤，活脱脱的一个倾城倾国的美人儿。美人儿的眼睛又大又明亮，那眼睛仿佛会说话似的，看你一眼，就会把你的魂儿勾走。

也就是那一年，申公豹偷下昆仑山，来到朝歌，见到了胡仙儿。他一眼就看中了这个姑娘，便拼死追求，心中曾有一旦能与胡仙儿成亲就永不再上昆仑山的念头。

申公豹哪里知道，京城朝歌的那些达官贵人，那些有钱人家的纨绔子弟，每一个都像一只苍蝇，早就盯上了胡仙儿。只是胡仙儿聪颖，心气儿极高，根本看不上他们。申公豹凭什么想娶胡仙儿？他忘乎所以，连他的歪脖儿都在那狂热的追求中忘却了，这就叫癞蛤蟆想吃天鹅肉。

乌仙极其讨厌申公豹，她对女儿说："提防着那个申公豹，不在于他的歪脖儿，而在于他脖儿歪心也歪，心术不正。"

第四回　宋义仁助人为乐　申公豹卖身求荣

胡仙儿笑了，说："娘，你放心，除了天子，我一个也不嫁！"

她仿佛了解自己的美丽、自己的价值。那您也许会问：纣王好色，如此美人儿，纣王怎会不知？对了，对了。朝歌北城有个倾城倾国的美女胡仙儿，纣王早有耳闻。不是他有意打听，而是那些拍马屁投其所好的大臣走狗们告知他的。但当他知道这胡仙儿是一个丑陋的巫婆的女儿时，顿时摇头说："太低贱了。天子若有举动，将被天下众人耻笑！"

就在申公豹千方百计想霸占胡仙儿时，恰巧姜子牙受师父委托来朝歌办事，得知此事，十分生气，劝申公豹说："你是玉虚宫门人，怎能做出这等违背教规之事，师弟千万自重，千万自重！"

姜子牙回到昆仑山后，将此事报告了元始天尊。天尊也十分生气，派童子下山召申公豹回宫，狠狠地训斥了他一顿，并警告说，如若他不悔改，将撤去他的所有功法。

从此，申公豹有所收敛，但也对姜子牙怀恨在心。现在，乌仙来找姜子牙，正是向他告知申公豹近日之事："姜子牙，申公豹下山，你可知晓？"

姜子牙点头答："知道。他此次下山是我师父同意的。"

乌仙忧虑地说："我听说申公豹下山以后，投奔了朝中费仲。"

姜子牙一惊："是那个奸臣贼子费仲？"

乌仙点头说："正是那个混账东西！"

他们正要往下说话，猛听街上一阵嘈杂吆喝之声。辜江洋慌慌张张跑进来说："师父，不好了，不好了——官兵前来抓人呢——"

第五回 娘娘庙小女惨死
　　　　　朝歌城老臣进谏

　　辛江洋慌慌张张跑进屋来，喊："不好了，官府前来抓人了！"

　　姜子牙一惊，问："抓谁？"

　　不等辛江洋答话，官兵的马队已经到了算命店铺门前。马嘶人喊中，一位十分肥胖的官员从马上跳下，掸了掸崭新的朝廷官服，挺胸凸肚地迈进店门，问："此处是姜子牙的店铺？"

　　姜子牙慢慢站起身，迎过去答道："不错，正是姜某的店铺。"

　　那官员微微一笑，问："听说你是活神仙，那你算算我是谁？"

　　姜子牙也微微一笑，回头对坐在桌旁的乌仙和辛江洋说："你二人在此分散我的精神，请到门外去。"

　　那官员一指乌仙，说："她是巫婆乌仙，对吗？她不要走。那孩子嘛，随便。"

　　辛江洋瞪了那官员一眼，向门外跑去。姜子牙打量着那官员，说："请大人向前走五步。"

第五回　娘娘庙小女惨死　朝歌城老臣进谏

那官员向前走了五步。

姜子牙又说："请大人后退五步。"

那官员后退五步。姜子牙从头上的官帽一直打量到那官员的脚上，说："请大人原地转上三圈，慢一点儿。"

就在那官员转的时候，门外传来了辜江洋唱儿歌的声音，那里有姜子牙需要知道的信息，他用心地听着：

打大雷，

刮大风，

刮来一只痱子虫，

长痱子，

痒心中

……

那官员转完了，姜子牙双目盯着他说："大人让我算算您是何人？"

那官员得意地说："恐怕算不出来吧？我知道，十个活神仙有八个是骗钱的！"

姜子牙装出生气的样子，说："慢。大人不能这样讲。你以为我没有算出来吗？"

那官员瞪大了眼睛，说："好，那你说，我姓甚名谁？"

姜子牙一指他，大声说："你——你是费仲，费大人！"

姜子牙算得不错，他正是朝廷要员，纣王宠臣之一的费仲。费仲听了，心中也着实惊奇，无奈地说："唔，名不虚传，名不虚传。好了，后会有期。今日来此，并非为你。此来是官府要捉拿巫婆乌仙前去问话。听说她在你处，果然不错！"

乌仙听了，并不惊慌，她好像早有准备。因为她心中知道，这么多年来，她说了朝廷包括天子纣王的许多坏话。有些是打抱不平为民喊冤，有些是故作惊奇哗众取宠。但此时此地，她仍想问个明白："我乌仙替天说话，你们前来捕我，违背天意。我有何罪，你说清楚。"

费仲"哼"了一声，说："有人告你，说你曾编过巫歌，咒骂纣王和我商汤社稷。那歌谣是这样唱的：危危危哇危，人欲死，山将毁，鸟兽亡，草木催，天意难违背……"

乌仙听后，哈哈大笑，说："那是天意，我只是用嘴替天讲述出来罢了。你们捕我，我毫不在乎。好，走吧！"说着，站起身，迈开步子，出到门外。

费仲命令官兵说："拿下乌仙！"

那些官兵答应一声，呼啦啦围了上去，将乌仙五花大绑，捆了个结结实实，押解着离去了。

远处传来乌仙那嘶哑的女巫歌声：危危危哇危，人欲死，山将毁……

那凄凉悲壮的巫歌，随着越走越远的人，渐渐地、渐渐地远去了，消失在那饱含着难以形容的巨大悲哀的天空中。

过了不久，姜子牙就听说，告发乌仙的人，不是别人，正是那申公豹。他正在想办法去救乌仙出狱的时候，从衙门传来了噩耗：乌仙已被乱棍打死，凄苦地离开了人世。

辜江洋看着心情沉重的师父，安慰他说："师父尽了心，力不能及，也是无奈。乌仙她人已死，师父还是放宽心好。"

姜子牙叹息道："乌仙唱唱巫歌，遭此大难，真是不该。据说是费仲禀奏纣王，纣王下令抓捕乌仙，置她死地的。这个

第五回　娘娘庙小女惨死　朝歌城老臣进谏

纣王啊！"

姜子牙说到这儿，陷入了沉思。辛江洋问他："师父，弟子曾听师父讲过，那纣王曾经是个有作为之人，今日怎么为他叹息？"

姜子牙站起身，走到门口向外看了看。见近处无人，便关了店门，回到座位上，端起茶碗喝了一口，深沉地讲道："你说得不错。我说过那样的话，也是事实。那纣王身材魁伟，浓眉大眼，十分英俊。不仅仪表堂堂，而且天资聪颖，多才多艺，力大无比。这是京城和天下各路诸侯中见过他的人的共同看法。连那当年刚刚十几岁的小姑娘胡仙儿都迷上了他，说除了天子，她不再嫁人。当然，那是戏言。有一次，纣王率大臣们外出狩猎，正在森林中休息，突然从山峰后跳出一只猛虎。猛虎张着血盆大口，吼叫着，扑向纣王的皇叔比干，比干吓得倒在地上，这时赤手空拳的纣王跳起身子，迎上又一次跃起的猛虎，死死地抱住老虎的脖子，让老虎进也不行、退也不行。那老虎伏在地上积蓄气力，突然跃起五尺多高。纣王就势一同跃起，就在老虎落下想翻倒纣王时，纣王双脚一蹬，竟让那老虎竖立起来，头朝地上倒栽葱摔在下边。老虎的鼻嘴埋在泥里，不大工夫，就被活活憋死了。"

辛江洋说："唔，要论力气，他是个盖世英雄。可要论良心，他可是个坏蛋！"

姜子牙点着头说："是呀，他是你的仇人。如果公正地讲，他平定东土、开发南方，也是有战功的。可是世界万物，包括人在内，都是变化的。纣王也在变，他变得越来越残暴，刚愎自用，荒淫腐化，自私狭隘。他父王帝乙立他为太子的时候，曾告诫过他：'我本意并不想立你为太子，这太子应是你的哥哥来当,你哥哥启(后来的微子启)心地善良。可他是你母亲没当王后时生的,所以众臣反对。无奈,我同意立你为太子,在将来我死后执掌天子大权。受(纣王的小名)啊,我的孩子,你继位之后,一定要顺从天意,勿忘社稷和百姓。如果哪一天你变得一味享乐,迫害百姓,你可就完蛋了。你完了,还不要紧,可是你如若断送了商汤天下,我在九泉之下也要诅咒你啊!'"

辜江洋啐了一口唾沫,说:"纣王他父亲说得有理。我觉得师父讲得也很有理,这纣王渐渐不得人心了。"

师徒二人越说心中越有气,见天色渐晚,便吃罢晚饭,上床歇息了。第二天是三月十五日,早有人在街面上喊:"今日是女娲娘娘诞辰,娘娘庙有庙会,好不热闹!听说天子率三宫六院和众大臣也要进庙祭拜呢!"

姜子牙对辜江洋说:"今日百姓都去逛庙会、看热闹,街面人少,咱们就关门歇息一天。你年少好动,可以去看看热闹、逛逛庙会。桌下钱箱里有钱,你自己取了去用就是。"说罢,便坐在桌旁研读他的兵书阵法。

辜江洋取了些零钱,告别师父,高高兴兴朝娘娘庙跑去。

头几天,纣王上朝,宰相商容启奏道:"吾王万岁。三月十五女娲娘娘诞辰,依先王惯例,天子要降香祭拜娘娘,请陛下定夺。"

纣王听后,说:"年年如此,今年也不例外。正好我也看看热闹。你等筹办吧。"

瞧,今天一大早,纣王就率领着他的中宫原配王后姜氏、西宫妃子黄氏、馨庆宫妃子杨氏,还有其他嫔妃,在御林铁骑

第五回　娘娘庙小女惨死　朝歌城老臣进谏

的保护下,来到了娘娘庙。

祭拜时刻一到,鼓乐齐鸣,香烟缭绕,纣王与众文武大臣、王后妃嫔,在大神殿排开,焚香跪拜。

祭拜完毕,纣王等人来到侧殿歇息。纣王忽然从窗户中看到不远处的广场上的拴马桩上拴着一匹枣红大马,十分威风。他微微一笑,仅带一名侍卫悄悄走了出去,让侍卫去牵那马。

侍卫走到拴马桩,伸手就解绳子。马主人拦住问:"您是想要买马?"

侍卫眼睛一瞪,骂道:"你瞎了狗眼?你没看到老子是当今天子的侍卫。我家纣王借你这匹马骑骑,你敢说一句话,老子就要你吃不了兜着走!"

那马主人一看侍卫的装束,又听说是纣王看中了这匹马,哪里还敢说一个不字。侍卫解了绳,牵着马,来到庙门附近,将马交给纣王。纣王脱了龙袍,交给侍卫,然后翻身上马,赞叹道:"好马,好马!"说着,猛地给了枣红大马一鞭,那马如同箭离弓弦一样奔跑起来。庙会人多,个个悠闲信步,突然一匹马闯入人群,人们不由吓得个个狂呼乱喊:

"不好啦——快躲——"

"踩死人啦——"

"这是何人,如此无礼?"

人们喊着,躲着,骂着,乱成了一团。纣王眼看着人们的惊恐,眼看着躲不及的人倒在马下,不由"哈哈"狂笑,觉得十分有趣。

这时,辜江洋刚刚来到庙会门口,猛然见一个人骑着大马向外冲来,眼看要踩踏撞倒一位老奶奶和她拉着的小女孩儿,不由大惊失色,喊道:"站住!不得无礼!"

说时迟，那时快，辜江洋使出了跟师父刚学会的翻腾功夫，忽地拔地而起，抢在飞奔的马前，拉开了老人。辜江洋想，猛拉老人一把，老人拉着孩子会一起躲开。可是，料想不到，就在那一刹那，孩子竟没有拉紧老人的手，倒在了马蹄之下。那马蹄踩着她的脸奔跑过去，女孩连喊叫都来不及就命丧黄泉了。

辜江洋一阵心痛，正想去抱那女孩儿，忽见大批御林军马队浩浩荡荡跑来，从小女孩身上踏过，女孩儿顿时没了人样儿……

原来，大臣们发现纣王骑马而去，急派御林铁骑前来护卫。当辜江洋知道那残暴的骑马人就是纣王时，他咒骂起来："暴君，不得好死啊！"

纣王一天比一天挥霍无度。他强迫成千上万的奴隶，花了七年的时间，在朝歌建了一座周长三里、高达千尺的鹿台。鹿台上亭阁楼台，巍峨秀丽，无比壮观。登上鹿台，如同登临仙境，极目远眺，朝歌远近，尽收眼底。

纣王在鹿台上看到朝歌远处至邯郸路上还不够壮观，就又下令："征集奴隶五万人，在那一带建造行宫，行宫旁修造猎场，限期完成。有违命怠工者，一律处死！"

纣王为了换换环境，同时又命令修造了一座规模宏伟的仓库——钜桥，将各路诸侯的贡品与搜刮来的钱粮存放在那里，以供长久享用。接着，又传旨在沙丘开辟了数个苑囿，养了无数珍禽异兽。在华丽的行宫与苑囿修建好了以后，他召集文武大臣，传旨道："现今天下归一，我商汤基业牢固，万民乐业，天下太平。本王从此称为天王，告示天下周知。"

庙会门前踩死小女孩

纣王自封天王后,更加不可一世。许多有识之忠臣向他进谏,他根本听不进去;而那些奸佞之臣的进言,他却一一采纳。

有一天,大臣费仲启奏说:"臣费仲启奏天王陛下。当今天王圣明,国威鼎盛,万方仰慕。国家昌盛,开支就大,因此,臣以为应向各路诸侯征集钱粮财宝。为了尽快充实仓库,可以选一地点,召集诸属国前来签订协约。"

另一大臣,也是费仲的好友尤浑,也启奏说:"费大人所奏极是。望天王采纳。"

纣王想了想,问道:"你们说,在何地召开这次会议?"

费仲道:"依臣之见,黎地离朝歌不算太远,地盘又比较宽阔,在那里召开会议应是最好。"

尤浑也再奏道:"臣还有建议。各路诸侯,四方属国,有的乖顺,有的刁顽。依臣之见,天王征召贡赋,他们未必个个服从。因此,要用些武力给他们瞧瞧。"

纣王点头,传旨宰相闻仲前来商议,说:"宰相闻仲,你看他们所奏如何?"

闻仲奏道:"充实国库倒也不错,只是动用兵力,恐惹起众属国反感。"

纣王想了想,说:"还是依费仲、尤浑所奏办吧。传旨打造铜戈、刀斧、箭镞、战车,不许怠慢。一月之后,在黎地各诸侯属国会商时,举行阅兵。"

闻仲接旨,忙去操办。一月之后,在黎地聚集了数百各路诸侯与属国王侯,他们看到遍地军营,戈戟如林,无数商王将士整整齐齐排列着。那马,高大雄骏,个个佩戴鲜艳的装饰,金铃玉勒,绣辔珠衔。战车上的勇士,个个头戴金盔,手执铜

第五回　娘娘庙小女惨死　朝歌城老臣进谏

戈利斧，锦甲宝带，雕弓利盾，威武无比。

各路诸侯与属国王侯，见此阵势，胆战心惊，一一在协议上签约，同意增加贡赋。纣王大喜，请众人狩猎。猎了一天，野兽堆积如山，尸骸遍地，毛血成河。晚上纣王设野味宴犒劳，灯火辉煌，肉香酒美，尽情欢乐。

表面上看，各路诸侯与属国王侯接受了纣王的条件，实质内心并不乐意。一是负担太重，二是他们看到纣王腐化荒淫，无谓地在消耗他们的血汗。于是，下边一片怨声，渐渐地，一些诸侯开始联络起来，准备对抗天王。

黎地的盛会，国力的威武，使纣王得意忘形。他回到朝歌，然后又来到鹿台。面对如此大的宫殿群，他忽然又觉得少了点儿什么。少什么呢？空空荡荡！于是，他召集群臣，说道："本王建有鹿台，继有倾宫琼室，只觉空荡，所以想令四方诸侯各选美女百名，充实宫廷，以供役使。不知众臣以为如何？"

老臣商容是当年力荐纣王为太子的重臣之一，此时听了纣王的话，心情沉重。他出班奏道："老臣商容启奏天王。过去尧舜施德于民，民丰物阜，天下太平。前朝夏桀荒废国政，丧信于民，最后被我商汤祖先灭除，死于南巢。今天王一而再再而三大造宫殿，抢掠民女，已是怨声载道。如今又要天下选美，万万不可，万万不可啊！"

纣王一听，大怒道："大胆！商容倚老卖老，竟敢妄评朝政，诬诉天子，罪不容赦！本王身为天王，享受人间，理所当然。念你过去有功，此次恕你无罪，还不下去！"

商容老泪纵横，颤颤巍巍地退了下去。这朝上众大臣因见商容都被斥退，差一点儿获了死罪，谁还敢说话？只有费仲出班,面带笑容,高声禀奏:"天王容禀。小臣费仲以为,天子征召天下美女,并不过分。臣可代天王拟旨,操办此事。征集天下美女,可以选美与荐美相补。选美百名,恐会漏去;以荐美补充,才能尽善。这样,天王宫中美女如云,可为旷古佳话。"

纣王听后,十分喜悦,说:"此事交予爱卿去办,不可延误。"

费仲领旨,谢恩道:"微臣谢恩。陛下放心,小臣绝不会掉以轻心。"

费仲退下朝来,找来了同僚好友尤浑,共同商议天子选美一事。尤浑说:"费大人今日朝廷所奏,虽得到天子称赞,但大臣中多有不服。另外,大规模选美,各路诸侯与众属国恐怕也难听从。圣上愿望甚好,可这样做了,说不定会引起天下大乱。一旦大乱,费大人的责任可就大了。"

尤浑的一番话,吓出了费仲一身冷汗,问:"听尤大人之言,我冒失了。"

尤浑摇头说:"冒失,我不敢说,只是责任太大。办不好,纣王责怪;办好了,臣民责怪。"

费仲为难了,自言自语道:"唉,这件事,想不到会如此麻烦,真是'风箱里的老鼠,两头都受气;猴子嗑瓜子,里外不是人'!"

尤浑点头说:"的确如此。"

费仲为难了。他愁眉不展地问:"这可怎么办呢?还望尤大人指教。"

尤浑故弄玄虚,咳嗽了几声,慢吞吞地说道:"办法只有一个字,拖!"

第五回　娘娘庙小女惨死　朝歌城老臣进谏

费仲不明白，问："此字怎讲？"

尤浑笑了，解释说："拖，就是不要忙，慢慢来。选美之事，天子当然着急，但是当今天下不安，四方反叛，此起彼伏，已够天子分心了。再者，纣王有三宫六院，无数美人养在后宫，又不断掠来新人，稍稍拖后，恐不要紧。但拖，不等于停止。停了，你便有欺君之罪。我看，拟好圣旨，请天子点头，然后昭示天下，那就可以慢慢来了。有好的合适美女，隔五差六地献进宫中；如若没有，就稍等等。这样，上边有了交代，下边又不会被逼得狗急跳墙。是为上策。"

费仲听了，认为尤浑说得有理，正要说些感激之话，忽然家人来报："禀报大人，门外商容商大人来访。"

商容是朝中老臣，备受尊重。费仲一听商容来访，心中打鼓，不知是凶是吉，便问："还有何人？"

家人答道："仅带两名随从。"

费仲这才放心，说："有请。"

他的话音未落，商容已经闯了进来。他满脸怒气，看到尤浑也在这里，说："你二人过来！"

费仲与尤浑不知商容何意，一齐向商容走近。他们站在商容面前，毕恭毕敬地问："商老前辈有话请讲。"

商容摇动着白发苍苍的脑袋，哈哈笑了一声，说："你们听好！"

说话的同时，他举起右手，使足了劲儿，抡圆了，一个耳光打在费仲的脸上……

第六回 选美人苏女遭难
做噩梦妲己惊醒

老臣商容一个耳光打去,只听费仲"哎哟"一声,一个趔趄,差一点儿倒在地上。

尤浑看见朝中重臣动手打人,打的又是当今天子的宠臣,实在是出乎他的意料。他正不知如何是好,那商容已经又举起了胳膊。尤浑要躲,已经来不及了,只听"啪"的一声脆响,尤浑的脸上已经印上了红红的五个指印。

尤浑捂着脸,说:"商老大人,你这是从何说起?我没做错什么事呀!"

商容骂道:"你也不是什么好东西!"说罢,扭头就走。

费仲的牙和鼻子都流出了血,他指着自己的脸,大声说:"商容,你把我打成这样,我要到纣王那里告你!"

商容不听也罢,一听费仲这话,气更大了,扭转身来,伸出手招呼费仲说:"来,来,你过来——"

费仲哪里还敢过去!相反,他倒是退后了几步,说:"你,你,你太、太不像话了。"

商容朝地上狠狠啐了一口唾沫,愤愤地转身大踏步地走了。

第六回　选美人苏女遭难　做噩梦妲己惊醒

费仲见商容离去，这才骂道："老不死的，仗着他是先王旧臣，又受过先王之托，竟敢打人，我非治治他不可！"

尤浑一边用手揉着脸，一边说："行了，行了。老家伙已经走得没影儿了。看来，这两天我是不能出门了，得让这脸消消肿。费大人，你就照我说的做吧。下官告辞了。"说罢，揉着脸"哼哼"着走了。

费仲坐在椅子上生着闷气，心里盘算，事不宜迟，先为圣上拟了诏书，然后请天子过目。

当天晚上，他拟好了诏书。第二天早朝，将诏书呈给纣王。纣王阅后，十分满意，下令颁发天下，遵照执行。

纣王见费仲的脸，一边大一边小，大的一边颜色还发紫，觉得奇怪，便问："爱卿，你的脸怎么变成茄子模样？"

费仲暗暗叫苦，心里悄悄说：嘿，这纣王，还开玩笑！怎么会像茄子？他想实说，参商容一本，可又觉得自己挨打并不光彩，还会被人耻笑。算了，就算吃个哑巴亏。于是说："说来惭愧。昨晚摸黑去厕所，不小心跌倒在地，磕伤了脸部。"

纣王觉得可笑，说："嗯，以后应当小心才是。"

选美诏书颁行天下，各路诸侯、各路属国和全体百姓，无不惊讶。诏书印成布告，贴在了朝歌要道路口。这天，姜子牙去看望宋义仁归来，见许多人围观布告，他也凑上去看。看了布告，心中暗暗想：这纣王是益发为非作歹，失去民心了。他再观看百姓，众百姓议论纷纷，有怨恨的，有不平的，有诅咒的，更有破口大骂的。

姜子牙刚要离去，忽听有人叫："胡仙儿，天子选美，这次也许能将你选上。只看你有没有这份福气了。"

姜子牙急忙转头观看，果然见胡仙儿打扮得花枝招展，在几个阔少的陪伴下走过来。

胡仙儿小时候，姜子牙是见过的，是个十分可爱的女孩儿。在申公豹纠缠她时，她已是少女，姜子牙也见过一面，那时，她已是人见人爱的出名的美人儿。当时，她母亲管教甚严，胡仙儿也十分单纯。自从她母亲乌仙被乱棍打死以后，胡仙儿便恨死了当今纣王。她说："我与他不共戴天！杀母之仇，我早晚要报！如果今生今世报不了仇，我就来生报。如果来生报不了仇，我就来来生报……"

她是真心的。听了她的话，谁都会同情她，相信她。姜子牙曾经被她的真情实感深深地打动过。但是，过了不久，姜子牙就听人讲，胡仙儿变了。她开始和那些阔少爷鬼混，过着醉生梦死的日子了。

姜子牙听到有人叫胡仙儿的名字，他不想与她相见，就连忙躲进人群，然后靠在一棵树后，听胡仙儿说些什么。

胡仙儿与叫她的中年男子打了招呼，然后在那几个阔少的簇拥下，来到布告前观看。她边看边笑，说："如果选中我，我就去。哼，我也尝尝给天子当老婆的滋味儿。"

一个油滑的阔少嘿嘿嘴，说："那滋味儿错不了，享不尽的荣华富贵！但愿能把我的姐姐和妹妹都选了去。"

旁边一个农民打扮的小伙子骂道："下贱玩意儿！"

那阔少一把揪住那小伙子，质问道："你骂谁下贱？"

那小伙子膀粗腰圆，一摆胳膊，甩得那阔少一个趔趄。他说："我又没骂你，你干什么捡骂呀！"说罢，摇着肩膀走了。

胡仙儿拉住那个阔少说："别理他，臭种地的！"

第六回　选美人苏女遭难　做噩梦妲己惊醒

姜子牙看在眼里，听在耳里，心中十分不快。他不明白，这个如花似玉的姑娘，现在怎么会变成了这个样子！他想起了元始天尊常讲的话：人是会变的，万物都在变……

他气得刚要离去，忽然看到远处跑来一匹高头大马，那马上骑着一个矮胖且脖子歪着的人。姜子牙一眼就认了出来，那是他的师弟申公豹。

申公豹并未看到姜子牙，他策马跑到前边，对刚才大声讲话的阔少喊："费公子，费大人叫你回去！"

胡仙儿看见申公豹，竟没有一丝羞涩与不安，老练且毫不在乎地说："申官人，上次来我这儿没坐一会儿就走了，怎么，当今的申公豹与过去的申公豹不同了？是什么药让你变的？哈哈哈……"

申公豹撇了撇嘴，说："胡仙儿，恐怕不是我申公豹变了，而是你胡仙儿变了。从一个天真烂漫的少女变成了狐仙儿。不是姓胡的古月胡，是狐狸的狐！"

申公豹的话使胡仙儿十分难堪，一时间，脸上青一块红一块，竟不知说什么好。停了一会儿，她骂道："歪脖儿，别癞蛤蟆吃不着天鹅肉，就满口喷粪！"

姜子牙往回走时，心里在猜那费公子是谁。他听乌仙讲过，申公豹投靠了费仲，那费公子肯定是费仲的儿子。他心中默念着乌仙的名字，心中说："乌仙，你女儿变了。变了！"

天子选美的诏书公布以后，各路诸侯纷纷秘密派人前来见费仲，赠他许多珍贵礼物，希望他能在纣王面前多说些好话。诸多王侯中唯有一个诸侯国国王显得傲慢，不仅不向费仲与尤浑送礼，就是礼节性的招呼也都不打。这位国王就是有苏国国君苏护。苏护为人正直豪爽，他在国都朝歌曾多次对纣王进谏说："苏护禀奏天王。天王身旁有许多忠臣，为社稷操劳，商容、比干、闻仲、蜚廉等都是。但也有奸佞，常献谗言，此人就是费仲。"

纣王偏袒费仲，对苏护的进谏不但不采纳，反而说："苏爱卿，你的话我明白。你的忠诚，我也明白。也许爱卿对费仲不够了解，所以可能产生了误会。其实，费爱卿是很尽力为社稷出力的。好了，苏爱卿可以退下了。"

苏护在费仲的心目中是一颗眼中钉，费仲一直在寻找机会报复他，现在，机会来了，因为他早就听说苏护有个漂亮的女儿，名叫苏妲己。

苏妲己生长在王侯之家，自幼就受到良好的教育。她性情温柔和顺，从不与人争吵。与她的善良的内心相匹配的是她的容貌，她是有苏地区人人都知的漂亮姑娘。圆圆的脸，像八月十五的月亮，脸上的一双明眸，像两池清澈的泉水，看不见底；高高的身材，丰满的腰身，透着一股春意盎然的气息。父母都十分钟爱女儿，放在手心怕磕碰，含在口中怕化了。

妲己渐渐长成青春少女，远近达官贵人纷纷前来求亲，苏护厌恶地说："以后有人再来求亲，一律轰了出去！"

苏护妻子苏夫人知道，丈夫是舍不得女儿离开父母。但这又怎么可能呢？儿大当婚，女大当嫁，人人如此，家家如此啊！

苏夫人问女儿："妲己我儿，你愿意出嫁吗？如若愿意，为娘就为儿选一名如意郎君。"

苏妲己听了，脸顿时红得像熟透的苹果。她摇摇头，一歪身，倒在母亲怀中，撒娇地说："娘，我不嫁人！我要永远孝

第六回 选美人苏女遭难 做噩梦妲己惊醒

顺疼我爱我的父母！"

苏夫人笑了，说："唉，傻孩子。爹娘确实舍不得你，可女儿大了，终究要出嫁啊！"

妲己搂着娘的腰，说："不嘛，不嘛，别人我不管，我就是不出嫁！"

妲己的憨态逗得苏夫人直笑，说："好，好，就像你爹说的那样，再有来求婚说亲的，一律轰了出去！"

苏护怎么也想不到，大祸将落在他的头上。

一天早朝完毕，纣王留下了费仲，问："费爱卿，听说选美诏书已颁布天下，只是本王不知目前进展如何？"

费仲连忙答道："微臣禀奏大王，进展顺利。各路诸侯与各属国正在抓紧筛选。只是听说，有苏的苏护对天子选美不满。"

纣王皱起眉头问："他说什么？"

费仲说："他说，纣王已有无数后妃美人，此次又在天下选美，实在是不得人心！"

纣王听了，想了想，问："你说，他说的对不对？"

费仲趁势说："确实有些问题。大王，我就实说了吧。选美诏书公布以后，朝中大臣反对者有，只是他们不敢说罢了。百姓也议论纷纷。"

纣王满脸怒气，说："原来你并没有如此讲过，那是为何？"

费仲说："当时微臣也认为天子选美并非为过。可是，一旦去做，确有非议。大王，微臣还有好的主意，不知当不当讲？"

纣王吁了口气，说："讲！"

费仲故意慢腾腾地说:"微臣想,如果大王宣诏,废除天下选美,当会获得天下英明天子之称。至于美人嘛,不妨悄悄寻找。这不是两全其美嘛!就说寻找吧,这并不难,谁家有美女,街坊邻居都知道。微臣就听说苏护有一极美貌的女儿,可谓天下第一美人啊!"

纣王听后,点了点头,说:"你说得很有道理。好吧,你就按刚才说的去办。至于那苏护之女,你去将她接来。苏护不会反对吧?"

费仲摇摇头,说:"他若不遵天王之命,就可以诽谤朝廷之罪与违抗圣命之罪一并惩处。如若遵命,将其女儿送进宫来,则另当别论。"

费仲返回官邸之后,立即拟定了取消天下选美的诏书和命令苏护限期送女儿进宫的圣旨。苏护接到圣旨,如同五雷轰顶,不知所措。他陷入了极大的痛苦之中,立即与苏夫人商议。苏夫人晕倒了几次,哭得像泪人一般,说:"天降大祸,让我们可怎么办啊!你若将女儿推入火坑,我就与你拼了!"

苏护唉声叹气,无计可施。第三日,他便病倒了。

要送女儿进宫,充当纣王妃子之事,一直瞒着妲己。妲己这几日见全家人都闷闷不乐,父亲又病倒在床,母亲终日眼泪汪汪,不知发生了什么事。她来到父亲床前,说:"父亲大人身体欠安,如同尖刀插入女儿胸膛。求上天将病生在女儿身上,保佑父亲早日康复!"

妲己的孝心更使苏护伤感,他老泪纵横,嘴唇颤抖着一句话也说不出来。

女儿看出父亲心中有话,不安地问:"父亲心中有为难之事,不知能否讲与女儿听听,让女儿为父亲分忧?"

第六回　选美人苏女遭难　做噩梦妲己惊醒

苏护心中矛盾，可想了又想，此事瞒过今天，瞒不过明日，干脆如同女儿讲的，告知于她，也许她还有什么办法。想到此处，苏护擦了擦泪水，说："女儿啊，此事与你有关。"

妲己一惊，问："与我有关？父亲快讲！"

苏护将当今纣王选美征召妲己进宫之事讲了一遍。妲己吃惊得脸都变了颜色，好半天说不出话来。

苏护见女儿难过，连忙说："女儿，你不用担心。为父正在想办法。"

妲己慢慢镇静下来，说："父亲，如果咱们不答应，会是怎样？"

苏护想了想，说："如果抗旨，纣王会怪罪下来，治为父抗旨之罪。"

妲己又问："如何治法？"

苏护答道："死罪无疑。"

妲己点了点头，又问："那纣王虽为天子，但也是商汤后裔。我们有苏是汤王所封，他应尊重我们。今日无礼，我们反了，如何？"

苏护说："女儿所说，正是这两日为父所思。我想，你不仁，我不义，我们有苏国反了，从此不再向商天子进贡。"

妲己又问："女儿要问的是，如果反叛，那纣王会怎样做？"

苏护想了想，说："根据过去经验与纣王的性格，他会派重兵或者亲自率军征伐我们。那将有一场恶战。当然，敌强我弱，如果他利用天子地位，再调集各诸侯一同来犯，那我们会人亡国灭。不过，人亡国灭，我苏护不怕！"

妲己摇头，说："人亡国灭，就为了女儿一人？"

苏护点头："是的。为了你，我什么都可以做！"

苏妲己哭了。她心中是什么滋味儿？她心中如同大海的浪涛。父母生了她，天大的养育之恩还没报答，是她，又给父母带来了天大的灾祸……

答应进宫充当妃嫔，父母难过，自己也不愿意。那纣王如此暴虐，怎会是个好丈夫！

不答应进宫，父母将被治罪，百姓将受涂炭。

怎么办？怎么办？

妲己左思右想，前后掂量，最后想到了一个字，这个字也许能解决所有灾难。

那就是：死。

俗话说，一死了之。死了，一了百了！

当她的这种想法被父亲看出之后，父亲老泪纵横地说："孩儿呀，要不得，要不得！一死了不了呀！你死了，我和你母亲仍是违抗圣旨，重则处死，轻了也会坐牢啊！"

死也不行？那还能怎么办？只有遵旨才行？百姓只有被迫害的份儿，没有别的活路？

半个月过去了，苏府上下笼罩着悲哀、恐惧与无奈。这天中午，有苏国边境守将苏全忠派人来报："苏将军禀报父帅，那纣王已派十万大军前来，声称若不送女进宫，将扫平有苏。大兵压境，请父帅定夺。"

妲己知道，事情不能再拖了。她对父亲苏护、母亲苏夫人说："女儿想了几日，现拿定了主意。女儿进宫，可解救父母之危难。女儿已经长大成人，早晚要出嫁做人妻子，现入宫做妃，有何不可？请父母能体谅孩儿之心，应允女儿！"

妲己的话，使苏护夫妇心中更加难过。他们怎能不了解

第六回 选美人苏女遭难 做噩梦妲己惊醒

女儿。女儿心中的苦痛,他们从女儿的眼神中看得一清二楚。女儿为了不给父母带来痛苦、不给国家百姓带来灾难,委曲求全,忍痛答应进宫,孩子的心善良啊!

苏护夫妇和家中老幼无不动容,他们为妲己担忧,为妲己哭泣。

苏妲己态度坚决,说如果父母兄弟不同意,她就一死了之。全家无奈,只好答应了妲己的请求,为她进宫做准备。

第三日清晨,苏护点三千人马、二百家将,整备毡车,只等女儿梳妆上路。妲己起得很早,在院中走了一圈,回忆着幸福的童年,然后坐在梳妆台前打扮了一番。她想,自己走了,此去凶多吉少,可现在告别父母,不能让老人悲伤!她假装笑容满面,穿好锦衣、绣鞋,走到车前。全家老幼都来送行,不少人哭了起来。此时此刻,妲己再也控制不了自己,泪如雨下,跪在地上,拜别双亲与众亲友家人。院内院外,府上府下,一片哭声。妲己悲悲切切地站起身来,百千娇媚,令人怜爱,犹如带雨梨花、笼烟芍药。

在惊天动地的哭喊声中,妲己一行人马,在苏护的率领下出发了。一路上饥餐渴饮,日行夜宿,辛辛苦苦走了将近一月,才来到京城朝歌。

早有人报于费仲,费仲哈哈大笑:"哈哈哈,你苏护终于也有今日!"接着,又命令来人说:"告诉苏护苏侯爷,纣王这两日正在狩猎,不在京城。请他们一行人暂住我费府后院,待圣上归来,立刻禀奏。"

报子将费仲的话报给苏护,苏护心中不快,心想,本人与费仲原本就不是一类人,现在要住他家,实在不便。他正犹豫,家人进来说:"老爷,费仲费大人到。"

为什么费仲今日与仇人如此攀亲，想接近苏护？他可不傻。他害了苏护，让苏护家中降了灾难，又搬兵威胁，几乎让苏护搭上一条老命。今日，一旦事成，那苏家小姐苏妲己就进宫为妃，能不能得宠，尚不可知。也许凶多，也许吉多。如若得宠，那可不得了。新的妃子只要在纣王耳边多讲几句，就能让他费仲生死难卜。

这样想着，费仲当然要热情接待苏护。苏护是老实人，未曾想到这一层，因此，十分纳闷。

费仲笑容可掬，握着苏护的手，说："苏老侯爷，一路辛苦了。此次大王选美，我也是劝过纣王的，只是位低言微，不起作用。后来，还是我劝说纣王废除天下选美的。至于您家……"

说到这儿，苏护质问他说："我家有女，是谁荐给纣王的？"

费仲立即说："下官真的不知是何人所荐。事已至此，就不管他了。只有一点，我觉得苏侯爷应该想到，苏小姐进得宫去一定有享不尽的荣华富贵，而侯爷您的于国于民有利的谏言也能容易地传递给天子，让纣王更能英明地处理国事。您说，我讲得对不对？"

苏护听后，暗暗想，这费仲说的后半部分也有些道理。只是这家伙诡计多端，谁知他心底是怎么想的。

费仲见苏护已经心动，连忙又说："从前，下官对侯爷多有不敬，还望侯爷原谅。今日，下官是真心请小姐下榻敝府，望侯爷不必犹疑了。"

苏护一是因京城旅店杂乱，二是见费仲也还诚恳，所以点头说："那好吧。我等借住贵府，恐给费大人带来不少麻烦。日后，本官当有重谢。"

第六回　选美人苏女遭难　做噩梦妲己惊醒

说好以后，由费家家人带领，苏家一行来到了费府后花园。这里是费仲去年新修建的，规模宏伟，十分气派。后花园有五套互相连接的院落，很是雅静。

苏护住一院，妲己住一院，其他人等分住各院。晚上，费仲设家宴欢迎苏护与他女儿，由尤浑、申公豹作陪。

宴席摆好，宾主入座。最后来到的是妲己。她已经洗去路途风尘，恢复了青春美貌。也许是心中压抑，白皙中透着红润的脸上时时流露出几丝忧郁。出于礼貌，她仍面带笑容，仿佛是春日春雨中的一朵圣洁美丽的花朵。

费仲睁大眼睛一看，禁不住失声叫道："啊！名不虚传，天下绝美！"

那尤浑与申公豹也都看直了眼，连连说："苏侯爷家的小姐真是漂亮，与纣天子真是天生的姻缘！"

对人们的赞叹，妲己已经听多了。她根本不在乎，只是微微点头说："小女感谢众位夸赞。"

费仲说了些客套话以后，斟了一杯酒敬了苏护，苏护心中并不高兴，借酒浇愁，一饮而尽。然后你一杯我一杯，苏护已经是八成酒醉了。妲己无奈，仅饮了三杯，吃了少少一些菜，便起身告辞说："小女路途劳累，先告辞歇息去了。"

临走前又叮嘱父亲说："爹，少喝一些，您这些日子太累了，早些休息才是。"

苏护点头答应说："让家人搀你回房。我不要紧，你放心吧。"

苏妲己在丫鬟的陪同下，回到房中，卸了妆，洗了脸，坐在灯下，给母亲写了封信。写好以后，那肚中的酒渐渐上头，觉得头有些晕，便脱了外衣，上床歇息。

熄了灯，房中霎时一片黑暗，只有窗口有月光从缝隙中射进来，给房中带来了些光亮。妲己侧转头，向窗外望去，从那缝隙中看到了一弯月牙儿，还有眨着眼的几颗星星。

好像起风了，窗外竹丛飒飒作响。

夜深了，远处传来打更的"梆梆"声。妲己想念母亲，潸然泪下。

她闭上眼睛……

门外传来脚步声，她仿佛听到有人小声呼唤她的乳名："妲己儿——"

天啊！是母亲的声音。她擦了泪水，翻身起床。一边穿鞋，一边叫："娘！娘！您怎么来了？"

她跑到门前，打开看，门外是住室外间，两个丫鬟早已进入梦乡，轻微打着呼噜。

她大声喊："娘，你在哪儿？"

没有人答应。突然，她听到背后有脚步声，连忙回头看，只见一只斑斓猛虎从背后向她扑来。

她吓得呼喊："救命！"

原来，她做了一个噩梦。妲己吓醒了，身上出了一身冷汗。

好久好久，她才睡着。三更响过，已是下半夜，万籁俱静，连那月牙儿好像也睡着了，把那一丝丝月光从窗缝抽走了。

窗外一阵窸窸窣窣极细微的声音在响，然后那窗前现出一个不十分明显的人影儿。

那人影儿一动不动地站了一会儿，接着只听一扇窗户轻轻响了一声后，就一点儿一点儿地被一只手推开……

第七回 遭侮辱美人自尽
调包计胡仙得志

窗户越开越大,只见那人影儿一纵身子,坐上了窗台。

屋里没有动静,妲己已经睡熟。

窗台上的人影轻轻移动身子,跳下窗台,慢慢地脱去衣裤,光着全身摸索着走到妲己的床前。他站了一会儿,仿佛在黑暗中辨认床上的女孩儿,看她是怎样睡的。他闻到了女孩儿的脂粉香味儿,也仿佛看到了这人间绝代佳人的美貌。

那人突然上前撩开妲己的被单,抱住了妲己。妲己从睡梦中惊醒,不知发生了什么事,惊慌地问:"谁?"

那人小声哀求说:"妲己美人儿,别喊别叫。我喜欢你。我不害你,只和你睡一会儿。不能让绝代美人便宜了那纣王。"

妲己此时才清醒过来,明白有了坏人,张嘴大喊:"救人啊——"

可惜,她还没有喊出声音,嘴巴就被一团棉纱堵上了。接着,那人用绳子捆了妲己的双手双腿,用刀割破了妲己的内衣。妲己喊天喊不出,叫地没声音,眼泪唰地涌出眼眶,心中的那个恨啊,像大海,如狂风,似烈火……

她挣扎着。

一个绝代美人,一个温柔的弱女子,一个已经跌入灾难深渊刚刚成年的女孩儿,遭到了一个无赖的蹂躏与污辱。

…………

此时,只有少女的眼泪在流。那不是眼泪,那是血,那是怨,那是仇,那是恨啊!

那个无赖走了。

走前,他替妲己解开了绳子,关好了窗户,一切都恢复了原状,仿佛什么事情都没有发生过似的。

妲己已经一点力气也没有了。她失了身,欲哭无泪。

室外传来了打更的声音,好像已是四更天了。黎明前的夜空,黑暗到了极点,连那飒飒的风也停了,这个世界好像死了,一切都死了。

是啊,死,只有一死了之!

妲己这几十天来不知多少次想到过死,然而唯有现在,这死在她的脑子里才最清晰、最坚定。

她用手掏出了塞在口中的棉纱,穿上衣服,在床沿上静静地坐了一会儿。

她想起了家乡。

她想起了鬓角已有白发的母亲。

她想起了年迈的父亲……

她突然感到,心中十分平静。过去的忧虑,刚才的惊惧,仿佛都消失了。脑子里记起了走进这个院子时在花坛旁看到的深深的水井。

是的,那水井是深深的。

是的,那水是清亮清亮的。

第七回　遭侮辱美人自尽　调包计胡仙得志

她慢慢站起来，走到门口，拉开门，走到外屋。两个丫鬟好像还在做着美梦。她又推开外屋的门，走到院子。

院里是黑黑的夜，一股冷空气向她扑来，她禁不住打了一个寒战。

妲己隐隐约约看到了那口井。

她走到井旁，双膝跪在井沿上，望着夜空。猛然间，心口一阵疼痛，她呜咽着说："老天爷，我没有了活路呀！"

她将上身弯下去，磕了一个头，说："娘，女儿不能报答您的养育之恩，对不住您！爹，女儿给全家招来了灾祸，心中有愧。我走了，我走了。爹娘保重……"

说到这儿，她将身子向前一倾，头向下跌入了那井中。

万籁俱静的夜里，水井的"扑通"一声十分响亮。树上的鸟儿扑棱一声惊飞起来，不大工夫，又落回树上，黑夜又恢复了宁静。

又是一天的清晨。

苏护睡了一夜，天刚亮就醒了。他惦记女儿，匆匆前来看望。

走到门前，看门开着，心中有些奇怪。

走进外屋，见两个丫鬟还在熟睡，叫道："小莲，小翠，天亮了，快起来伺候小姐。"

小莲、小翠揉着眼睛向苏护请安："老爷早！"

苏护将内室的门推了一下，虚掩的门开了。他探头一看，屋中空空的，一愣，忙问："小姐呢？"

两个丫鬟也奇怪，反问老爷："屋内没有？"

在里屋外屋看了又看，没有小姐的踪影，两个丫鬟有些着急了。苏护眼睛一瞪,说:"还不到院里去找!"

丫鬟飞跑出屋,一边叫着,一边观看。苏护也跟出来喊:"妲己,女儿——"

"妲己儿——"

没有人回答。丫鬟小莲突然在花坛旁站住脚,惊讶地叫道:"看,看——"

小翠急忙跑来问:"看什么?"

小莲指着水井旁的一只绣花鞋,喊:"鞋,那只鞋是小姐的!"

原来,妲己跳井时,一只鞋从脚上脱落,留在了井口。苏护听到喊声,急忙过来。他看到女儿那只熟悉的绣花鞋,顿时心头升起了一种不祥的感觉,他自言自语地说:"不好了,出事了,出事了!"

他跑到井边,探头看那水井。在那深深的、清澈的水井中隐约看到了女儿的身影。他老泪纵横,大声呼叫:"妲己儿,我的女儿啊——"

他顾不上叫人来救女儿,自己竟"扑通"一声,也跳进了水井。他在水中去拉已经沉入水底的妲己,水深地狭,谈何容易!

两个丫鬟大声呼救,叫来了护院与家人,大家又是用绳子,又是用竹竿,忙活了好一会儿,终于将妲己的尸体打捞了上来。

苏护也被大伙救了上来,换了衣服,来到已穿好干净衣服的女儿身旁,望着那脸色苍白但仍然十分美丽的女儿,他哭问:"妲己儿,孩子,你这是怎么了?为什么要寻短见?我们不是已经商量好了吗?你让我回家如何向你母亲交

第七回 遭侮辱美人自尽 调包计胡仙得志

代？你……"

他有无数个问题想去问女儿，但女儿却一个问题也回答不了了。

不大工夫，费仲、尤浑、申公豹等人都来了，每个人都询问着情况，每个人都劝苏护节哀，但谁也说不清妲己死的原因，也许谁也不愿说清楚。

苏护心中有许多疑问，但他不知从哪里说起。他只觉得女儿死得凄惨，死得冤屈。他病倒了，他不知下一步怎么办，怎样向纣王交代，怎样安排女儿的丧事……

费仲深知此事的严重，命令家丁人等："不准走漏消息！如若有人传出妲己已死，立即杀头，绝不宽恕！"

然后，他将尤浑、申公豹叫到苏护住处，对苏护说："老侯爷就躺着，不要坐起。咱们商议一下应对办法吧。"

费仲请众人围着苏护坐好，说："妲己之死，绝不能传出去，你知，我知，天知，不可再让任何人知道。"

尤浑点头说："有理。妲己已经进京，准备进宫。她的名声又大，传为绝代美人。眼看立即就要成为纣王之妃，突然自杀身亡，这责任太大了！如若纣王怪罪，那可是不得了啊！"

苏护皱着眉头问："我弄不明白，都到了京城，妲己怎么会寻短见呢？你们说为什么？"

众人都摇头。

众人都无意去追查原因。

费仲叹了口气说："我们要面对现实，人已死去，怎样圆纣王这个妃梦？不能有任何破绽，不能让纣王说我们有欺君之罪！"

申公豹眼珠一转，在众人脸上一扫，说："我倒有个主意,不知可行不可行?"

费仲望着申公豹那鬼鬼祟祟的眼神,说:"你说说看。"

申公豹点头,说:"好。我想,妲己已死,这已是事实。既无可挽回,就不必多议了。纣王要妲己,这也是事实。但是,纣王并不认识妲己,只要我们找到一个与妲己一样的绝代佳人顶替妲己,让纣王满意,不就成了!"

听了申公豹的主意,几个人都点头称是:"这个主意不错。不过,上哪儿去找一个与妲己一样漂亮的女孩儿呢?"

申公豹微微一笑,说:"众位大人,我认识一个女孩儿,名叫胡仙儿。这胡仙儿一点儿也不比妲己逊色,可以找来试试。"

费仲问:"你说的胡仙儿,莫非是那巫婆乌仙的女儿胡仙儿?"

申公豹点头说:"正是她。"

尤浑点头说:"这胡仙儿我也听说过。看来可以。只是不知她同不同意冒名顶替?"

申公豹说:"众位大人定个时间,我约她前来,请你们见她一见。"

苏护忧虑地问:"这胡仙儿性格如何?是否知书达理?"

申公豹说:"从小她母亲管教甚严,所以很懂规矩。至于性情嘛,也还贤惠。但人是在变的,将来很难说。"

费仲站起身,说:"我看,此事就请申大人去办,商议好之后,明日请来府中,就做准备。至于妲己尸体,我想,就在京城郊外,买地厚葬,不知苏老侯爷意下如何?"

苏护想了想,摇头说:"不。我的爱女不能葬在异乡他地。我自有安排,你们不用管了。"

第七回　遭侮辱美人自尽　调包计胡仙得志

尤浑叮嘱苏护说："苏老侯爷，此事万万不能大意。我知道，您带有几千人马，如若将妲己尸体运回家乡，怎么瞒过众人，恐怕还要动动脑筋。"

苏护想了想，说："明里几千人马不动，新的妲己一到，就送入宫中。我女儿尸体，只由我和她的贴身丫鬟来管，不让任何人知道。回家之后，悄悄厚葬，我想当不会有事。要紧的是，纣王这边的妲己不能出现枝节。"

费仲点头说："好，就这样办。"

商议完毕，各自去办理后边事务。申公豹则来到胡仙儿的家，伸手敲门，问："有人在家吗？"

胡仙儿与一个阔少在屋里鬼混，答话道："谁呀？歪脖儿吗？等一等！"

过了一会儿，胡仙儿开了门，一个穿着华丽的少爷公子大摇大摆地从屋里走出来，瞧了申公豹一眼，嗤笑着说："嘻嘻，歪脖儿——"

申公豹虽内心阴暗，坏水满肚，可就忍受不了这种侮辱。他自卑得很，常常自惭形秽。这也正是他要投靠权贵，争做人上人的动机。这个小兔崽子依仗有钱有势，勾引胡仙儿。他的身价比自己这个身怀绝技也已有了一官半职的人还高，真是可恶！

申公豹心中冒火，伸手在那阔少的脊背靠上的脖颈上狠狠打了一掌。此掌虽不是当初将姜子牙打下深渊的黑砂掌，可也十分厉害。只听"啪"的一声和接着的"噗"的一声，那阔少的脖子刹那间歪向了一边。

申公豹说："你敢嗤笑你申爷爷？我让你也变成歪脖儿！"

那阔少知道申公豹的厉害，捂着脖子"哎哟哎哟"地逃跑了。申公豹知道，那阔少的脖子大概要永远歪下去了。如若过去，他还真不敢打，谁知道那阔少的爹爹、爷爷在朝廷当什么官呢！现在，他也是官，而且背后是当今纣王的宠臣费大人。

胡仙儿大概在屋里打扮着自己，所以，等她走出门来时，那阔少已经跑掉了。她望着满脸怒气的申公豹，笑着问："申官人，无事不登三宝殿，一定有什么事找我吧？"

申公豹知道自己身负重任，不可大意，便摇了摇歪脖儿，忘掉刚才的不愉快，赔笑说："胡仙儿，你好聪明。我正是有极重要之事，前来找你。"

胡仙儿从申公豹的脸上看出，申公豹是当真的。于是，连忙说："唔，好。请到屋里坐。"

申公豹进到屋里，坐好，问："胡仙儿，自你母亲去世以后，你的生活过得怎样？"

胡仙儿并不知道她母亲的死与申公豹有关，如若知晓，她会扑上去撕烂了这个歪脖儿。申公豹在问话中提到乌仙时，心中也不由打了一个冷战。

胡仙儿冷笑一声，说："你问我的生活境况？你说呢？我母亲被人无缘无故地乱棍打死，她虽然留下了一点点钱粮，可又能维持多久？我一个女孩子，孤零零的，无依无靠，怎样生活？"

她愤怒了，仿佛仇恨这世界，同样也仇恨眼前所有的人。她几乎是吼叫着问："你说说我是怎样生活的？"

申公豹知道上边的话，伤了这个漂亮的女孩子的心，便连忙和气地说："你不要急。我是来告诉你一件喜事的。"

胡仙儿眼睛一瞪，说："喜事？我还能有什么喜事？莫

第七回　遭侮辱美人自尽　调包计胡仙得志

不是选美选中了我吧？"说罢，哈哈笑了起来。她笑得十分开心，大概她觉得那是一个不可能实现的玩笑，所以才开心地笑。

申公豹严肃地说："别笑。还真有点门儿。"

胡仙儿也严肃了，问："选美？真的？"

申公豹将门关严一些，说："你听我说，仔细听我说。纣王选美，此事你知道。纣王听说有苏那个诸侯国的侯王苏护的女儿十分美貌。"

胡仙儿问："美貌？比我怎样？"

申公豹接着说："和你一样美貌，与你不同的是，她出生于一位侯王之家，而你是个普通百姓。这个女孩儿名字叫妲己。纣王非要召她进宫为妃，她并不愿意。"

胡仙儿奇怪地问："这等好事还不愿意？"

申公豹点点头，说："是的，她不愿意，她并不在乎那后妃生活。可是纣王非她莫娶，非要召她进宫。她被逼无奈，跳井自杀了。"

胡仙儿听到此处，摆了摆手，笑着说："你别说了，我明白了。你们是要让我冒名顶替，去冒那妲己的名字进宫里去，是不是？"

申公豹想，好聪明的胡仙儿！她不如妲己贤惠，不如妲己美貌，但却比妲己机灵！想到这儿，双手一拍，说："啊，胡仙儿，你可真是仙人！你说得一点不错。你漂亮，与妲己几乎难分上下。妲己之死，谁都不知。请你去做妲己，从此改名改姓，进入宫中，与当今天子、英俊的纣王结为夫妻，不，准确些说是纣王封你为妃，那将是多么风光的事啊！"

胡仙儿动心了。

申公豹又说:"进得宫去,你永远不用再为衣食生活发愁了,有享不尽的荣华富贵,受不完的万人千人的尊崇。如果你有本事,说不定还能当上王后呢!"

胡仙儿陷入了遐想,她真没有想到,会有这样好的事降临到她头上。她怕申公豹说话掺假,又问:"申公豹申官人,你所讲全是当真?"

申公豹站起身,指天发誓说:"一点儿假的也没有!现在只等你一个字,是行,还是不行?"

胡仙儿相信了,只是对冒名顶替不大甘心,说:"哼,这辈子得冒人家的名姓,心中实在别扭。不过,事情总不能十全十美,我不可错过这个机会。好,我同意了!"

申公豹看到胡仙儿同意了,十分高兴,便说:"我要立刻回去报告费仲大人。你等我消息。记住,一定不可泄露天机!"

胡仙儿点头说:"放心,我知道。我又不是傻子!"

申公豹转身准备推门出去,不料那门"吱"的一声,倒自己开了。

申公豹和胡仙儿吃了一惊。这时,从门外走进一个人来。二人都不约而同地惊叫道:

"姜子牙!"

"姜大仙?"

第八回　申公豹叙述往事
　　　　　　孟邑姜稚说未来

　　申公豹和胡仙儿刚刚秘密达成了一项协议，此时门开了，二人不由得都吃了一惊。

　　进屋子的人原来是姜子牙。

　　申公豹在仙人台曾用黑砂掌袭击姜子牙，将姜子牙打下万丈山崖，后来得知他安然无恙，不久也来到了京城朝歌。他虽然从心眼儿里恨姜子牙，但这一黑砂掌也够无情的了，所以申公豹心中也有一丝不好意思。明人不做暗事，暗算别人在行侠仗义人眼中是很不光彩的。姜子牙来到朝歌，开了算命店铺，申公豹是后来才知道的。

　　见姜子牙前来，申公豹唯恐他坏了他正办的事，所以稍稍客气了些，说："师兄，别来无恙？"

　　姜子牙哈哈笑了，答："一掌击来，掉下深渊。命中注定，还不该完。走出大山，京城混饭。"

　　申公豹脸上一阵红一阵白，说："师兄若有难处，可以找我。"

　　姜子牙说："找你挨巴掌？"

　　申公豹瞪了姜子牙一眼，说："今日我还有事要办。恕不奉陪，我要离去了。"

姜子牙对胡仙儿说："你替我留他一会儿。"

胡仙儿瞧了申公豹一眼，说："姜大仙留你一会儿，一定有事，你就等一会儿走嘛。"

申公豹摇头，说："不，后会有期。"说罢，迈步要走。

姜子牙往门口一站，挡住了去路，说："哼，不告知我你们的密谋，休想走开！"

申公豹有些急了，说："师兄，请让开路，不然我就不客气了。"

姜子牙又哈哈大笑起来，说："怎么，想再给我一黑砂掌？"

申公豹眼睛一瞪，发怒道："哼，你以为我不敢吗？"说罢，两腿摆开，双脚站稳，这是黑砂掌的基本功法。那双脚站稳的同时，已在运气，气收丹田，然后放到掌上。那一掌出去，可以断粗树、碎石凳，将人内脏击毁。

姜子牙早已将这些看在眼里。这一次，他再也不像那次在仙人台上，一点准备没有，而是早在胸腹之中运好了气。

申公豹来得神速，只见他举臂伸掌，口中喊了声："砂！"

霎时，那掌向姜子牙太阳穴打来。若不是姜子牙，面前是个普通之人，这一掌下去，能将对方脑骨击碎，那脑袋里的脑浆就会成为一锅稀糊糊，人嘛，立时呜呼哀哉。

就在申公豹一掌打来的同时，姜子牙的一掌也打了出去。

两只手掌在二人身前相遇。手掌对手掌，只听得声若炸雷，只见得火花簇簇！

这一声，这一亮，吓得胡仙儿连忙闭上眼，捂住了耳朵。她大声叫道："你们干什么？"

第八回　申公豹叙述往事　孟邑姜稚说未来

话声完了，申公豹与姜子牙的手同时放下。姜子牙冷冷一笑，说："不说清楚刚才你们谈的秘密，休想离去！"

申公豹想，如若与姜子牙在此纠缠，那就是闹到半夜，闹到明天，也不会有个结果。如果闹下去，会误了大事。权衡利弊，他态度缓和了下来，说："唉，真是麻烦。这么说，师兄真要知道？"

姜子牙说："不错，真要知道。"

申公豹叹了口气，说："那好吧，我讲。"

姜子牙伸手一挥，说："实话实说。若话中有假，你还是走不了。"

申公豹点头道："好吧。"

申公豹迫于无奈，将刚才与胡仙儿讲的一五一十又讲了一遍。他为了证实所讲不假，对胡仙儿说："胡仙儿，你说是不是这样？"

胡仙儿点头："姜大仙，确实如此。"

姜子牙笑了，说："其实，你们不讲，我也知道。让你再讲一遍，只是证实一下而已。此事与我无关，我不会管。当然，我也不会对别人乱讲，你们放心。"

申公豹问："那你来干什么？"

姜子牙说："我来此只有一事，寻我女儿。"

胡仙儿吃惊地问："姜大仙有女儿？我怎么没听我母亲讲过！"

姜子牙点了点头，对申公豹说："那一年我奉师父之命，到嵩山寻找南极仙翁，不在昆仑山。恰在此时，我的结发妻子携女儿来寻我，要将女儿交我养育，她好改嫁。她们寻我不着，在路上遇到了你。你说代我收下女儿，可我回来以后，你却只字未提。一晃好几年过去了,我来问你,我的女儿现在哪里?"

申公豹一下子愣了。

这事情发生在好多年前,一言难尽。现在时间紧急,不能长谈。他恳求说:"师兄务望原谅。现在我需赶紧离开这里。至于你女儿邑姜之事,我近日一定去拜见于你,将事情一一讲清。"

姜子牙点点头,说:"好吧,一言为定。"说罢,闪到一旁,让申公豹走了出去。

姜子牙返身将门关上,对胡仙儿说:"胡仙儿,我是看着你长大的。我与你母亲是多年朋友。既然有这份情谊,我想问你,申公豹说的冒名顶替之事,你可是真心同意?"

胡仙儿请姜子牙坐下,倒了一碗清茶,放在姜子牙面前,说:"是真的。我的做法对不对?好不好?请大仙,不,大伯指教!"

姜子牙打量了一下胡仙儿,心想,姑娘确实美貌,进入宫去,定会得到纣王的宠幸。他叮嘱说:"孩子,天下万物,事物变化,均有机遇条件。强扭的瓜不甜,歪打能正着,欲速则不达,有时心想能事成,有时心想事不成,等等,都是这个道理。你貌美如仙,胜过宫中众多后妃,可是,同样是女人,你比她们条件还好,为什么她们能进宫,而你却不行?今天,那本该可以进宫的,却悲惨死去,而你从不敢想的事,倒将成为现实。你说,这世间奇怪不奇怪?说奇也不奇,说怪也不怪。你不奇,他也就不怪了。所以,要我说,顺其自然,你就去吧。不去,你一个女孩子家,今后日子艰难啊。去吧,但要记住我四句话:

第八回　申公豹叙述往事　孟邑姜稚说未来

善心勿忘理成章，
恶念初升改衷肠。
有山丛林隐虎豹，
报春自当好阳光。"

胡仙儿将四句话儿又重复念了一遍，记在心中，但不怎么懂，说："姜大伯可不可以将这四句话的意思讲给我听？"

姜子牙摇了摇头，说："不好讲，也就是说我也讲不清楚，这大概就叫作天机难以泄露吧。也许十年以后，我可以讲，只是不知有无这种机遇。好了，我还有事，告辞了。"

胡仙儿知道姜子牙是个大好人，便有些依依不舍地说："姜大伯有机会一定来看我。"

姜子牙回到店里，辜江洋已经准备好了晚饭，师徒二人一边吃饭，一边说起近日的生意。

辜江洋说："今日下午，师父外出后，大约过了一个时辰，门外来了一位白发苍苍的老人，他说，他姓商名容，久闻师父大名，特来拜会。"

姜子牙以为自己听错了，又问："你说他姓商名容？"

辜江洋点头："是，我不会听错。"

姜子牙说："你可知这商容是何等人？"

辜江洋说："哎，一个不起眼儿的老头儿呗。"

姜子牙摇头，一本正经地说："老头儿不错，但可不是不起眼儿。商容是朝廷重臣，比当今纣王还高一辈呢。纣王父亲当天子时，商容就是大臣。先帝临死，特别托他照顾纣王。这纣王之所以能当上天子，也是商容力荐的。"

辜江洋惊讶地瞪大眼睛,说:"哎呀呀,那我可怠慢他了。我说:'师父不在,你明天来吧。'想不到这老头儿来头这么大。"

第二天,店门还没开,就听有人在叫:"师兄,开门。我是申公豹。"

辜江洋开门一看,见是歪脖儿,心里明白,这是师叔申公豹。他假装不认识,问:"请问高姓大名?您找哪位?"

申公豹说:"我是申公豹,找姜子牙。"

辜江洋将申公豹让进屋里,请他坐下,然后去后院叫来了师父。

姜子牙出来,说:"很好很好,师弟倒还讲究言之有信。你昨日之事办得怎样了?"

申公豹答:"纣王今日狩猎返城,他下诏傍晚召见妲己,设宴宴请众有关大臣。"

姜子牙哈哈笑了,说:"那一定有师弟的一席之地了。"

申公豹苦笑了一下,说:"师兄不必拿我取笑。现在我来告知师兄女儿之事。正如师兄所讲,那年嫂子来找,遇到了我。确实,我知道,是因为你穷得叮当响,她才离开你的。她说,她离开你以后,带着孩子,度日如年。不久,有一卖布商人想要娶她,但不想让她带着孩子。她无可奈何,才来寻你,想将你的女儿还给你。我却不想将你的孩子丢失……"

姜子牙被申公豹的讲述,带回了对往事的回忆之中。他与妻子孟玉兰相识于他在孟津卖饭的时候。当时,孟玉兰看他能干,带他去见父母。孟玉兰的父亲问姜子牙:"你家还有什么人?"

第八回　申公豹叙述往事　孟邑姜稚说未来

姜子牙摇头："只我孤身一人。"

她父亲又问："我女儿是个独生女，将来靠你养活，我们也要靠女儿照看。你除去卖饭之外，还会什么？"

姜子牙摇了摇头，因为他看到除了孟玉兰以外，所有的人都瞧不起他，所以他也不想再说什么。孟玉兰看中了姜子牙一表人才，知识也渊博，尽管没有一官半职，也愿嫁给他。她说："像你这样的男人，我不信谋不到个大小官职。"

姜子牙摇头说："有官就做，无官不做。让我去谋官，我是不会的。你要嫁我，可要想好。别因为我一辈子都没当上官，你也后悔一辈子。"

孟玉兰是个泼辣好强的姑娘，她并不十分了解年龄比她大了许多的姜子牙，女人哪有不希望自己夫君出人头地的！只是孟玉兰的这种愿望更强烈罢了。

就这样，在岳父母强烈反对的情形下，姜子牙与孟玉兰结为了夫妻。那时，没有住处，他们就在孟津西门外的城墙下搭了一小间土坯草顶、八面漏风的房子。

不久，他们的小女儿出生了。

孟玉兰说："多么可爱的女儿啊！瞧，那眼睛，双眼皮儿。眼睛圆圆的，跟我一样。瞧，那鼻子，高鼻梁，也跟我一样。再瞧，那小嘴儿，唔——"

姜子牙没等孟玉兰说完，就接上话茬儿说："那小嘴儿，薄薄的，也跟你一样！"

孟玉兰并不计较丈夫的嗔怪，接着说："我女儿一脸福相，长大了，肯定不会像你这么穷，穷得叮当响。"

姜子牙心中对孟玉兰整天埋怨他穷，非常厌烦，但还是没有发火，说："但愿如此。"

孟玉兰抱着女儿亲了又亲,忽然说:"你给她起个名字吧。"

姜子牙点了点头,想了好半天,说:"人长一张嘴,整日不嫌累。顿顿要吃饭,说话如流水。生在城墙边,生命挺金贵。"

孟玉兰皱起眉头,说:"不是让你贫嘴,什么累不累的,我是让你给女儿起个名字。"

姜子牙说:"我已经起了。"

孟玉兰问:"起什么了?"

姜子牙大声说:"咱女儿姓姜名邑。邑,多好听!上边口,下边巴!口当然要吃饭,要说话,巴嘛,是巴望着,正如你天天盼着我当官似的,盼着总能盼到。这邑就是地盘城池,咱们在这城墙下,又是城又是地,叫邑挺合适。"

孟玉兰并不注意听姜子牙的叨唠,她只觉得"邑"这个字,听起来还顺耳,便说:"好吧,就叫邑。不过,不能叫姜邑。"

姜子牙纳闷,问:"为什么?"

孟玉兰一边将女儿揽在怀里,让女儿吃着奶,一边抬头说:"我爹给你说过,我家没有儿子,只有我一个女儿。所以,我的女儿不能姓姜,要姓孟。我女儿就叫孟邑。"

姜子牙摇头说:"那不好,儿女随母姓,总不太合适。总得跟我沾点儿边儿吧。"

孟玉兰笑了,说:"要不,我在前,你在后。咱女儿就叫孟邑姜。怎么样?"

姜子牙想了想,觉得姓名,只是人的代号,所以不想再去争辩,于是点头说:"好吧,就叫孟邑姜。"

第八回　申公豹叙述往事　孟邑姜稚说未来

孟邑姜两岁的时候就会说话、会满地跑了，十分可爱。有一天，她从野地里采了许多野花，自己编织了一只五彩绚丽的花冠，戴在头上，说："爹，我像不像王后？"

姜子牙大惊，问："你说什么？再说一遍！"

邑姜"咯咯"地笑着说："我是问你，我像不像王后？"

两岁的孩子怎么知道天下有王后妃子？真是怪事！他想不起平日谁对小邑姜讲过这些。孟玉兰也笑着说："这有什么大惊小怪的，没准儿我女儿将来还真的会嫁个帝王将相呢！"

孟玉兰怎么也不会想到，她的话二十多年后成了事实，这邑姜竟嫁给了一代明君周武王……

第九回　孟玉兰决意离家　邑姜女不肯认父

姜子牙望着天真无邪的女儿，一把将她抱在怀里，说："好女儿，以后可不要再说你像王后这种话了，好不好？"

"不好，我偏说！"女儿仍然"咯咯"地大笑着说。

孟玉兰生气了，说："女儿有志气，有好命，干什么不让说！谁像你一样，没本事，没出息，穷得叮当响。"

夫妻二人又开始拌起嘴来……

就在姜子牙遇到元始天尊，并决心去昆仑山学习的时候，孟玉兰对丈夫彻底失去了信心。她认为嫁给姜子牙是自己的最大失误，看来，跟着姜子牙会受一辈子穷、受一辈子罪。

她的父母也埋怨说："后悔了吧！当初劝你，不要嫁给他，你鬼迷心窍，非要跟他结婚。瞧瞧，这些年你受的苦，我们做爹娘的都看不下去了。"

孟玉兰十分苦恼，开始跟姜子牙怄气。姜子牙说东，她偏说西；姜子牙说白，她偏说黑。这样，三天一吵，五天一闹。她的脾气本来就暴躁泼辣，此时就更加厉害。一旦姜子牙顶嘴，或有不满，就摔桌子摔碗，或打女儿，或打丈夫。有几次将姜子牙的脸上挠得红一道白一道的，使他因怕人笑话而不敢

第九回　孟玉兰决意离家　邑姜女不肯认父

出门。

所以有人说，不怕土地爷，就怕浑老婆。

姜子牙是好脾气，很少发火，总是忍着、忍着，当然他不知要忍到哪一天！

孟玉兰终于非常明确地向姜子牙说："我们分开吧。你走你的独木桥，我走我的阳关道！"

姜子牙虽然也觉得过不下去了，但总觉得她是在自己穷愁潦倒时嫁他的，所以不忍心就此分手，便说："你再考虑考虑。我听你的。"

孟玉兰挥着双手，大声喊："怎么？你还想坑我一辈子呀？离婚！各奔东西，我决不改变主意！"

姜子牙说："你不后悔？"

孟玉兰喊："不后悔！"

"永远不后悔？"

"永远不后悔！"

"你发誓！"

"好，我发誓！"

孟玉兰没有留下一丝丝回旋的余地，没有一丁点儿夫妻的情分，使姜子牙伤透了心。

二人分手以后，姜子牙十分惦念她们母女。他省吃俭用，将积攒的钱托人带到岳父母家，请他们转交孟玉兰。

他常常想起那活泼可爱的小女儿，是不是还那样爱说爱笑？是不是还那样胖乎乎的？是不是长高长大了一些……

姜子牙常常为孟玉兰送来女儿时，自己恰巧不在昆仑山而悔恨，可女儿却又至今杳无音信……他也恨申公豹瞒了他这么多年!

　　姜子牙十分激动地问:"女儿丢失,你为什么不告知我?"

　　申公豹低下头,说:"我对不起你。没有告诉你,一是怕你伤心着急;二是我想设法寻找,找到后再将孩子送还给你。这些年来,我曾不断地找过,只是没有结果。"

　　姜子牙叹了口气,咬了咬牙,压住心头之火,望着申公豹说:"那,你讲讲当时的情况,也许还能发现些什么线索。"

　　申公豹答应了一声后,就一五一十地将过去的丢失邑姜之事讲了一遍。

　　孟玉兰将小邑姜交给申公豹之后,千叮咛万嘱咐说:"望你务必将孩子交给姜子牙,说明原因,请他谅解。"说罢,转身又对小邑姜说:"孩子,跪下给你师叔磕头。"

　　孟邑姜非常听话,她流着泪跪在山石上,悲悲切切地说:"给师叔叩头。请师叔领我去见我爹。娘要嫁人,新爹不要我。我想我的亲爹。"

　　心狠手辣的申公豹此时看到小邑姜衣衫破烂、面带菜色、泪流满面的样子,心中也不免有些同情,连忙弯腰抱起孩子,说:"好的,你别哭,我一定把你交给你爹。"

　　孟玉兰一步三回头依依不舍地走了。申公豹带着孩子准备回他的豹洞,不想在山腰雷公庙遇到了师弟土行孙。

　　土行孙指着雷公庙的庙会说:"你看多热闹的庙会!师兄这小女儿衣衫破烂,我这里还有些零钱,咱们去给她买件新的换上,如何?"

　　申公豹点头说:"好。"

　　于是,二人在人山人海的庙会里穿行,只是卖日用家具、

第九回　孟玉兰决意离家　邑姜女不肯认父

豆麦杂粮的多，卖小孩儿衣服的极少。找了几处都没有合适的。小邑姜看到这么多人，这么热闹的市场，也非常新奇，问这问那，可高兴了。

土行孙看到前边十字路口有一摊贩，在吆喝着卖孩子衣服，便说："快，那儿有卖孩子衣服的。"

他们来到摊前挑选衣服。正在挑选，忽然远处跑来几匹快马，吆喝着："让路！让路！朝廷商大人到雷公庙进香来了！"

土行孙问："商大人是谁？"

申公豹说："那肯定是商容商大人。"

庙会顿时乱了，有躲的，有让的，有拥挤的，有观看的……

快马刚过，几辆华丽的马车就到了，后面还有几十人的护卫和随从，十分壮观。

申公豹和土行孙观看了一会儿，等商大人的大队人马过去之后，回过头来继续挑选衣服。终于挑定了一件衣衫和一条裤子，申公豹对卖衣摊主说："我们给孩子试一试。"

摊主点头，笑着说："可以。不合适再换。"

申公豹和土行孙叫小邑姜试衣服，却不见了孩子。嗯？她刚刚还站在这儿，怎么转眼间不见了？

糟糕！二人都在喊：

"孟邑姜！"

"邑姜——你在哪儿？"

没有回答。有几个热心的赶庙会的人也帮助寻找，也没找到。是啊，这方圆几里地的大型庙会，人山人海，一个人像大海的一滴水，上哪儿去找呀！

有一个人见他们在找小孩儿,告诉他们说,西边红墙处有两个哭喊的孩子在找娘,不知是不是。他们抱着希望跑去看,都不是。

他们找了半天,也没找到个人影……

下山时,土行孙说:"师兄,我要去南海,不知何日才能归来。请你转告姜大师哥,不要着急,也许会有一天能找到邑姜的。"

申公豹告别了土行孙,回到豹洞,心想,这可怎样向师兄交代?想来想去,还是决定先瞒下此事,慢慢寻找,待有了结果再说。

…………

姜子牙听了申公豹的讲述,叹了口气,说:"唉!天灾人祸,也不能全怪罪你!好了,此事到此了结,你也不必有什么不安。至于邑姜,现在是死是活,到底是在何处,谁也难说,我慢慢打听吧。"

申公豹点点头,说:"师兄宽宏大量,这我知道。那好,我还有事,就告辞了。"

申公豹走了。辜江洋十分同情师父的不幸遭遇。师父本人一生坎坷,妻离子散。那小邑姜在哪儿呢?他心里盘算着如何去找……

几天以后,姜子牙在屋内摆着八卦。这八卦十分神奇,他对辜江洋说:"八卦之变,你已学了几种。我给你讲过,远古有伏羲氏。那时候,人们只认识母亲,不知父亲是谁。那时所有的人都要服从老祖母,女性为首。你不信?你瞧,我们姓姜的,下边有个女字。再比如姓姬的、姓妠的、姓姞的,都有女

第九回　孟玉兰决意离家　邑姜女不肯认父

字。就连这个'姓'字左边，也是女字偏旁。"

辛江洋信服了。当今是男人为主，远古是女人为主。现在有人不知母亲是谁，远古却是不知父亲是谁，真是奇怪！

他眨着眼睛问："师父，那伏羲是怎样创造八卦的？"

姜子牙笑了，说："我的师父的师父的师父说，伏羲有一天在河边洗脸，他忽然看见河中有许多黑色条纹在晃动，变幻多端。他抬头一看，原来岸边有许多身上长满黑色条纹的马在河边喝水吃草。他又低头看那条纹倒影，啊，真奇妙！于是他就照着那条纹倒影，在河滩上画啊画啊，画成了无数个形形色色的图形。师父的师父的师父说，这就是最早的八卦。"

辛江洋笑了，说："真有趣！"

姜子牙说："不光有趣，这里边的学问还大呢！这八卦现在分了众多流派，有这么说的，有那么说的……"

辛江洋问："您呢？"

姜子牙说："我有我的说法。"

他们正说着，忽听门外有人叫门。辛江洋站起身迎了出去。不一会儿，他回来说："师父，那位商容商大人又来了。"

姜子牙自从听了申公豹讲述女儿丢失时有商容在场以后，对这位一人之下万人之上的老丞相就格外注意。这时，他虽不知道身居高位的这位功臣微服私访是何用意，还是连忙站起身，稍稍整理了一下衣服，走出后院。

姜子牙来到铺面，看到一位白发苍苍的老人立于门前，便服便装，十分慈祥。

商容见姜子牙出来，连忙拱手说："敢问先生就是姜大仙？"

姜子牙也连忙还礼，毕恭毕敬答道："在下不才，正是姜子牙。大仙实为戏称，万不敢当。请恕子牙斗胆，敢问老先生高姓大名？"

姜子牙尽管心中明白，这人就是商容，因为辜江洋已经通报过了，但是，出于礼貌还是这样问他。商容微微躬身，道："老夫商容也。终日碌碌，白发虚度，惭愧，惭愧！"

姜子牙故作惊讶说："哎呀呀，原来是商老丞相，大驾光临，小店生辉。快，快，请坐请坐！"

辜江洋端了清茶敬给客人，听着师父的客套话，心中暗暗好笑。

商容打量了一下店内，又望着姜子牙的面孔，自言自语地说："怪了，如此相像！"

姜子牙笑了，说："丞相大人，您讲什么？"

商容摇了摇头，说："不要叫我丞相了。我已上本辞去丞相之职，准备告老还乡了。我来此是受亚相比干之托，想请你算一算命？"

姜子牙笑了，说："老丞相耻笑于我了！姜某在此开店，其实是说命不算命，混口饭吃罢了。大人命大福大，姜某哪敢胡言乱语！"

商容认真地说："不是戏言。比干亚相听到了姜大仙的神算，特地让我来与你约一时间，请你前去算命。不是为我为亚相比干算命，是为当今纣王算命。"

姜子牙一听，吃了一惊，连连摇手说："不可不可。万万使不得！我一无此等才能，二来还要活命，暂不想送死哩。"

商容笑了，说："不要惊慌。比干亚相是想请你说说商汤天下如何治理，今日怎样，明天咋办，以警戒天子。至于怎样进行，届时再作商议。"

姜子牙这才听明白了商容的来意，想了一想，说："此事重大，不可妄动，待我好好思考思考，然后再定。"

商容说："事虽复杂，但不宜迟。五天以后，我派人来接你，一同前往亚相府中商议。"

姜子牙点头说："好吧。请老丞相转告比干大人，姜子牙只说命而不算命。"

商容点头。他站起身正要告辞，姜子牙忽然想起女儿邑姜之事，连忙拉住了商容，说："请老丞相稍候。姜某还有一事相问。十几年前，老丞相是否曾前去昆仑山下雷公庙进香？"

商容一愣，想了想，说："不错。我曾陪我大女儿去过。我大女儿在一雷电之夜受了惊吓，头疼耳鸣，所以特别在雷公大神诞辰之日，前往雷公庙进香，以求痊愈。雷公甚灵，她果然疾病全消。此事过去多年，姜大仙怎么知晓？哈哈，您可真是神仙呀！"

商容的惊奇逗笑了姜子牙。瞧，如果姜子牙不告知商大人申公豹所讲之事，恐怕谁都会认为姜子牙是个神仙。

姜子牙说："老丞相莫急，容姜某再问。您那次去雷公庙可曾见过或听说有人丢失一个女孩儿，或者有人拾到一个女孩儿？"

这回，商容可真的惊讶了。他干脆回转身来，两眼圆睁，瞪着姜子牙问："天啊！你怎知有此等事？"

姜子牙反问："什么事？"

商容说："我女儿见到一个丢失了亲人的女孩儿，把她收为养女。这女孩儿至今还在我的府中……"

姜子牙脸上出现了惊喜，一下子拉住商容，请他又坐了下来，问："是女孩儿？"

"不错。"商容点头。

"是四岁半？"

"她说是五岁。"

"胖乎乎的，十分可爱。"

"是的，不胖也不瘦。"

"她的名字叫邑姜？"

"孟邑姜。"

"孟邑姜？"

"她说，她娘姓孟，她父亲姓姜。"

商容说完了这句话，他忽然惊讶地发现，姜子牙的问话，话中有话。再将所有的片言只语连在一起，便不禁问道："难道这孟邑姜与你这'姜'还有瓜葛？唔，我一见到你，就觉得你的面孔好熟，仿佛在哪儿见过似的。难道，孟邑姜是你的……"

姜子牙双手一拍，说："是我的女儿！"

商容惊呆了，连连说："哎呀呀，哎呀呀，天下竟有这等巧事！既然如此，我就要安排你们父女相见了。那一年在雷公庙烧罢香，祭完神，我们返回的路上，在一山坡处看到一个衣衫破烂的女孩儿在哭，问她，她说，她与两个师叔走散，那两个师叔是谁，她又说不清楚。我大女儿见她可怜，就将她带了回来，收她为义女，现在已经长成大姑娘了。我们后来也曾为她寻找亲生父母，寻找她的说不清名字的两位叔叔，但都没有结果。现在好了，我们的一块心病消除了。"

于是，商老丞相邀他同行回府，去认女儿。姜子牙便叮嘱辜江洋看守店铺，自己就和商容一起，乘车到了丞相府。

第九回　孟玉兰决意离家　邑姜女不肯认父

商容一进内室，就高声呼喊："大喜事！大喜事！"

这时从左侧室跑出一位如花似玉的姑娘，二十多岁，大大的眼睛会说话似的，望着老丞相说："爷爷好高兴啊！有了什么喜事？"

商容问："你娘姨呢？"

那姑娘一边替爷爷更衣，一边说："娘姨去串门了，说晚上回来。"

商容换完衣服，拉着姑娘的手，说："来来来，我带你去认一个人。"

姑娘急忙搀着商容，一边笑着，一边撒娇地说："爷爷，慢一点，慢一点，小心摔着！"

到了前庭正堂，商容一指姜子牙，对姑娘说："孩子，你看，他是谁？"

姑娘愣住了。她望着姜子牙，那双水灵灵的大眼睛在姜子牙的脸上转呀，转呀，满脸的疑惑。最后转过头来问爷爷："他是谁？"

姜子牙十分激动。俗话说，姑娘大了十八变，何况是他与女儿两三岁时就分开了呢！他不敢相信，也不敢认，面前这个亭亭玉立的姑娘就是他当年的小邑姜。他轻轻地，甚至是颤抖地说："邑姜，我是你爹呀！"

邑姜摇头，忽然大声说："不，你不是我爹！我爹不是这样——"

第十回 寿仙宫作乐丧志
八卦堂说命直言

邑姜在幼儿时候，离开生身父亲，二十多年未曾见面，一直寄养在商容老丞相府中，虽是大小姐的养女，却也是过着优裕的生活。今日，突如其来，面前出现了一个五十多岁的算卦先生，她怎么也做不到将这个姜大仙与自己的生身之父联系起来。

她一点儿思想准备也没有。爷爷会与自己十分喜爱的养孙女开这样的玩笑吗？不会，不会。看来，此人是与自己有些关系，想一想，好好想一想二十几年前幼儿时的往事……

她似乎在脑子里记起了那孟津城的城墙，也好像想起了她确有一个俭朴勤劳的父亲，他的名字叫姜尚……

商容请姜子牙坐下，也让邑姜坐在自己跟前，用人倒了茶端上来，他一点一滴地将如何在雷公庙拾了她，如何拜他大女儿为娘姨，做了商家养女，如何见到了姜子牙讲了一遍。

姜子牙望着女儿，心中又是爱又是疼。爱的是她小时候的活泼天真，今日出落得如此美丽；疼的是失散这么多年，孩子缺少亲生父母的疼爱，自己未尽到做父亲的责任。他热泪盈眶，接着就将他如何与孟玉兰结为夫妻，夫妻如何分离，孟玉兰又

第十回　寿仙宫作乐丧志　八卦堂说命直言

如何送她来寻自己，以及如何丢失女儿，等等，讲了一遍。

邑姜一边听，一边流着泪。

她心中终于明白了，面前的姜子牙确实就是自己的亲生父亲姜尚。

她与姜尚的那种血缘亲情，在她心中，在她父亲的心中，如同已熄灭的火焰，现在又重新燃烧起来。

邑姜终于放声大哭起来……

她在相府优裕的生活，她的养母以及对她都极关心的府中人们，都不能替代那种血缘亲情。她将这种亲情长久地压抑在她那始而是幼小的，后来是少女的胸中。

现在，她终于将这种压抑与心灵深处的苦痛释放了出来。哭吧，畅畅快快地哭吧……

姜子牙终于也忍不住泪如雨下。商容虽为官多年，但性情耿直、善良，此时，也同样是潸然泪下。

父女终于相认了。邑姜呜咽着，双膝跪下，抬起头，泪眼望着爹爹，低低地但却是真情地呼唤："爹——女儿邑姜终于有爹了——"

一句动情的呼唤，又引起了父女的痛哭。姜子牙猛地伏下身，搂住女儿，哭着说："孩子，爹爹对不起你呀！"

商容见他们父女哭得伤心，便强忍泪水，前来相劝。众人稍稍平静了些，都又坐下。商容盼咐家人，准备晚饭水酒，一为庆贺养孙女找到了亲父，二为庆贺与姜子牙的友情。

商容正在盼咐，忽然一名家将匆匆走来，压低声音说："老爷，宫中传旨，纣王召见老相爷，说有要事。"

商容点了点头，说："让他复旨，说老臣一会儿就到。"

家将答应了一声，转身退去。商容显出无奈的样子，对姜子牙说:"纣王召见,不去不行。我去去就回,你可与女儿好好叙谈叙谈。她可真是个好孩子哩!"

邑姜笑了,一边搀着商容,一边春风满面地学着爷爷的腔调对父亲姜子牙说:"他可真是个好丞相哩!"

邑姜的活泼,逗得众人哈哈大笑。

商容换好朝服,匆匆忙忙去见纣王。

自从费仲与尤浑、申公豹密谋将胡仙儿顶替妲己,送入宫中以后,他们心中忐忑不安,总怕露了馅儿,走了风声。幸好苏护十分沉稳,克服了巨大的悲痛,没有露出任何马脚。胡仙儿真是老练得很,打扮以后,竟与妲己相差无几,只是侯门闺秀的气质少些,但却比妲己更加妖媚迷人。胡仙儿心中牢记着一句话:我就是绝代美人儿妲己。

纣王见过的天下美女不计其数,他后宫里的后妃也个个美貌无比。但当妲己出现在他面前时,他竟一时失态,离开王位,跳下丹陛,站在妲己面前观看:天啊!真如他们讲的,是个绝代佳人!瞧,乌云叠鬓,杏脸桃腮,浅淡春山,娇柔柳腰,真如同梨花带雨、海棠醉日,不亚于嫦娥离月阙、九天仙女下瑶池……

妲己樱桃朱唇,双弯凤目,眼神中送出了娇滴滴的万种风情。她终于看清了这万众尊崇的天子纣王的风采:真是英俊啊!

妲己向纣王行了大礼,口称:"小女苏妲己愿陛下万岁,万岁,万万岁!"

纣王见众大臣盯着自己,便渐渐冷静下来,退回到王位宝座,说:"美人儿平身。"

第十回　寿仙宫作乐丧志　八卦堂说命直言

纣王封了妲己妃子称号，当晚同宿寿仙宫，你恩我爱，如胶似漆，致使纣王竟忘了第二天上朝理政。

众文武大臣在朝上左等右等，不见纣王，议论纷纷。有的大臣说，天子迷恋妲己，如此以往，不堪设想；有的大臣说，纣王新选妃嫔，热情正浓，亦不为过。

当值班朝臣宣诏散朝后，费仲悄悄对尤浑说："看来一切顺利。只是不知苏护返回有苏没有？你一定要亲自送他离开朝歌，嘱他万万当心。"

妲己见纣王十分宠爱自己，心中万分高兴。同时，她也十分感谢费仲等人给她的机遇，但心中也有隐隐的不安。这不安就是她的致命的顶替秘密。当然，她也可以不怕，她就是妲己，纣王对她言听计从，她说雪是黑的，纣王也会点头，还怕谁出来捣乱！知道她的秘密的五人，那苏护因为此事关系到他的身家性命，他不会捣乱。费仲、尤浑和申公豹，将来早晚要收拾他们，要么让他们永远不敢提及此事，要么不让他们在这世界上存活。还有一个是姜子牙，他太难办了。妲己深在后宫，高在朝廷，对姜子牙是够不到、摸不着，可别在他那儿捅出什么祸端来。当然，找个理由杀掉他，并不困难，可他终究是母亲的友人，有恩于我呀。

妲己思虑再三，终于想出了一个办法，那就是请姜子牙进宫，一则放在自己眼皮子下边，时时监督他；二是让他过上好日子，也算报了他的恩情。

想好以后，一天纣王与她亲热以后，她对纣王说："陛下，妾身初到朝歌时，曾听人讲，在朝歌有一算命神仙，名字叫姜子牙。"

纣王笑了，说："哈哈，美人莫信那些什么神仙、算盘、铁嘴之类,都是骗钱的。他们与神巫不同,神巫是传达上天意旨的。姜子牙,葱子牙,我不关心,没有听说过。"

妲己伸出白嫩的手儿,握拳轻轻为纣王捶背,边捶边说:"陛下不信,妾妃相信。我想请他进宫为妾算上一算。"

纣王想了想,说:"好吧。我先让商丞相去打听一下,然后请他进宫,若算得准,重重奖赏;若算不准,割掉他的舌头。"

纣王传旨召见商容就是为了此事。

商容进得宫来,拜见纣王,说:"大王召见,老臣前来恭候圣命。"

纣王赐座,问:"你可曾听说京城有个姜子牙,姜神仙?"

商容一惊,答:"陛下容奏,老臣听说过。陛下问他为何?"

纣王点点头,说:"果然有此神仙。据说他算得很准,是也不是?"

商容心中这才明白,纣王是在问姜子牙算命准与不准。他一块石头落了地,答:"恕臣直言。据传闻,那姜子牙确实知识渊博。他演练八卦,造诣甚深,算命亦准,老百姓称他为姜神仙。"

纣王想了想,说:"三日以后,将那姜子牙请到宫中八卦堂,本王与妲己贵妃要算上一算。"

商容心想,真是无巧不成书。自己与比干亚相正想请姜子牙借算命规劝天子,现在,他倒自己要请了。于是,他连连答应说:"陛下放心,此事由老臣安排就是。"

三天以后,商容、比干陪着姜子牙来到了八卦堂。这八卦堂为宫中祭祀伏羲大神之殿堂,虽不甚大,却很豪华讲究。正殿供奉伏羲神位,左右侧殿摆满了祭器供品。纣王与妲己来到

第十回　寿仙宫作乐丧志　八卦堂说命直言

八卦堂，坐在正殿宝座之上。商容上前行礼禀奏道："陛下、贵妃容奏。姜子牙已经来到。"

纣王说："让他进来！"

姜子牙在比干陪同下走进正殿。比干是纣王皇叔，站立一旁；姜子牙跪下行了大礼，说："陛下召见小民姜子牙，荣幸至极！"

妲己坐在宝座之上，见姜子牙今日换了一件官服，看上去比过去精神多了。姜子牙知道上边坐着纣王与妲己，但他不能抬头正视，这是宫中殿规。

纣王转头看了妲己一眼，然后回转来对姜子牙说："听说你会算命，算得又准，可是如此？"

姜子牙说："陛下容小民禀奏。小民在昆仑山玉虚宫学习二十年之久，师父元始天尊教导说，天命可说而不可算。命即规律，犹如水之东流、冬之冰雪，自然而成。你若反之，则会有难。因此人人均需循命而行。"

纣王听了，似懂非懂，说："贵妃妲己想问你一卦，你当小心推算。"

姜子牙说："小民遵命。请贵妃垂问。"

妲己轻轻嗽嗽嗓子，娇滴滴地问："姜神仙大名，本妃已经耳闻。请先生说说本妃前途。"

姜子牙稍稍想了想，然后摊开八卦，将签儿一支支摆开，摆了又移，移了又摆，最后说："贵妃恕小民直说。贵妃妲己，妲者，从女从旦。旦者，日出也。贵妃入宫，犹如晨光初照，朝霞满天。再卦曰，妲者，从女从旦。女者，贵妃也；旦者，太阳初升，天子纣王也。女旦相合，大富大福大贵大吉。从上推算，贵妃与天子如鱼水相依，如雷电相托，美满幸福。

小民说卦，不知妥否？若有差错，还望陛下、贵妃见谅。"

纣王听后，大笑说："算得准，算得确实准。姜神仙不说，本王还真不了解妲姐的真意。看来，妲己入宫陪伴本王全是天意。"

妲己听后，心中十分感谢姜子牙。她想，他不是活神仙，起码也是活嘴巴，一个"妲"字，说得纣王眉开眼笑。于是，她趁势对纣王说："陛下，姜神仙真是神说，请大王奖赏！"

纣王点头，说："宫中本有八卦堂祭祀伏羲大神，你可留在此处，一则主持祭祀，二可随时为本王说命。"

比干与商容听了纣王的决定，都很高兴。比干对姜子牙说："姜神仙赶快谢恩！"

姜子牙本意并不想主持什么八卦堂，现在圣旨已下，圣命难违，也只好如此了。也许，在宫中能更多地了解时势，能劝说纣王从善，造福百姓。于是，他又行大礼，说："小民姜子牙谢恩！"

比干想让姜子牙说一点劝诫纣王的话，就说："陛下，还可问些有关社稷之事，为万民造福。"

纣王有些不耐烦，勉强说："唔，好吧。姜大仙，关于社稷，你看眼下可好？"

姜子牙问："陛下是让我直说，还是虚说？"

纣王也问："何谓直说？"

姜子牙答："直言不讳，苦口良药，难免有触犯圣上与后妃之嫌。"

纣王又问："何谓虚说？"

姜子牙答："避实就虚，阿谀奉承，难免有欺骗圣上与后妃之嫌。"

第十回　寿仙宫作乐丧志　八卦堂说命直言

纣王笑了，他是个很机智但又非常傲慢固执的君王。他又问："从你的话听得出，前者直言，有犯上之罪；后者虚说，有欺君之罪。两者都有罪，你选哪个？"

姜子牙答："我选前者。直言虽犯上，于人有益。"

纣王说："那好，你说吧。"

姜子牙深深吸了一口气，语重心长地说："社稷之本，百姓也。社稷之魂，天子也。社稷之梁，良臣也。这本，这魂，这梁，缺一不可。商汤行天之道，灭无道夏桀，顺应史潮，已数百年。时至今日，弊端渐显，腐败已出，天子当明察。天子务要遵先训，严朝纲，善民众，固边防，才能成为一代明君。"

纣王生气了，厉声问："你说当今弊端渐显，腐败已出？"

姜子牙点头道："恕小民直言。苦口良药，若有犯上之嫌，望天子恕罪！"

纣王十分不悦，又要发作，妲己连忙说："好啦。时间不早，天子该歇息了。姜子牙可以退下了。起驾回宫。"

纣王和妲己走了。比干和商容为姜子牙捏着一把汗，说："哎呀，好险，好险！"

正说着，侍从来报："上大夫梅伯要见丞相，说有急事相商。"

商容说："让上大夫梅伯进来。"

第十一回 纣王无道杀忠良
妲己入宫夺后位

梅伯来见商容,十分急迫。他说:"老丞相,有些话我已经憋了好久,现在已经不能不说了。我想先与丞相商议之后,再去奏明陛下。"

商容点头,说:"这样吧,姜大仙已被陛下留在这八卦堂,他需要收拾收拾。我们回去,请比干亚相与梅伯大人一同随我回丞相府,在那里细谈。"

比干与梅伯都同意,说:"好的,好的。"

他们告辞了姜子牙,回到丞相府,在书房坐下。家人上茶,梅伯喝了一口,说:"当今,天下向商称臣,除本土以外,有东伯侯姜桓楚、西伯侯姬昌、南伯侯鄂崇禹、北伯侯崇侯虎等四大诸侯和八百小诸侯。你们可能不知,他们给纣王上的奏章,现在都压在文书房中,纣王连看都不看。以前是狩猎游乐,近日是迷恋上妲己,已经有两个多月没有设朝了。北方干旱,南方大水,大臣们见不到纣王,既无法禀奏,也无法处理,这怎么得了啊!"

比干双眉紧锁,问梅伯:"梅大人以为怎么办好?"

梅伯说:"作为上大夫,我有责任禀奏圣上,只是我位

第十一回 纣王无道杀忠良 妲己入宫夺后位

低职卑,不能进宫,干着急没办法。两位大人能否陪我去见天子,向纣王进谏?"

商容说:"比干亚相身体欠安,还是我陪你去吧。明日纣王如若仍没设朝,我们就进宫禀奏。"

第二天,果然没有早朝。众大臣在朝廷值班大臣那里点了卯,就纷纷离去。

梅伯对商丞相说:"再过一个时辰,我们进宫面谏圣上。"

时辰到了。商容在前,梅伯在后,二人来到寿仙宫。

把守宫门的奉御官说:"老丞相,寿仙宫是天子禁地,外边大臣不许进来,您应当知道。"

商容点头,说:"不错,这我知道。今日特殊,你去禀报纣王,就说商丞相有要事启奏。"

奉御官叹了口气,不好驳了丞相的面子,硬着头皮进宫去了。不一会儿,奉御官出来传诏道:"商大人,你们进去吧。"

商容在前,梅伯在后,二人走进寿仙宫里,只见纣王正在和妲己饮酒作乐。妲己翩翩起舞,舞罢,纣王大声喊:"好,好。下边第一队舞女开始献舞。"

这时,有十名一丝不挂的宫女进入舞池。纣王哈哈大笑,问妲己:"如何?哈哈哈,待会儿还有第二队。"

商容与梅伯连忙跪下。纣王说:"歌舞暂停。商丞相、梅伯上大夫,你二人有何紧急之事特来宫里启奏?快一些讲!"

梅伯抢先讲道:"陛下容奏。现在天下多事,北部七十二路诸侯反叛,闻太师已经率兵前去征伐,胜败不知。北方干旱,南方大水,百姓叫苦连天,您可知晓?陛下贪恋美色,日夜饮宴,狩猎无度,游乐成疾,不思朝政,奏本堆压,朝纲已乱。如此下去,大商朝恐怕就要亡在陛下手中了!"

梅伯的话是对的,他也是忍无可忍才如此动情。

那纣王还没听完,就勃然大怒,说:"住口!你好大胆,照你讲的,天下似乎已经大乱,而大乱又均为本王之过了!你明明是在颠倒黑白、诬蔑朝政、诅咒本王,实在可恶!众位老臣都不敢指责本王,你竟然目无天王,罪不容赦!今日你与商容违背朝规,进入内宫,商老丞相,身居三代功臣之位,尚可宽赦,而梅伯却实在不该如此。进入内宫,罪其一;辱骂本王,罪其二;无中生有,胡言乱语,罪其三。三罪并处,应处死刑。来人呀!将梅伯推出打死!"

梅伯大声喊道:"我的话还没说完。自从妲己进宫,大王更是宠信妖妃,荒淫无度。妲己扰乱朝政,迷惑国君,该当治罪啊!"

梅伯大骂妲己,妲己骂道:"放肆梅贼,竟敢无端指责于我!陛下,先别处死梅伯,暂把他拿下待审。如此大逆不道之奸贼,应给他一些厉害看看。如不杀一儆百,将来那些三教九流之辈不也敢闯入内宫胡言乱语了吗?"

纣王点头,说:"好,先将梅伯押入监牢。"

妲己想了想说:"我倒有个主意。为了吓唬吓唬那些狂妄大臣,可以造一项新的刑具。"

纣王问:"美人儿,你说什么样的刑具?一定要厉害、可怕一些,才能震慑他们。"

妲己说:"这刑具名叫炮烙刑具。用铜修铸高两丈、圆八尺的铜柱,铜柱中心有火室,分上中下三个火门。放入炭火,将铜柱烧红。你想想,将此热气灼人的铜柱往那儿一立,哪个

第十一回　纣王无道杀忠良　妲己入宫夺后位

不胆战心惊！凡是辱骂国君，不遵法度朝纲者，还有打着进谏而胡言乱语者，均剥去其衣服，用铁索绑缚铜柱上，不用多大工夫，那罪犯就会被炮烙而亡，烧成灰烬。"

纣王听了，大喜道："这刑具果然新奇、厉害！好，我立刻令人去铸造炮烙刑具，看哪个还敢放肆！"

商容一听，心都凉了。他并非怕死，而是觉得这纣王已变成丧失了良善天子之心的暴君，已是不可救药了。他刚要禀奏，纣王说："将商容轰了出去！"

几名奉御官前来，架起老丞相，连拉带扯地送到了宫外。商容回到家中，大哭不止，终归年迈体弱，一下子就病倒了。

半个月以后，炮烙铜柱铸造完毕，纣王和妲己看了，十分满意。这炮烙刑具就立于大殿之上。第二天，纣王为此专设早朝。圣旨颁下，钟鼓齐鸣，纣王终于在九间殿召见文武大臣了。大臣们见纣王设朝，不由都为纣王悔改而高兴。

众大臣朝贺完毕，站起身来，这才发现大殿东头竖立着二十根又高又粗的明晃晃的铜柱，铜柱下边还有轱辘。众大臣不知何用，心中只是奇怪。

纣王说："今日颁旨，众文武大臣均须知晓。为惩治那些咒骂国君、借进谏言而扰乱朝政之人，特设炮烙之刑。前日，梅伯已犯此罪，应处以炮烙之刑，以儆效尤。"

此时，只听值班朝臣传旨："押上梅伯，处以炮烙之刑！"

执殿官将铜柱推过来一根，打开火门，装进木炭，点燃起来。不大工夫，铜柱就冒着黑烟，被烧得通红。

梅伯被押解上来，憔悴异常。纣王大声说："梅伯辱骂本王，罪不容赦。今后再有如此狂妄之人，也这样处置！

用刑！"

众武士剥去梅伯的衣服，用铁索将他捆绑在铜柱上。梅伯大骂："昏君！你残暴如此，堵塞言路，商天下将亡在你的手中！"

话未喊完，那梅伯早已皮焦肉枯，惨叫着，昏死过去。两班文武大臣，见此情景，个个害怕，谁还敢进献谏言？

纣王看到众人惧怕，心中暗暗高兴。退朝以后，回到后宫，抱着妲己高兴地说："美人儿的炮烙主意很好，他们都怕啦。外御敌寇，内惩乱臣，这真是一件法宝啊！"妲己受到纣王宠爱，她当然高兴。但有一个心病，这就是在内宫她地位并不高，仅仅是个美人而已，而且严格地讲，中宫王后与东西宫众妃对她都有约束之权，这对她十分不利。她心中明白，要趁热打铁，利用纣王宠爱之时，打击对手。否则，那就迟了。

费仲早就看透了妲己的心思，便秘密献了可以除去对手之计。妲己心领神会，按计行事。她与费仲诬告中宫王后姜氏想要刺杀纣王，帮她父亲东伯侯姜桓楚夺取大商江山，而且有凭有据，令纣王信以为真，颁诏剜去姜王后的双眼，炮烙了她的双手，害死了中宫王后。

中宫位空，纣王颁旨，立妲己为中宫王后。朝中有几位大臣反对，随即被纣王一律处了炮烙之刑。其他人谁也不敢多嘴了。

中宫王后姜氏被残害，消息传到东伯侯姜桓楚处，他痛哭道："可怜的女儿死得冤枉啊！我可不怕昏君纣王，我要找他说说清楚！"

东伯侯的话传到了纣王那里，纣王向妲己说："处死姜氏，可能要招来麻烦了。"

炮烙之刑丧人心

妲己问:"有何麻烦?望大王明示。"

纣王说:"我担心她父亲东伯侯会兴兵造反。如果他再联合了其他诸侯,那就更可怕了。"

妲己想了想说:"依我之见,应先下手为强。陛下可借口商议旱灾水祸,召见四路诸侯。为了国事,他们都会来到朝歌。来了以后,杀了他们。那天下八百小诸侯没了首领,也就天下太平了。"

纣王听了,点头说:"这个办法不错,就这么办了。"

妲己说:"大臣费仲十分机警,办事认真,此事事关重大,不可走漏风声,可交予他办。"

纣王说:"好。此事就交爱卿费仲去办。"

天子下诏,召见四路诸侯进京议论国事一事很快在各地传开了。姜子牙得知后,十分忧虑,因为他早已看透了纣王的本意。

他闷闷不乐,对已搬到八卦堂来伴他的辜江洋说:"大事不好了!"

辜江洋问:"师父所指何事?"

姜子牙拍着桌子说:"天下将要大乱!"

辜江洋向师父靠了靠,问:"难道会是这样?有什么凭据?"

姜子牙将八卦签儿摆在桌上,说:"你看。这一支卦签儿代表纣王,位于中央。这一签儿代表姜王后,也位于中央。这东西南北均有一签儿,代表东西南北四路诸侯。现在都已知晓,妲己处死了姜氏,已立为正宫王后。注意,我手中这支签儿是代表妲己的,用它除去中央的姜王后的签儿。这姜王后

第十一回　纣王无道杀忠良　妲己入宫夺后位

是东路诸侯姜桓楚之女,女儿死因不明,他岂肯善罢甘休?纣王是聪明之人,他会立刻判断东路诸侯可能谋反。你说怎么办?"

辛江洋想了又想,摇头说:"想不出来。"

姜子牙问:"在此之前,天塌了,纣王都不着急,既不临朝,又不处理奏章。现在,为何突然冠冕堂皇地要召见四路诸侯进京议论国事呢?你说是真是假?"

辛江洋立刻答:"当然是假!"

姜子牙点头,说:"对极了!看来,你聪明多了。好,你接着思考,既然是假,纣王召他们来,干什么?"

辛江洋又立即回答:"统统杀掉!"

姜子牙双手击掌,说:"哈哈,你回答正确!"说着,将四支签儿集聚在八卦中央,用手一拍,说:"来者凶多吉少。往好里说,囚禁他们;往坏里说,谁也难逃诛杀!"

辛江洋说:"那就是说,天下将大乱了。"

姜子牙忽然站起身来,从瓦釜中取出一片龟甲,用刀尖在上边"刷刷刷"刻了八个大字,递于辛江洋,神色紧张地叮嘱说:"快,将这个送到商丞相府,亲手交给商容商老丞相。越快越好,人命关天呀!"

辛江洋接过甲片,不敢怠慢,急速而去。

第十二回　老丞相尽忠死节
　　　　　　辜江洋遵命传书

　　辜江洋拿了姜子牙的龟甲片，飞奔商容商丞相府。
　　门口侍卫拦住了他，问："你找谁？有何公干？"
　　辜江洋双手抱拳，着急地说："我要见商老丞相，有一封重要信件给他，不可怠慢。烦请速速通报。"
　　侍卫点头说："请等一等。"
　　不一会儿，从府中走出一位姑娘，辜江洋已经见过她，是师父的女儿邑姜。他连忙迎上去，说："邑姜大姐，师父让我给商老丞相送来甲片，上有师父话语。"
　　邑姜点头，说："瞧你满头大汗，快进府中歇息一会儿。"
　　辜江洋着急道："事情紧急，先见商老丞相要紧。"
　　邑姜摇了摇头，说："他刚刚离去，说有要事面见陛下。"
　　辜江洋一跺脚，说："糟了糟了。我紧跑慢跑，还是晚了一步。你瞧瞧，师父在甲片上写了什么？"说着，将甲片递给邑姜。
　　邑姜一看，顿时吓出了一身冷汗。只见那龟甲片上刻了八个大字：

第十二回　老丞相尽忠死节　辜江洋遵命传书

人命关天，

少安毋躁。

邑姜知道，父亲料事如神，一定有大事将要或已经发生！她着急地说："那怎么办？据我所知，他去面见陛下，一定是沿着去王宫之路去的。让我去追吧。"

辜江洋摇头说："丞相马车飞快，你一个女儿人家，哪里追得上？还是我去追吧！"说罢，告辞邑姜，转身跑去了。

辜江洋路不熟，左转右转，东拐西拐，等他到了王宫门口，也没有追上商容的马车。他远望着戒备森严的雄伟王宫，知道不可再往前走，也没有可能将龟甲片交给商老丞相了。

其实，商容是知道了纣王下诏召集四路诸侯进京以后，认定这是纣王的一次阴谋时，才决定率领众文武大臣进见纣王，谏他慎重从事的。

当然，到底是什么阴谋，商容一时也判断不出。但他担心一旦杀害诸侯中的一位或两位，或者尽都杀害，就会立时爆发天下混战，那带来的灾害将是百姓涂炭、江山灭亡啊！

众大臣上得殿来，执殿官连忙报于纣王。纣王正在寿仙宫与妲己和众宫女饮宴，听到众大臣要面见他，心中十分不快，便说："无要紧事，本王不见！"

不一会儿，执殿官又来禀奏："禀奏陛下，众大臣说不面见陛下，死也不散！"

纣王大怒说："大胆，竟敢如此无礼！"

妲己连忙上前给纣王抚摩消气，说："陛下去吧。听听大臣们讲些什么，没有什么不好。"

纣王无奈，这才来到大殿之上。执殿官连忙命殿乐手奏起乐来，百官一一行了大礼。纣王不耐烦地问："众爱卿欲见本王，有何事禀奏？"

商容出班，跪于丹墀之下，说："老臣商容启奏陛下，望陛下恕罪。"

纣王瞪了他一眼，说："日前本王已准你告老，你不在府中将养，又率众来此，真是多事！"

商容说："恕老臣多事！先王仙逝之时，曾对老臣讲，如果见到陛下决策有误而不谏劝，他于九泉之下也要怪罪于我。"

纣王冷冷一笑，说："那就讲吧，不要啰唆！"

商容说："遵旨。当今朝廷失政，三纲尽绝，伦纪全乖，社稷颓危，祸乱已生，隐忧百出。此皆由天子信任奸邪，不修政道，荒乱朝政，大肆凶顽，近佞远贤，沉湎酒色而致。今又颁诏召四路诸侯进京，臣以为其中——"

纣王听到这儿，觉得这老糊涂再说下去，不仅会伤害天子尊严，更重要的是可能泄露天机，所以大喝一声："老贼住口！"

商容也大怒，斥责道："无道纣王，你敢骂我老贼？要不是我等老臣在先帝面前荐你，哪有你今日的王位？你已经不像天子了，倒像一名无赖、恶棍！你若仍不悬崖勒马，你将死无葬身之地啊！"

商容来时就已做好了准备，今日以死谏王，所以也就不留一点儿余地，他希望这些分量较重的话能使纣王清醒一些。

众大臣见商容敢如此训斥纣王，都吓得不敢言语，但心中着实佩服老丞相的胆量。

纣王双脚一跺，大声喊道："老贼，老匹夫，大逆不道！

第十二回　老丞相尽忠死节　辜江洋遵命传书

来人，将这老不死的拿下，当即金瓜击毙！"

金瓜击毙是殿堂大刑之一，十分残酷。做法是将人捆绑之后，或立或跪，执刑人用铜制金瓜猛击头部，置人于死地。

商容不等大殿侍卫前来，就一闪身，一头撞在大殿龙盘石柱之上，当时脑浆迸裂，血染衣襟，七十五岁的三代元老就这样自杀身亡了。

纣王看到商容以死相谏，并不悔悟。他余怒未消，又下令说："这就是逆贼下场！谁敢再胡言乱语，本王决不饶恕！奉御官，将商容老匹夫曝尸野外，不许掩埋！"

好狠心的纣王啊！

商容一死，满朝悲痛。辜江洋心中直懊悔，流着泪对姜子牙说："师父，都怪我跑得慢。我要早一点儿到，他看到您的'人命关天，少安毋躁'，也许会想个更好的办法去劝诫纣王。"

姜子牙叹了口气，说："就他性格说，今日不如此死，他日也会壮烈殉命。他死得其所，令人钦佩。现在，重要的是，四路诸侯均可能已接到圣旨准备进京。我观察他们之中，最具实力又甚仁义的是西伯侯姬昌。只有他有可能力挽狂澜，救危难社稷于战乱，解万民百姓于灾祸。"

辜江洋问："您的意思是，应该告诫他小心才是。"

姜子牙点头。他手抚前额，想了想，说："我想提醒于他，只是无人将此讯息传递过去。"

辜江洋也学着师父，手抚前额，说："西岐城，离朝歌有三十多天的路程，若师父信得过我，就让我跑一趟吧。"

姜子牙想了想，说："好吧。"说罢，在瓦釜中挑了一块大的龟甲，在上边刻了四句话：

凶天常有雨，
多寒加衣衫。
吉人富与贵，
少灾体康健。

　　刻罢，交给辜江洋。辜江洋一字一字读了一遍，似有所悟。忽然，他笑着说："师父，这四句诗的意思是，风雨多变，注意康健，吉人贵相，前途无量。小心一些，也许能够躲过灾难。是不是？"

　　姜子牙点头，说："是，你解释得不错。"

　　辜江洋又念了一遍，突然又说："还有，还有。将这四句的头一个字连起来念，是凶多吉少。"

　　姜子牙又点了点头，说："但愿西伯侯姬昌能收到此甲片，使他知晓进京凶多吉少。好了，你去准备，带够盘缠，上路吧。"

　　辜江洋跟着师父练功习武，这一年长高了许多，猛一看，像个英俊的小伙子了。他胆大心细，那说话，那动作，那习惯，几乎样样都像师父。临上路时，还惦念着师父的女儿邑姜，说："师父，别忘了，料理完商老丞相的后事，将邑姜姐姐接回家来。"

　　姜子牙答应了一声，叮咛说："唔，我会办的。你倒是要一路当心啊！"

第十三回　读甲文姬昌动容
　　　　　　罚诸侯纣王无情

　　辜江洋日夜兼程，抄近道，走小路，三十几天以后，他历经艰辛，终于来到了西周地界。

　　他见这里的百姓穿戴整齐，谦让有礼，社会十分平和。师父说西周姬昌仁德，果然不假。

　　他到了西岐都城。城门卫士见他风尘仆仆，穿戴亦非本地人模样，拦住他说："客人从何地来，能否告知？这是我们的公事，给你添了麻烦。"

　　辜江洋见门卫十分客气，连忙施礼说："敝人从京城朝歌来。"

　　那门卫连连点头，又问："不远千里，路途辛劳。如果需要我们帮忙，请不必客气。"

　　辜江洋说："实话相告吧，我带有一封书信，受托捎给西岐西伯侯姬昌侯爷。请告知王府方位，我好前去。"

　　那门卫一听说给西伯侯捎来了书信，更加热情。他叫来了一名兵士，说："把这位客人请到西伯侯王府。多加照顾，不可怠慢。"

　　那兵士答应一声，说："客人请随我来。"

兵士将辜江洋带到一处宅院。这宅院与一般宅院无甚区别，不同的只是宅院周围门前均有兵丁把守。

辜江洋心中纳闷，心想，兵士别闹错了，难道这就是西伯侯王府不成？

那兵士见辜江洋疑惑，笑笑说："没有错，这就是西伯侯王府。西伯侯提倡勤俭朴素，反对铺张，所以他不修建豪华宫殿。前边已有岗哨，待我去通报一声。"

通报以后，那兵士离去，哨位处走来一位身着官服的人，问清情况，带领他走进宅院旁的一处院落。那官员请他暂在此处歇息，等待西伯侯传话。辜江洋喝了水，洗了脸，坐下不久，就听到门口传来脚步声，同时，又听到一个人的洪亮声音："京城贵客，有失迎迓。路途遥远，一路辛苦了！"

辜江洋连忙站起身来观看，见进来的人高高的个子，十分魁伟。他剑眉明目，高鼻阔嘴，前额凸，人中长，英俊中透着威武。从年龄看，虽年近半百，但头发乌黑，两鬓无霜。他身着一身戎装，腰挎一把带鞘长剑，一副王侯长束。辜江洋想，看来他就是西伯侯姬昌。

果然，他自我介绍说："我就是西伯侯姬昌，听说客人捎来了我的信函，十分感谢。"

辜江洋连忙施礼，将龟甲信函递给姬昌，说："就是此物，请收下。"

姬昌看后，大惊失色，问："陛下颁诏，召我等进京，此事已知，但不知尚有如此危险。请问，写刻甲片之人是哪位恩人？"

辜江洋摇摇头，说："师父说，不必告知西伯侯。"

姬昌又问："那请问小客人贵姓大名？"

第十三回　读甲文姬昌动容　罚诸侯纣王无情

辛江洋微笑，仍摇头说："师父都不留名，身为门生怎敢留名！请侯王恕罪，在下请问，侯王看到那四句字头了没有？"

姬昌点头，说："我看到了，那四句各藏一字，是一首藏头诗。你师父警告我说，凶多吉少。小客人不知，我的父王名叫季历，是一代明君。就在他施展才华，治理西岐，收效明显时，也是商王文丁——就是纣王的祖父，以为了我父王的功绩举行礼宴的名义，将他召进京城。可是我父王一到商都，就被囚禁在那里，失去了自由。我曾带了珍珠宝石、锦缎良马去献给商王，求他们释放我父王，但一切都落了空。最后，他们以我父王图谋不轨为名，杀害了他……"

姬昌越说越激动，不由潸然泪下。他接着说："接到纣王诏令，我确有过疑惑，但还不太相信他能有什么歹意，因为进京的非我一人，而是四路诸侯呀！"

辛江洋叹了口气，说："师父与西伯侯所想正好相反。他说，正是因为四人一同进京，才凶多吉少。这叫作一网打尽！"

姬昌走上前，伸手拍着辛江洋的肩头，说："你年龄不大，但很能干。由你我看到了你的师父，他肯定是个了不起的人物。你们没有留下姓名，但你们的心，已经留在了我的心上。还有一事，我不得不唠叨一下，此事万分机密，千万千万不可告知其他人！借用你师父的话说，人命关天啊！"

辛江洋点点头，说："西伯侯放心吧，我明白。我的事办完了，我想今日就往回返。"

姬昌三番五次地要留辛江洋在西岐玩耍几天，辛江洋都谢绝了。姬昌又让人送来了几箱珍宝银钱，一箱赠给他，一箱送给他师父，他也婉言谢绝了。

姬昌送走了辜江洋，返回侯王府，召集了众文武官员及他的大儿子伯邑考，说："你们都知道，商天子纣王颁诏，召见我等四路诸侯进京，商议国事。朝歌天使已先返回，嘱我火速赶往朝歌，越快越好。我想，最近几日就上路前去。"

姬昌话音刚落，上大夫散宜生就说："君侯容禀。窃以为，此次纣王召见四路诸侯商议国事是假，其真正意图恐怕是想软禁各位王侯，以防各路诸侯反叛。因此，君侯可以寻一借口，托词有事，不能前往。"

姬昌摇摇头，说："不可。依你所说，纣王已经怀疑我等谋反，他召见四路诸侯，若其他几位均已前去，而我不去，恰恰说明我们是做贼心虚，就是要企图谋反，这反而让他抓住了把柄，会更加怀疑我们。"

散宜生点点头，说："侯王所论亦是。只是侯王前去，要格外小心。"

姬昌想了想，说："此去凶多吉少啊！你们记在心里，不要张扬。"

大公子伯邑考上前跪下，说："既知凶多吉少，作为儿子的我，应当代替父亲前往。望父王允诺。"

姬昌笑了，摇头说："不可不可。一则，我儿前去，仍会引起纣王怀疑；二则，那朝歌政局，变幻莫测，实难应付。所以，还是我前去朝歌，合情合理。"

伯邑考只好从地上站起，说："父王有话，请作交代。"

姬昌望望众大臣，说："纣王召见，不能不去。不去即抗旨，会招来种种罪名，然后征讨于我们。战火一起，我们将受害无穷。这也许是上天意旨，我该有此劫难。我此去朝歌，

第十三回　读甲文姬昌动容　罚诸侯纣王无情

何日归来，实难预测，小至几月，多至几年。在我离去之后，我想，国政由伯邑考主持，内政由散宜生多多协助，军事防务由大将军南宫适负责。有一点，我要特别叮嘱一下，那就是我去朝歌之后，切不可派人来看望和接我。任何人都不要来，切记，切记！"

姬昌说得大家心中十分难过，伯邑考含着泪说："儿记住了，父王放心！"

两天以后，姬昌准备就绪，匆匆起程。伯邑考嘱咐随父王前往朝歌的侍从说："有劳各位，沿途护卫我父王。日后当有重赏！"

上大夫散宜生、大将军南宫适、周公旦、毛公遂、召公奭、毕公、荣公、闳夭、辛甲、辛免、太颠等官员前来送行，还有世子伯邑考、二世子姬发等亲属也来到十里长亭饯别。

长亭之上，九龙席宴排开，众人把盏，祝福姬昌侯王一路平安，早日归来。姬昌有些激动，大声说："今日与诸卿一别，定会十分思念。诸卿应将此种思念化为治国的力量！"说罢，又拍着伯邑考的肩膀，说："你兄弟为社稷和睦相处，我虽远在他方，心中亦无虑矣。"

饮罢数盏告别酒，父子君臣洒泪而别。

姬昌日夜兼程，想尽快赶到朝歌，免得过于晚了，纣王怪罪，生出麻烦。进五关，渡黄河，过孟津，一路十分辛苦。等到了朝歌，住进金庭驿馆，才知另三路诸侯都早已来到。

那三路诸侯是东伯侯姜桓楚、南伯侯鄂崇禹、北伯侯崇侯虎。他们三人正在驿馆饮酒叙谈，随侍来报："西伯侯到！"

三人连忙起身，走到院中迎接。姜桓楚拉住西伯侯的手，心情沉重地问:"你为何来迟?"

姬昌解释说:"路远,又遭连续降雨,来迟了,望各位谅解。"

四人问候完毕,手挽手返回室内,增一杯筷,继续边饮边叙。四路诸侯中的北伯侯崇侯虎与尤浑、费仲交往颇多,较为奸诈,因此,其他三路诸侯对北伯侯多有戒备。

纣王对四路诸侯是否到齐,十分关心。妲己也担心因自己抢夺王后之位,谋害了原正宫王后姜娘娘,如若她父亲为此反叛,会招来许多麻烦,所以也十分关心。她说:"如果四路诸侯到齐,就要按费仲的主意,速速一律以谋反罪处死,这样,群龙无首,那些小诸侯与四路诸侯的后继人就会俯首帖耳了。"

纣王点头说:"美人儿说得不错。如若他们四人均已到齐,明日早朝就处死他们。"

费仲将四路诸侯到齐的消息禀奏了纣王,并建议说:"明日早朝,四路诸侯必然会有奏章,奏章又都不外乎是对朝廷、对天王的不满,因此,天王可以不看就宣布他们心怀不轨,图谋造反,斩首示众。"

纣王说:"卿言甚是。"

次日早朝,文武两班跪拜行礼,午门官禀报:"四路诸侯候旨。"

纣王说:"宣四路诸侯进殿听诏。"

四路诸侯依次进殿,行礼称臣,各个都有奏章。纣王先发制人,说:"东伯侯姜桓楚。"

东伯侯连忙向前一步,答:"臣在,尊听王诏。"

纣王一拍王位扶手,大声责问道:"大胆姜桓楚!你竟敢

第十三回　读甲文姬昌动容　罚诸侯纣王无情

串通女儿一起,图谋暗害本王,你可知罪?"

姜桓楚战战兢兢地说:"臣知罪。小女身为中宫王后,如有冒犯天王之处,实应惩处。但小女为人忠厚,心地善良,性格贤惠,不可能有一丝一毫害人之心。臣以为,一定是有居心叵测之人加害于我女儿,使之含冤丧命,还望天王明察。至于说与我合谋,更是无稽之谈。"

纣王听后,怒道:"照你说,是本王冤枉了你们父女?是本王错了?"

姜桓楚说:"臣不敢。臣只是恳请天王明察。"

纣王"哼"了一声,大声说:"姜桓楚口称知罪,实在为己狡辩。老逆贼伪装糊涂,企图骗取同情,可恶至极!命女弑君,阴谋篡位,十恶不赦!来人,推出去,碎醢其尸,以正王法!"

大殿武士呼啦啦跑上前来,瞬时间将姜桓楚捆绑着推出了大殿。

姜桓楚见纣王如此蛮横无理,诬陷好人,不由大声骂道:"无道商纣,你与夏桀同走一路,毫无区别,你当灭国毁己,绝无好下场啊!"

此时,众文武大臣中贤良者与西伯侯、南伯侯刚刚惊醒似的,出班为东伯侯求情,话还没出口,纣王就怒吼道:"你们都听见了,老逆贼竟敢大胆咒骂本王,将本王与夏桀相比,该不该杀?谁敢为他求情,与老逆贼同罪!"

纣王正在发怒,众大臣一时谁也不敢讲话了,只有西伯侯姬昌和南伯侯鄂崇禹实在看不过去,所以,仍仗着胆子进谏。

南伯侯说:"臣鄂崇禹禀奏。东伯侯姜桓楚始终忠于天王,为人耿直无私,似确有冤枉。望大王宽恕于他,生者幸甚,死者亦幸甚。"

西伯侯接着道:"臣姬昌禀奏。南伯侯所言甚是,望大王宽恕于他,以示大王怜悯之情。"

纣王望着大殿上跪着的鄂崇禹和姬昌,心想,这两个家伙胆子好大,本王已经明确宣告,为东伯侯说情者一律同罪,他们竟还敢冒犯本王,正好,下坡推车,就势一并处死完事。

想罢,他哈哈大笑,然后脸一绷,问南伯侯和西伯侯道:"本王刚刚说过,敢为姜桓楚说情者,如何处置?"

南伯侯与西伯侯一齐答道:"与姜桓楚同罪。"

纣王说:"好。你们都很清楚。本王一言既出,驷马难追。来人,将他们两个一同执行醢尸!"

醢尸之刑,就是将犯人绳缠索绑,然后将人用巨钉钉在刑具上,再用乱刀剁碎。刑极残酷,惨不忍睹。

这时,亚相比干出班启奏:"臣比干启奏大王。东伯侯处以醢刑,今又让西伯侯、南伯侯同死,恐怕不妥,请大王三思。西伯侯姬昌忠心不二,义施文武,礼治邦家,智服反叛,信达军民,子孝父慈,君臣一心,称为西部圣人啊!"

纣王一看皇叔为姬昌说情,心中犹豫,说:"既然如此,暂免姬昌一死。但亦应惩罚,将他囚于羑里(今河南汤阴一带),闭门思过。姜桓楚与鄂崇禹立即处死!"

四路诸侯被纣王残杀了两个,还有一个趋炎附势、明哲保身,另一个被软禁了起来。姜桓楚与鄂崇禹被处死以后,他的家将们星夜逃回,报告两位侯爷的世子。果不其然,姜桓楚的儿子姜文焕、鄂崇禹的儿子鄂顺兴立即宣布,再也不受商天子管束,起兵造反了。

纣王沉醉于酒色,对天下之事并不太在意,他觉得,商天

第十三回　读甲文姬昌动容　罚诸侯纣王无情

下稳如昆仑，有几个人造反闹事，派大军去镇压一下，也就转危为安了。

亚相比干却十分着急，他启奏纣王说："两路诸侯反叛，不可轻视。有道是，小洞不补，大洞难堵呀！还望大王及早处理。"

纣王不太信比干的话，转脸问费仲："爱卿，你看怎么办好？"

费仲答道："依微臣之见，可派闻仲闻太师率兵讨伐之。"

比干奏道："闻太师率二十万大军在外转战，已有半年之久。目前，并不在京城。"

纣王想了想，说："颁诏给他，让他速赴东部平叛，活捉那逆贼姜文焕解来朝歌。"

费仲答："遵旨。"

纣王回到后宫，妲己见他脸上有些不高兴，连忙上前挽住纣王臂膀，依偎在他身上，娇滴滴地问："大王因何事发愁？"

纣王微微叹了口气，说："也没什么愁事，只是比干亚相禀奏说，东路、南路诸侯反叛，令本王心中稍有不快。现已让费仲去诏令闻太师率兵讨伐去了，料想很快就会平息。"

妲己自从取得了正宫王后的位子以后，心中十分喜悦。全天下除去纣王之外，大富大贵之人当属她妲己了。仔细想想，朝中上下没有什么对手，也似乎没有人可以威胁她。原有的一件心事似乎也变得不重要了。她早已忘了她原有的名姓与身份。至于费仲与尤浑，已是她的忠诚死党，料他们不敢轻举妄动。不说别的，就说他二人阴谋杀害了真妲己，然后又找来胡仙儿冒名顶替，仅此欺君之罪，就是有一百条人命也难保住。当然，知此秘密者还有申公豹，他没有什么了不起。他若敢胡言乱语，谁也不会相信，仅以造谣诬上之罪，就足以置他于死地了。令妲己最不放心的仍是姜子牙。姜子牙绝非等闲之辈！妲己知道，如若留姜子牙在朝歌，那永远犹如在身边养着一只随时可以吃掉自己的猛虎。她终于改变了主意，从将姜子牙留在身边时刻盯着他，改为逼他离去。若能永远见不到他，那当然更好。至于说要不要将他除去，也就是说找个借口杀掉他，妲己心中还下不了决心。

纣王爱玩，他认为作为天子，那就要享尽人间快乐，因此，穷奢极欲，可以说已经登峰造极了。妲己也一样，从平民的享乐，到王后的享乐，一步登天，总觉得不满足、不过瘾，因此，又是个穷奢极欲，登峰造极。如果说纣王是风，那妲己就是火，如果说妲己是火，那纣王就是油……

一天，纣王和妲己在御花园追逐打闹。前边牡丹花上落了一只蝴蝶，妲己指着大叫："噢，多美的蝴蝶，快捉来给我。"

纣王"哈哈"笑着去扑，蝴蝶飞了，他快步去追。在绿草地上追来追去，一下子被半躺在地上的妲己绊倒。

妲己趁势一歪身子，正好倒在纣王怀里。纣王一下子搂住了妲己，说："哈哈哈哈，蝴蝶本王没扑着，却扑到了一个美人儿！"

妲己也"哈哈"笑着，用手指着那越飞越高的蝴蝶说："看，它在那儿，越飞越高啦。噢，陛下，我要是长一双翅膀，能飞上天，飞上那高高的天空该多好啊！"

纣王伸手一指天空，问："你说高高的天空？"

妲己点头答："对，能登上高高的天空摘颗星星，那多好啊！陛下，你说行吗？"

纣王想了想，说："行，行！本王为你修一座摘星楼，让你登上去摘星星，看月亮。"

妲己高兴地拍着双手，说："噢，太好啦，太好啦！那就赶快下诏，修造摘星楼！"

纣王点头说："本王这就下诏，修造很高很高的摘星楼，让王后高兴。此事重大，要让一位德高望重之人去负责此项工程。"

妲己想了想，说："我看亚相比干能行。"

纣王迟疑了一下，说："那比干生性耿直，且十分俭朴，怕他不肯答应此事。"

妲己眨了眨眼睛，伸出一只胳膊，勾住纣王的脖子，嗔怪地说："纣王的意志，谁敢违抗！若有违抗，那还了得！哼，谁违抗，就让他享受享受炮烙的滋味儿！"

纣王一听，心想，妲己说得对，天王旨意，谁敢不遵？不遵即为不忠，不忠即应严惩。想到这儿，他吩咐侍臣："传亚相比干来见。"

侍臣答："遵旨！"

第十四回　怜百姓卦谏纣王
　　　　　　说利害惹恼妲己

　　纣王圣旨传给比干，比干不敢怠慢，火速赶到寿仙宫，行了君臣之礼，问："大王传旨微臣来见，微臣前来聆听陛下吩咐。"

　　纣王抬眼观望亚相比干，自言自语地说："亚相转眼之间，垂垂老矣，本王竟毫无感觉。今日传旨爱卿来此，是有一事想委派爱卿去做。"

　　比干是纣王的叔叔，辈分虽大，但君臣之间，朝廷礼仪，那是不能有丝毫逾越的。比干不知纣王所说何事，说道："陛下之命，微臣当遵旨行事，实不敢有稍微怠慢。"

　　纣王看了看妲己，见妲己点了点头，桃花似的脸上微微一笑，意思是说：瞧，陛下之命，没有人敢违背的。纣王也面带微笑说："很好。本王与王后想修造一座高楼，名为摘星楼。此楼顾名思义，必定甚高，越高越好，上天可邀嫦娥，伸手可摘星辰。爱卿德高望重，想由爱卿主管此事，爱卿意下如何？"

　　比干听后，心中一惊。他想：自从纣王当政以来，大兴土木，劳民伤财，已经怨声四起。今日，又要修造什么摘星楼，

第十四回 怜百姓卦谏纣王 说利害惹恼妲己

规模宏大，工程艰巨，这可如何是好？此事不宜，此事不宜！想到这里，他为难地说："圣上容禀。微臣心中有话，不敢直言。"

纣王脸上的笑容没有了，说："有话就讲，不必吞吞吐吐。"

比干说："望大王恕臣无罪。"

纣王双眉紧皱，压低声音说："恕你无罪。讲吧。"

比干这才轻轻地嗽嗽嗓子，俯身垂首说："微臣曾听先人讲过，古有长臂之国。长臂国人人长臂，国王之臂尤长。一天，他伸出长臂摘下了树上的红红的果子，吃了起来，十分香甜。又一日，他伸出长臂想摘取星星，却怎么也够不着了。大臣们告诉国王说，在遥远的北方荒原上，生长着一棵树，那树极高。沿着树干往上爬，可以一直爬到天宫。国王听了，就下决心要找到那棵树。过了七七四十九天，国王终于来到了那棵树下。果然，那树无比高大，站在树下往上看，看不到树顶。他开始往上爬，一天爬五十丈，爬了九九八十一天，终于爬到了树顶。树顶离天宫仅有十丈，但空空如也，再也无法攀登。幸好他有长臂，就伸出胳膊去摘取天宫墙壁上镶嵌的宝石。那颗颗宝石就是天上的星星——"

纣王和妲己被比干讲的故事吸引住了，妲己问："他摘到宝石了吗？"

比干冷冷一笑，答道："哪有那等好事！那国王伸出长臂去摘取天宫墙壁上的宝石，不料，一颗宝石掉了，引起了无数颗宝石噼里啪啦地往下掉，将国王砸落在地。国王摔断了胳膊，摔断了腿，最后死去了。那棵通天树也被砸断了，渐渐枯萎，终于也死去了。跌落的宝石都钻入地下，一颗也没有留在人间……"

纣王皱皱眉头，问："亚相讲此故事是何用意？"

比干连忙说："大王容禀。微臣所讲，虽为故事，但意义明了。天下万物，各得其所，千万年间，已成定位。物与物，事与事，互相关联，互相依赖。如若取去人之口、人之胃、人之肠，人恐怕就难以活命。臣以为，摘星楼可以不建，因为，第一星不可摘，第二摘不到星，第三耗资劳民，实在无此必要。恕微臣直言，望大王三思。"

纣王听了，不以为然，说："本王之想法与爱卿不同。王后之意，修建摘星楼，别人想不到的，或不敢想的，王后想到了，此已是难能可贵了。本王为天下之天子，王后为天下之王后，当与众不同，思之极，用之极，喜之极，怒之极，理所当然。摘星楼，危乎高哉，本王欲与天对话；摘星楼，危乎高哉，王后欲摘星辰。唯如此才显示本王之威望、大商天下之宏伟和本王冲天之气派。此事已定，爱卿不必多言，只是去按本王与王后之意修造罢了。十几天以后，爱卿呈一方案给本王，不可有误。"

比干见纣王态度坚决，不敢多言，只是说："微臣还有一事。"

纣王说："爱卿讲来。"

比干说："修建摘星楼，微臣不敢违旨。只是此事重大，工程复杂，微臣听说现主持八卦堂的姜子牙深晓阴阳八卦、建筑格局，所以想请他设计方案，不知可否？望大王、王后定夺！"

纣王看了妲己一眼，妲己点头说："应该可以。"

纣王说："王后点头答应，那就这么办了。"

第十四回　怜百姓卦谏纣王　说利害惹恼妲己

比干领了圣旨，离开寿仙宫，来到八卦堂，恰巧辜江洋正在练一套八卦拳。只见辜江洋双目半睁，舒展四肢，上八路，下八路，一招一式，外柔内刚，套数娴熟。比干看得入神，禁不住赞叹道："好拳法。"

辜江洋听到声音，收了拳脚，定睛一看，是亚相比干，连忙施礼说："原来是亚相大人，您曾来找过我家师父。"

比干还礼，说："请小兄弟通报姜神仙，就说比干前来拜访。"

辜江洋说："请亚相先在侧室暂坐，待我前去通报。"

不一会儿，姜子牙随辜江洋从后堂走了出来。姜子牙连忙施礼，说："亚相来访，必有要事相告。"

比干叹了口气，说："确实如此。不瞒姜神仙，今日圣上召我进宫，他与王后一同嘱我监造摘星楼——"

姜子牙哈哈一笑，顺口说道："摘星楼？哈哈，摘星楼，摘星楼，只怕星星没摘到，摘来的都是愁——"

比干皱起眉头，问："先生此言怎讲？"

姜子牙叹了口气，说："亚相作为朝廷重臣，心中比我清楚。说实话，我姜某这些年来观时世、看民情，心中一时也没忘记要为社稷贡献一些微薄之力，但却上天无门、入地无路。起初，我对当今天子是很佩服的，我师父曾嘱我顺应天时，合乎民意。我从亚相脸上气色已经看出，可以一字以蔽之。"

比干问："我脸上气色不好吗？何字可以蔽之？"

姜子牙说："亚相要我明言？"

比干点点头，说："但说无妨。"

姜子牙稍稍停了一会儿，一字一顿地念着下边的字句：

蚂蚱到了头，
庄稼也已收。
寒风飒飒起，
心上冷飕飕。

比干说："这是个'愁'字！"

姜子牙说："亚相说得不错。你愁，我愁，天下愁啊！"

比干问："陛下修造摘星楼，让我监理，还让你具体筹划，并且按阴阳八卦、风水五行，给个说法，先生不会推诿吧？"

姜子牙从地上捏起一只蚂蚁，放在桌子上，那蚂蚁受惊，迅速在桌上乱爬。姜子牙又将盛满热茶的水碗压在蚂蚁身上，说："亚相，如若我答应此事，这蚂蚁就是我姜子牙的命运。"

这时，他端起水碗，那蚂蚁已经半死，正在桌上挣扎。比干明白了，姜子牙是要推诿不做了。但不做不行啊，纣王与妲己明明点到了他，再说，别人也代替不了……

比干恳求说："下官恳求姜神仙答应此事。一则圣命难违；二则先生当之无愧，无人能够替代；三则若先生不答应，我就无法向陛下复命。"

姜子牙见比干十分为难，心中不忍，终于点头答应说："好吧。只是，我行我素，亚相不要过多干预。亚相放心，我所作所为均与亚相心思相同。"

比干说："好，神仙的心思、人格，我都相信。请先生定一日子，向天子与王后禀奏方案。"

姜子牙掰着手指算了算，说："十二天以后的六月初六，

第十四回 怜百姓卦谏纣王 说利害惹恼妲己

请亚相携我去见纣王。"

二人说定以后，比干离去。他要忙着筹划资金、材料和劳工，而姜子牙就要在十几天内画出图纸，做出规划，然后去禀奏天子与王后。

转眼之间就到了六月初六。比干陪着姜子牙来到寿仙宫。宫中鼓乐齐鸣，几十对裸体男女正在随乐舞蹈，纣王和妲己看得开怀大笑。纣王举起酒杯对妲己说："美人儿，来，再饮一杯。这裸舞很有意思，可谓美人儿的一个创举。光舞还不够，还可以一男一女裸体摔跤，如何？"

妲己笑了，说："陛下如若喜欢，我就让他们排练。"

纣王点头说："嗯，排练吧，一定十分好看。"

正说着，侍臣报：比干与姜子牙前来禀奏摘星楼之事。纣王说："歌舞人等暂且退下，宣比干、姜子牙上殿。"

比干和姜子牙听宣以后，来到殿上，行过君臣之礼。纣王问："摘星楼修造规划，爱卿准备得如何？"

比干连忙回答："容臣禀奏，一切正在加紧进行。摘星楼规划请姜子牙与有关人等商议，现已有了草图，呈上请陛下与王后过目。"

姜子牙将图纸交给比干，侍臣接过，走到纣王王位面前，将图呈上。

比干说："陛下与王后请听姜子牙的解释。"

姜子牙早就用双目余光看了纣王与妲己王后，心中暗想：这纣王气色十分不好，整日花天酒地，沉湎于酒色之中，印堂灰暗，双眼无光。王后呢，倒仍然是那么光彩迷人，可惜了这天仙似的美貌。他听到了许多臣民的埋怨咒骂，认为妲己祸国殃民，用美色迷惑天子，不修国政。臣民之议也许有些道理，但恐怕不是那么简单。一个女流之辈，仅靠自己的美貌就迷惑了一个国君，致使国君荒废朝政，残害忠良，为非作歹，恐怕是夸大其词了。不错，这胡仙儿从小缺乏教育，修养不高，更谈不上美德、贤惠，但那时绝对算不上歹人。当然，人随着周围环境的变化也会变化，或变好，或变坏，这是必然的，现在的这个妲己，显然是一天天变得心灵丑恶了。

不过，姜子牙仍想通过这摘星楼的阴阳八卦、风水五行，来劝谏一下纣王，达到能不修就不修、能晚修就晚修、能小修就小修的目的，从而减轻百姓的苦难。

他说："陛下容小民禀奏。陛下有旨，修造摘星楼要高四十丈九尺。小民以为，四十丈九尺不吉。"

纣王问："怎样不吉？"

姜子牙答："四者与死谐音，四又是四方框中一个人，囚也。九尺，九亦不吉。九为旭之去日，日为天下光辉之源，是天子之象征，日不在，剩一九，大凶之字。所以，四十丈九尺高实不可取。依小民之见，减半为二十丈五尺方为合适。"

比干心中明白，姜子牙是想修一座不大高的摘星楼，四十丈一下子去了一半，剩了二十丈，这二十丈怎么又不是凶而是吉呢，他真为姜尚捏着一把汗。

妲己很不高兴地问："二十丈五尺，怎样就是大吉大利了呢？"

姜子牙答："二者，上一横，下一横。上为天，下为地，天地一统，才是社稷之福、百姓之幸也。五者，亦为上一横，下一横，中间有力字。上为天，下为地，中间力者为王也。五，大吉大利；二，大吉大利。二十丈五尺较为合适。请陛下、王后三思。"

第十四回 怜百姓卦谏纣王 说利害惹恼妲己

纣王听了姜子牙的话，半信半疑。信吧，摘星楼仅二十丈五尺高，实在是不宏伟；不信吧，他说得有理有据，还真是那么回事。

比干听了，脸上露出一丝微笑，心里说：这姜尚姜子牙，果然名不虚传。这卜卦，这说相，严丝合缝，滴水不漏，听后让你不能不心服口服。若真的可以减半修造摘星楼，那就会省了一半钱财、一半人力，于国于民都有好处啊！

纣王转脸问王后妲己："美人儿，二十丈五尺高，你看如何？"

妲己心中并不同意，但因四十丈九尺已被姜子牙说成不吉，如若坚持，那不是有意诅咒天子吗！姜子牙，姜子牙，好厉害啊！听见纣王问话，她不说行，也不说不行……

纣王看出了妲己的不愉快，转脸又问姜子牙："姜尚，本王很奇怪，你既然说四十丈九尺不吉，这本王不说什么，但是，你为什么将其减半，而不加倍呢？比如，将此摘星楼修造成八十丈五尺？"

姜子牙一听，心想，这纣王果然聪慧，可惜，这聪慧没有用在正道上。纣王此问，如何回答？比干急得眨着眼睛，小声说："陛下问话，望子牙阐述。"

姜子牙并不犹豫，他不慌不忙地说："陛下容禀，此事小民已经想过。为陛下、王后修造摘星楼，当然越高越好，但高有高的坏处。古人说，高乎危哉！可见高与危是相关联的。危虽含高耸之意，但也有险呀！高处不胜寒，于人身体不利。四十丈翻一倍，确是八十丈。八字不吉。左一撇，右一撇，合为人，分为八。合则利，分则凶。一人分为二，死也；楼分为二，塌倒也。八十丈，万万不可，万万不可！"

照姜子牙这么一说，就是修成了八十丈的摘星楼，即使不出什么事儿，谁住谁心里也会发毛的！

妲己越听心中越是不高兴。她早就听出了话音儿，这比干和姜子牙是串通好了，存心就不想修造这摘星楼。抗旨，他们不敢；不抗旨，又不甘心。于是就用这种不软不硬的办法对付纣王。她鼻腔"哼"了一声，问："照你这么说，只能修个小楼啰！就算这样，你打算几时动工、几时修好？"

姜子牙答道："王后容禀。造此琼楼玉宇，碧槛雕栏，工程浩大，初步估算，完成此楼，总要三十五年的时间。"

妲己惊讶地叫起来："什么？三十五年？"

纣王也质问姜子牙："三十五年？三十五年，说不定你已经老死了。我也老了，王后也老了。人生易老，时光流逝，三十五年后方能造好，我们造它干什么？本王以为，姜尚之语，一派胡言，明明是在戏耍本王，实在可恶！"

姜子牙连忙说："小人不敢，小人不敢。小民所言均为卦上之意和测算所得，并非小民个人之信口开河。要是让小民讲我个人的心里话，我则以为当今四方刀兵乱起，水旱有灾，国库空虚，民生日促，而陛下与王后又过于沉湎于酒色，远贤近佞，乱杀无辜，致使民怨臣叛。此时此刻，陛下应悬崖勒马，回心转意，理顺朝政，关心百姓，不要再大兴土木、危害社稷了。小民本不想讲述以上这些忠言，因为，苦口良药，万一陛下和娘娘听不进去，我就会有杀身之祸。陛下，小民何苦呢！王后谓，小民与比干亚相合谋，实在冤枉。这与亚相无关，纯粹是小民的肺腑之言，愿陛下与王后三思。"

纣王大怒，呵斥道："贱民姜子牙，大胆妄言，诬君欺上，罪该万死！"

第十四回　怜百姓卦谏纣王　说利害惹恼妲己

姜子牙一看，大事不好，自己的心意和一番忠言好语，当今天子并不听从，反而大怒，恐已是大祸即将临头，此时不走，还待何时？

第十五回　巧施计假说仙人
　　　　　　双打赌残杀孕妇

　　姜子牙已料到自己将大祸临头。

　　他望望比干，比干不知所措，但看得出，他对自己的卦谏十分赞赏。比干一看纣王大怒，便连忙说："陛下息怒，微臣也有忠言，请陛下容禀。"

　　纣王正要处罚姜子牙，被比干一说，只好先听比干有什么话要讲。比干的话起了个缓冲作用，也救了姜子牙。姜子牙抢先说："小民刚才所言冒失，罪该万死！小民昨夜还有一梦，梦见一仙人对我说，姜尚，赠一宝物给你，可去病消灾。若见人世间大富大贵之人，你可将此宝物转赠给那人。待今晨醒来，果然看见枕边有一似珍珠一样大小的金球，奇香异常。我想，当今世上大富大贵之人，唯有陛下与王后，所以，刚才我想，应遵照仙人所说，转赠给陛下与王后。"

　　亚相比干连忙问："此宝你可带在身上？"

　　姜子牙说："小民恐怕丢失，将它藏在八卦堂内一秘密之处，请容我立即取来。"

　　比干转身对纣王说："陛下，此宝物应属天子所有，让姜尚赶快去取。"

第十五回 巧施计假说仙人 双打赌残杀孕妇

纣王想了想,说:"姜子牙诬君之罪,不能饶恕。可派大将军北伯侯崇侯虎去八卦堂取回宝物。"

姜子牙摇头说:"陛下容禀,按仙人所教办法,已将那宝物隐身藏于八卦堂大殿地下百丈以下,只有小民在场才能唤出现形。若陛下不放心,可让崇侯虎将军押解着我去取。"

妲己点点头,对纣王说:"就照他的话去办。"

纣王召来了崇侯虎,吩咐之后,说:"去吧!速去速回。待姜子牙归来,再论罪处罚。"

崇侯虎率领几十名御林军将士,跟随姜子牙前去取宝。纣王转头对妲己说:"美人儿,原先我们计划此时去猎场捕鹿,全让姜子牙给搅乱了。现在他们去取宝,一会儿回转不来,趁机我们仍去狩猎,等归来时,他们也该回来了。本王猎了鹿,又有了珍宝,双喜临门哩。"

妲己点头,说:"陛下说得有理。我们现在就走。"

纣王对比干说:"亚相亦随本王去狩猎。"

坐骑与弓箭等打猎用具早已准备好了。他们换了衣服,骑上马,拿了狩猎武器直奔猎场。在快到猎场路过杨柳村时,在村口路上走着两名孕妇,都在二十五六岁之间,肚子凸凸的,起码都已怀胎七八个月了。两个小媳妇结伴回的娘家,现在正返回婆家杨柳村。纣王转脸一看,赞叹说:"啊,好漂亮的小媳妇。看样子,她们两个肚子里怀的孩子都是男孩儿。"

妲己听后,摇头说:"不,我看此二人怀孕行走缓慢,肚子里怀的一定是女孩儿。"

纣王勒住马缰,放慢了速度,说:"不,肯定是男孩儿!"

妲己也轻轻勒了勒马缰绳,说:"不,肯定是女孩儿!"

纣王坚持说:"是男孩儿!"
妲己坚持说:"是女孩儿!"
纣王哈哈笑起来,说:"那我们打赌。"
妲己却没有笑,微锁眉头,说:"赌就赌!"
说罢,妲己和纣王将马停在一棵大柳树下。柳树下是一片空地,靠树干的地方有几块巨大的青石板。
妲己跳下马,将马交给随侍;纣王也跳下马,一手拉着马缰绳,一手握着剑,吩咐御林军将士:"把刚才路上的两名孕妇带过来!"
"遵命!"
御林军将士很快将那两名年轻貌美的孕妇带了来。两名孕妇一名叫杨莺莺,一名叫柳青青。杨莺莺胆小,吓得发抖,本来红润的脸庞儿变得煞白。柳青青胆子稍稍大些,走在前边。来到纣王和妲己面前,皱着眉头,她轻声说:"民女行路,与官人无碍,不知何故,带我们来此?"
纣王望着她问:"你先别问我,本王来问你,你可知本王是何人?"
柳青青摇头,说:"民女只知你们是官府之人,姓甚名谁,实在不知。"
妲己说:"唔,也难怪你们。我来告诉你们吧,他就是当今天子!"
柳青青一听,脸上顿时紧张起来,用手拉了拉杨莺莺,小声说:"快跪下,是天子!"
二人"扑通"一声,跪在地上,哆哆嗦嗦地说:"民女不知大王驾到,冲撞之处,还望大王饶恕。"
纣王一笑,将马交给随侍,然后走到柳青青跟前,弯下

第十五回 巧施计假说仙人 双打赌残杀孕妇

腰去,伸手在她的肚子上摸了摸,问她道:"你肚子里怀的孩子,是男还是女?"

柳青青脸涨得通红,小声说:"民女说不清楚。听人说,酸男辣女,民女这些日子喜吃辣椒,恐怕是个女孩儿。"

纣王一听,生气地说:"胡说,我看你怀的是个男孩儿!"

柳青青并不知道纣王在与妲己打赌,所以也就不敢再说什么,心里想,你说是男,那就是男呗,反正都是猜测。

纣王又走到杨莺莺跟前,也去摸她的肚子。杨莺莺吓得呜呜哭着说:"请天子放尊重些!"

纣王哼了一声,直起腰,双目圆睁,大声说道:"我说她们肚子里怀的都是男孩儿,你们难道不信?"

谁也不敢说不信。可是,好多人也不敢说信。因为,说信,那不得罪了王后娘娘妲己了吗?再说,万一不是男的呢……

纣王看出多数人不相信他的话。他哈哈大笑起来,说:"让我把她们的肚子打开,看看那两个孩子到底是男还是女!"说罢,伸手将柳青青拉过来,"唰"地一下,撕掉了她的衣服。

柳青青一边用手遮挡自己的身子,一边挣扎着斥责他:"干什么?你哪像天子,简直是个无赖!放手,放手——"

纣王心狠手辣,挥剑将柳青青的肚子划破,取出了胎儿。那胎儿是个女婴……

纣王望望已经死去的柳青青,然后将婴儿抛在她的身旁,回头对妲己说:"你赢了。也许你只赢了一半,那另一个孕妇肚子里说不定是个男孩儿。"说罢,又走到杨莺莺跟前。杨莺莺刚才看到柳青青被剖腹致死,早就吓得晕了过去。纣王用剑刃划破杨莺莺的裙衫,然后举剑准备剖开杨莺莺的腹部,取出她腹中的婴儿,看看究竟是男是女。

这时,走在后边的比干慌慌忙忙跑上前来,一边摆手,一边呼喊:"陛下,陛下,不可杀人!不可啊!"

纣王哪里肯听,对侍卫说:"拦住他,不要让他过来。"说罢,转头看那昏倒在地的杨莺莺,被剑挑破的裙衫从她身上脱落,露出了白皙的肚子。那腹部鼓鼓的,微微地一起一伏。腹中的胎儿哪里想到,今日他大难临头,并且还连累到他的母亲……

想扑过来救这无辜的孕妇的比干,被侍卫拦住,但比干仍挣扎着喊:"陛下,求求您,饶了她吧,那可是两条生命啊!"

比干终因年龄大了,禁不住如此场面,晕倒在地。

纣王并不觉得眼前这个漂亮的年轻孕妇有什么可怜。人这么多,又都属于天子,死几个有什么了不起!所以,他举起剑去剖腹取婴时,丝毫也没有感到胆怯与不忍。

剑刃在孕妇白白的鼓起的腹部划开了一道长长的口子,那杨莺莺在昏迷中抖动了一下身子,极凄惨地呻吟了一声,就一动不动了。

婴儿从母亲的肚子里取出来,果然是个男孩儿。

纣王哈哈大笑着,喊:"天助我也!"

他转头对妲己说:"美人,你猜对一个,本王猜对一个,天公作美,不偏不倚,太让人高兴了!"

妲己微微一笑,说:"陛下所言不错,此乃天意。只是死去的两名孕妇,应赏赐她们些钱粮,以示天子关怀。"

第十五回　巧施计假说仙人　双打赌残杀孕妇

纣王点了点头，吩咐奉御官道："查明俩孕妇是何家之媳，赏他们钱粮。孕妇与死去的婴儿就地埋葬了吧。"

奉御官领旨道："遵旨，臣就去办理。"

奉御官刚刚离去，比干渐渐醒来，嘴里还在不停地嘟哝着："不可杀人，不可杀人啊！"

纣王不耐烦地说："真让本王厌烦。好了，你们派人去把亚相送回亚相府吧。"

比干从草垫上坐起来，泪流满面地说："陛下，恕老臣再讲一句。那姜子牙若取宝回来，望陛下饶他一次，千万千万。他劝谏陛下，并无恶意。话，可听可不听，只是饶恕了他，才能避免天下人非议。"

纣王呵斥说："姜子牙藐视天子，罪大恶极，怎能饶恕？若饶了姜子牙，今后会有更多的人藐视天子，胡作非为。亚相亦有欺君之罪，本王看你年迈体弱，又是老臣，不追究罢了，但你也要自重，不要倚老卖老。好了，你回去吧。"说罢，率领狩猎人马，向前方奔去。

比干被几个御林军兵士押解着回府。他骑在马上，慢慢走着，忽然，他自言自语地喊道："噢，我明白了，我明白了！姜子牙，姜子牙，我要立刻去找姜子牙——"说着，双腿一夹，将手中的马缰绳一抖，那马飞快地奔驰起来。

御林军们大吃一惊，边喊边追："亚相，你干什么？"

"站住，站住！不要跑——"

比干既不站住，也不答话，继续策马飞奔。

第十六回 北侯府笑说将军　玉石桥搭救先生

亚相比干明白了什么呢？原来，他从地上苏醒过来，看到纣王杀死的两个孕妇，打心眼儿里看透了面前这骄横的天子：这天子的心如同毒蝎，这天子是一个名副其实的杀人不眨眼的魔王。稍有头脑的人，都会看到纣王的残暴的性格即将带来的严重后果……

姜子牙难道会看不到这一点吗？他真的会傻到束手就擒，白白地送死吗？

不会，绝不会！

比干终于想明白，姜子牙所说的梦见仙人，获得宝珠，那只是一种托词，是要借机逃脱罢了。如果他能逃脱，那倒也好。如果在北侯爷崇侯虎的监视下，逃脱不了，甚或丧了性命，岂不糟糕！

他想，他应该去救姜子牙，或者帮他脱离危险，不然，真是对不起他，等于是自己将他推上了断头台。

比干的想法是不错的。姜子牙所说的梦中见到仙人、醒来获取宝珠之事，是他现编的，是为了寻机逃走。

姜子牙在崇侯虎的押解下离开了寿仙宫，一路默默地走

第十六回 北侯府笑说将军 玉石桥搭救先生

着。向北又向西,走到一处拐角处,前边一棵大槐树遮住了天上的阳光,顿时,使人感到异常凉爽。

槐树后不远处有一座高大的府院门楼,门楼上有一块硕大的匾牌,上写"北伯侯府"。原来,那是北伯侯崇侯虎的府邸。

姜子牙突然站住,双臂举起,摇了三摇,然后双脚一跺,大声说:"凶宅,凶宅,太可怕了!"

崇侯虎皱起眉头,问:"姜子牙,你喊什么?不要节外生枝,快快前去取了宝珠为是,以免误了时光,天子怪罪,你我都吃罪不起。"

姜子牙并不理会崇侯虎的提醒,而是问:"不知那槐树后的府邸为何人所有?"

旁边有兵士答:"哎,难道你眼神不好吗?那不明明写着是北伯侯府吗!"

姜子牙故作惊讶地说:"噢,那字我还没有看见。我只感到了一阵阴风吹来,吹得我浑身发冷,如同冬日大雪飘扬、冰凌埋骨,难道你们没有感觉到?"

有的人点头说:"确实凉飕飕、阴森森的。"

姜子牙叹了口气,说:"是啊,这种阴气也不是所有人都能感受到的。只有成仙得道的人、行善行好的人和有些仙气根底的人,才能感受得到。"

经他这么一说,点头的人和说感到了阴风扑面的人更多了。试想,谁不愿说自己是行善行好的人!

崇侯虎这时也有些纳闷,他忽然也感到槐树后有一股一股的阴风吹过来。崇侯虎本来就十分迷信,今日见姜子牙面对自己的王府大喊"凶宅",心中不由得也嘀咕起来。

他急忙快走几步,来到姜子牙的面前,施礼询问道:"先生可知前边府第的主人是谁?"

姜子牙摇头说:"不知。只是这宅院阴气旺盛,属凶宅,于主人十分不利。"

崇侯虎也不点破他是那府邸的主人,而是脸色有些不快地问:"请问先生所言凶宅有什么含义?"

姜子牙微微闭着双眼,问:"你对此有兴趣?"

崇侯虎点头说:"望先生教诲。"

姜子牙又问:"此府第与崇将军可有瓜葛?"

崇侯虎压低声音说:"不瞒姜先生说,那是下官崇某的府邸。"

姜子牙一听,惊讶地说:"哎呀!这是怎么说的!姜某突发狂言,多有不敬,望将军原谅!"

崇侯虎说:"先生并没有错,下官不应怪罪。相反,下官是真心请先生点拨。"

姜子牙想了想,说:"人有气。气者,天地凝聚之也。气有生气、死气、阴气、阳气、土气、地气、乘气、聚气、纳气、脉气、母气之分。不论是生者还是死者,只有得生气,才能有吉兆。因此,筑宅建坟,都要寻找生气。凡避风向阳、流水潺潺、莺歌燕舞之处,多存生气。反之,秃山恶岭、阴冷之地则少生气。有生气之宅,则为阳宅。阳宅要纳气,吸大地发出的生气,收天宇射放的阳气,同时从大门召气。最佳阳宅为立于山脚偏上处,宅前有潺潺流水,门前坦平,视野开阔。宅前为南,宅后为北,万勿倒置。宅东、西若有如同双手环抱于胸前的山丘,那更是难得的最佳选择。可是,将军——"说到这儿,打住了,又望了望周围的兵士。

第十六回 北侯府笑说将军 玉石桥搭救先生

崇侯虎连忙说:"这样吧,在此说话甚不方便,请先生屈驾进入敝府一坐,下官再聆听先生详谈。"

姜子牙微微一笑,说:"算了吧,罪人姜某实不敢打扰将军。"

崇侯虎上前,拉住姜子牙的胳膊,说:"哎,哪里有什么打扰。今日,下官非请先生到府下一叙不可。实实在在跟先生讲吧,那纣王对先生是太不公平了。虽然,下官同情姜先生,但下官也无可奈何。现在,我们反正不是在寿仙宫,所以,我们说什么做什么,纣王他也看不到、听不见,不用管他!走走走,请先生先走。"

姜子牙这才点头说:"好好好,盛情难却。只是我们不可久留,免得天子陛下怪罪。"

姜子牙来到北伯侯王府,崇侯虎将他让进书房,说:"先生请坐。"

姜子牙坐下。佣人送上香茗,他呷了一口,叹了一口气,说:"子牙明白,将军是想让我述说一下侯府之吉凶,不知是否?"

崇侯虎点头,说:"还望仙人指教。"

姜子牙说:"我已说过,将军府邸是处凶宅。为什么这么说?宅经上讲,金木水火土为五行,五行有生有克。东方为木,因为太阳初升,树木生长;南方为火,因为南方炎热,火势旺盛;西方为金,因为日落清凉,金性冷肃;北方为水,因为北方天寒地冻,雨雪交加,中央为土,因为大地在宇宙中央,大地由土构成。将军是北伯侯,北为水,可贵宅第却坐东朝西,西为头,东为尾,水向西北流,这是凶象。这还是其次,更厉害的是那棵槐树,它肯定有百年历史,成活在贵府修造之前。"

崇侯虎信服地点头说："确如先生所言，据老人讲，那古槐有一百七十多年了。"

姜子牙接着说："古槐植于贵宅门外的南侧，东方为木，受阳光沐浴，必定茁壮。现在它却在贵宅西侧，西为金，日落清凉，金性冷肃，所以那古槐生长并不茂盛，已显出凋零模样。更有甚者，西靠南，南为火，火克木。'槐'左偏旁为'木'，去'木'为'鬼'——"

崇侯虎仿佛已经听明白了，脸变得煞白，禁不住自言自语重复着姜子牙的话："去'木'为'鬼'，'鬼'，'鬼'——"

姜子牙心中暗暗高兴，但脸上不动声色，仍然十分严肃地说道："不错，去'木'为'鬼'。'鬼'者凶也，大不吉大不利，所以，众人来到贵府门前，立刻会感到一股股阴风吹袭，太可怕了！凶宅啊——"

崇侯虎双眉紧锁，说："怪不得，自从我住进此宅后，女儿病故，四子骑马摔伤，长孙痴呆，确实不吉利呀！"

姜子牙长长吁了一口气，又说："据我观看，宅院中阴风习习，正在凝聚一股晦气，三年之内，恕我直言，将军家中仍有大难来临。"

大难临头？谁听了谁心中都会紧张！

崇侯虎令佣人为姜子牙换了热茶，十分虔诚地问："先生行善，下官敢问先生，不知可有解救办法？"

姜子牙伸手抚住下颏儿，沉思了一会儿，不慌不忙地说："办法嘛，倒是也有。只是工程大了些，不知将军愿不愿听？"

第十六回　北侯府笑说将军　玉石桥搭救先生

崇侯虎连忙拱起双手，施礼说："下官洗耳恭听。"

姜子牙问："府上可有湖池？"

崇侯虎点头说："有。后花园有一湖水，不大不小，湖水通着朝歌城的九龙河。"

姜子牙哈哈笑了。

崇侯虎忙问："先生笑为何故？"

姜子牙说："有救了，有救了！将军为北伯侯，北为水，属水。宅中有水，可喜可贺。若不是这通往九龙河的湖水，恐怕将军早就大难临头了。将军可知女娲？"

崇侯虎点头说："知道。女娲娘娘，天塌后，她炼石补天。"

姜子牙又问："天是怎样塌的？"

崇侯虎想了想，道："那是远古时候，共工与颛顼争帝，共工败，怒触不周之山，天柱折，地维绝。天倾西北，故日月星辰移焉。地不满东南，故尘埃水潦归焉。"

姜子牙说："不错。水流东南，此为顺流。只有顺，才有吉；只有流，才有生。所以，只要将军将九龙河水和宅中湖池沿西北向东南方向，再修一渠道，并绕过古槐南侧，以保木鬼相合、火不克木，此凶宅即可改换面貌，驱凶化吉了。"

崇侯虎边听边点头，说："有理，有理。"

姜子牙又呷了一口热茶，站起身，说："我们去湖边看一看还有无障碍。障碍者，堵塞也。流水不能堵，五行不可塞。如若没有，将军近日即可开工。"

崇侯虎也站起身，说："很好。正合我意，想请先生到后花园亲自看看，还有无不吉不利之处。请先生走。"

姜子牙客气地说："不必谦让，请将军前边带路。"

姜子牙跟随崇侯虎绕过正殿，走过西走廊，穿二庭，走三院，来到后花园。花园十分美丽，亭台楼阁，应有尽有。在花园西侧果然有一湖池水，碧波荡漾，非常清爽。那湖水很深，有一通道穿墙而出，外边当是浩浩荡荡的九龙河。

他站在湖边望了一会儿，指着东南方向，说："沿这方向修渠，渠道不可窄于一丈，当然，也非越宽越好，有一丈七八足矣。"

崇侯虎问："请先生看还有无其他障碍？"

姜子牙摇头说："没有了。唔，不过我要到湖的那侧看一看，你们在这儿等着。"说罢，快步向湖对岸走去。他走得很快，边走边回头张望。

崇侯虎对周围随从说："姜子牙真是神仙呀！说得句句在理。你们不要乱动，他还在观看风水，但愿别再有什么凶呀恶呀的——"

姜子牙走到靠近通往墙外九龙河的拐角处，走到玉石桥上，他弯腰观看墙洞，果然外边是九龙河，哗哗的流水声听得清清楚楚。他故意将腰弯得再靠下些，喊："这里没有障碍！"

崇侯虎见姜子牙从桥上弯腰探身，身子探出了一半，眼看就要跌进湖中，不由大声喊道："先生注意安全！"

他的喊声刚落，就听姜子牙大喊："救命——"

几乎与呼救声同时，湖水水花高溅，姜子牙从玉石桥上跌落水中……

一名随从吓得伸手指着姜子牙喊叫："那神仙落水了！"

崇侯虎也大吃一惊，吩咐众人："先生落水了！快，快去救人！"

第十六回　北侯府笑说将军　玉石桥搭救先生

人们呼啦啦向湖对岸的玉石桥跑去。崇侯虎也紧紧跟在后边。

他们来到玉石桥，桥上只有姜子牙跌入水中的那一刹那甩下的一只鞋。

崇侯虎命令众人："快拿工具，另外一些人下水去救人！"

一些会游水的人跳入水中，左边游，右边游，时而潜入水中，时而浮出水面，都说没有见到人影。好一会儿，一个潜水人大喊："我捞到了！"

崇侯虎大喜，喊："快救上来，越快越好！"

那潜水人将胳膊从水中举起，原来是姜子牙的另一只鞋。他将鞋扔上岸边，喊："捞到了一只鞋。"

崇侯虎骂道："混账东西！捞一只鞋，你喊什么捞到了！"

打捞了好一会儿，没有捞到姜子牙的人身，或死或活，连影子都没有。

这可怪了！

第十七回　比干解脱崇侯虎
　　　　　　姜尚密劝伯邑考

众人捞不到姜子牙，都十分奇怪。这府内湖水是与府外的九龙河通着的，大家都在互相猜测，是不是被水冲到墙外九龙河去了？对，赶快去九龙河查看。崇侯虎此时才觉得问题严重了。姜子牙若真的死了，如果捞到了尸体，那还好说，可以编个谎话骗过纣王，就说他畏罪自杀。如若连尸体都找不到，那就糟了！怎么向纣王交代？是我崇侯虎放跑了姜子牙，还是姜子牙与我同谋，图谋不轨？有口难辩啊！更何况是让我押解他去取宝珠，宝珠没取到，连人都没了，纣王怪罪，这可吃罪不起！

半个时辰过去了，到府外九龙河去查看的人回来报告："禀报侯爷，详细查看了九龙河与府内湖水相连之处，没有姜子牙的影子。远处河边有垂钓的、有游水的，都说没有见到生人。"

崇侯虎十分生气，大声命令："再去搜查！府内人等，在湖中打捞！"

北伯侯王府的上上下下都动员起来，打捞寻找姜子牙的尸体，折腾到天黑时，仍无结果。

第十七回　比干解脱崇侯虎　姜尚密劝伯邑考

此时，比干也在寻找姜子牙。他驰马返回朝歌城，甩掉了纣王的爪牙，先到八卦堂，没有见到姜子牙，只是见到了他的徒弟辜江洋。然后又回到寿仙宫，他以为崇侯虎与姜子牙可能在那里等候纣王归来。结果，寿仙宫侍卫讲，纣王没有归来，崇侯虎与姜子牙也未归来。比干纳闷，他们到哪儿去了？真是奇怪！

比干想来想去，想不出所以然来。他派出一行人马，吩咐说："你们分头去找，找到姜子牙，立即归来禀报！"

人马分头出发了。好久好久，才有一支人马归来报告说："亚相大人，我们打听到了姜子牙的消息。有人说，崇侯虎北伯侯押解着姜子牙走到北伯侯王府时，议论起宅第风水，然后就进入府中察看。进府后就没再出来。"

比干问道："照你们所说，他们仍在北伯侯王府？"

下人点头答："是的。直到现在，押解的兵士还在府外大槐树下等候。"

比干心中想，他们进入宅第干什么？违抗圣命，好大的胆子！进入府第，如此长的时间，为何仍不出来？

他问："他们为什么还没出来？"

下人为难地答道："我们曾去打探，侯府把守森严，不肯让我们靠近。"

比干点点头，吩咐说："嗯，明白了，你们可以下去了。"

比干微微笑了，他的想法被事实证实了。姜子牙现在失踪了，所谓失踪，也就是逃脱了，不必再受纣王的制约，不必再去取什么宝珠，当然，也不会受到纣王或妲己的严厉惩罚。他自由了，但这是隐去的自由。他会有办法的，当然也不可大意，如若他被捉住，那肯定要受到最残酷的惩处，性命难保！

比干想到这儿，心中暗暗高兴。他带了随身的几名侍从，快马来到北伯侯王府。他看到一队兵士在大槐树下徘徊，然后下马走到崇侯虎侯府门前，门卫早认出是当今朝廷亚相，急忙报告，崇侯虎迎了出来，说："不知亚相驾到，有失迎迓，望亚相恕罪。"

比干还礼后，说："北伯侯奉圣旨取珠，押解姜子牙，久久不归，不知何故？"

崇侯虎连忙向前靠了靠，悄声说："亚相要救我呀！"

比干故作惊奇，问道："此话怎讲？"

崇侯虎双眉紧锁，满脸忧愁，说："亚相容禀。圣上让我押解姜子牙回八卦堂取宝珠，走到此处，姜子牙说下官府第是所凶宅，于是我就请他进府察看——"

比干心中暗笑，想：好狡猾的姜子牙，今日使用连环计，先骗陛下，后骗侯王，嘿嘿，厉害厉害！

他心中这样想，但脸上却很严肃地说："北伯侯，这就是你的不是了！"

崇侯虎更加不安，问："我的不是？"

比干一指崇侯虎的前胸，厉声说："陛下圣命，你敢不遵！我比干是陛下的叔父，三朝元老，都不敢如此妄为！你中途谋私，将姜子牙携入你府，是何道理？唔，那，后来呢？姜子牙现在何处？"

崇侯虎的心一下子紧张了起来，亚相是满朝中有名的善人，多为人着想，常为人开脱，今日却声声严厉，此事确非同小可，看来真如姜子牙所说，大祸临头了！

崇侯虎吞吞吐吐地说："姜子牙，姜子牙他，他讲要察看

第十七回　比干解脱崇侯虎　姜尚密劝伯邑考

一下风水,来到后花园玉石桥上,只见他探身之际,一不小心从桥上跌入水中。"

比干也吃了一惊,问:"跌入水中?水有多深?人有无危险?"

崇侯虎答道:"我等亲眼看到他落水了,水很深,如若姜子牙不会游水,那就十分危险。落水以后,我立刻派人下水搭救,结果一无所获。"

比干听后,心中想:姜子牙终于逃走了,至于说,姜子牙会不会有生命危险,他坚信,没有危险。他关心的,只是现时他到了哪里,又在做些什么。

纣王如果知道姜子牙消失了,肯定会大发雷霆。如若相信他溺水而死,也许会好些;如果认为姜子牙逃跑了,那崇侯虎可就有好看的了。

比干不动声色,想了想,说:"既然如此,亦无办法。这亦不能全怪北伯侯,你哪里会料到他会落水呢!我看,趁陛下打猎刚回,又比较劳累,赶紧将此事禀奏给他,也许不会怪罪于你。若有怪罪,有我老朽帮你说话,想必陛下也会原谅了你。"

崇侯虎听亚相比干愿替他开脱,不由连忙施礼,说:"下官万分感激亚相。世人所言不差,亚相果然心善。"

比干告辞了崇侯虎,返回府中,稍事休息,就又前往寿仙宫。

奉御官说:"亚相来得正好,北伯侯刚刚进去。"

通禀以后,纣王说:"很好,请亚相进来。"

比干走进大殿,见崇侯虎正在禀奏,神色十分紧张:"……姜子牙从玉石桥上跌入水中,水深没人,下有污泥杂草，桥下又有与九龙河相接处的漩涡，打捞抢救，均无着落，想是溺水而亡，尸体被漩涡卷去。现跌落时甩掉的一只鞋及打捞上的一只鞋，可证明确系姜子牙之物。此事罪臣有难逃之责任，望陛下惩罚，罪臣绝无怨言。"

纣王听着，开始时十分恼怒，双拳紧握，仿佛要将北伯侯一拳砸死似的。稍后听到有鞋证明，姜子牙可能已死，才渐渐平静下来。

他瓮声瓮气地说："这件事你办得太糟，本王十分不悦。"

崇侯虎连忙跪下，求饶说："罪臣知过，还望陛下饶恕。下次罪臣将立功赎罪，报答陛下。"

比干在旁说："此事既已如此，也许全是天意。姜子牙已死，也就罢了。陛下就饶恕北伯侯吧。"

纣王叹了口气，说："只是姜子牙所说的宝珠，怎样才能取来？"

比干立即将事先想好的对答讲了出来："陛下，想那宝珠之事，姜子牙讲是梦中奇遇。梦嘛，虚虚幻幻，真真假假。再说，那宝珠已被姜子牙埋入八卦堂地下极深之处。一则，除了他谁也拿不出来；二则，虽然拿不出来，但实际上已归陛下所有。八卦堂本是陛下的供奉神祇之处，宝珠埋地，说不定正是上天保佑陛下之意。依老臣之见，宝珠已归陛下，只是深藏在那里罢了。"

崇侯虎也壮着胆子，说："亚相所言极是，为臣顿开茅塞。"

纣王沉思了一会儿，恰好奉御官来奏："妲己娘娘请陛下前往后宫。"

纣王挥了挥手，说："好了，亚相与北伯侯退下去吧。奉

第十七回　比干解脱崇侯虎　姜尚密劝伯邑考

御官去告知妲己娘娘,本王马上就来。"

崇侯虎走出寿仙宫,对比干说:"亚相相助,罪臣才免一死罪,救命之恩,下官将终生难忘!"

比干叹了口气,说:"天子荒于政事,沉湎酒色,老臣心中无比忧虑。今后只要北伯侯不要去做不利于社稷之事,老臣也就十分高兴了。"

比干回到府中,立即派人到八卦堂去找辜江洋,看看姜子牙是否回到了那里。

去的随侍回来报告说:"禀奏亚相,不但姜子牙没有找到,八卦堂他的徒弟辜江洋也不知去向。奴才从八卦堂出来,见墙上有一匾牌,上书有文字一行,匾牌后有一信笺,烦交比干亚相。奴才翻开匾牌一看,果然有一信笺。信笺旁还有一个装药丸的小口袋。"

比干忙问:"信笺和药丸可曾带回?"

随侍连忙取出信笺(两片竹板)及小口袋,双手呈给比干。

比干展开一看,只见上刻几行文字:

亚相比干,侠肠义胆。
忠言相告,见此信笺。
妲己卧病,欲食心肝。
纣王相逼,剜心血溅。
大难当头,速食药丸。
意念有心,急驰向南。
有人问话,万勿答言。
自有姜尚,保你生还。

比干读了一遍，似懂非懂，心里明白，这是姜子牙留给自己的谶语，话中可知，前途凶险，但若按信笺所讲去做，还可以逢凶化吉。

不管怎么说，比干从这信笺已推断出姜子牙仍然活着，这样，他就放心了。

姜子牙活着吗？当然活着！卦劝纣王，他心中早有打算，明知凶多吉少，看在比干亚相的面子上，他试了一试，抱着一线希望，希望能对纣王起些作用。最后，是失败了。纣王不仅毫无纳谏悔改之意，而且还要加害于他，这，他也早有预料。

梦中逢仙得珠，纯粹是姜子牙编的故事。由于他的身份，以及他的威望，使听者相信了，由此，得以逃出寿仙宫。

出了寿仙宫，当然就好办多了。他本想一走了之，凭他在昆仑山修炼的本事，那是轻而易举之事，但他没有那样做，因为那将遗祸给北伯侯。事也凑巧，正好路过崇侯虎的府邸，那府邸又确实方位不好，才说出凶宅之语。进入后花园，从玉石桥伪装失足落水，潜入湖中，然后顺河道出了墙洞，顺九龙河游到众人游泳处，上岸走了。只是甩了两鞋，光着脚走了一段土路，实在是难受极了。

现在，姜子牙在朝歌已是失足落水死去了，名声在外，他变成了黑人，已无法抛头露面。不仅如此，还要特别谨慎。试想，他姜子牙的死是纣王都知晓的，如果一旦被人发现，那还得了！

姜子牙为了遮掩本来面目，暂时与辜江洋借住在老朋友宋义仁家中，留起了胡子，戴上了他自己创造的"耳眼帽"。所谓"耳眼帽"，就是用薄布缝制的将整个头脸全遮盖上的帽

第十七回 比干解脱崇侯虎 姜尚密劝伯邑考

子，仅在双眼双耳处挖有四个孔洞。这耳眼帽能遮风挡沙，很多人见了都喜欢，不几天，竟在朝歌流行了起来。

辜江洋指着师父的耳眼帽，说："师父，干脆你我开个缝纫店，专门制作出售耳眼帽，也省得钱都让人家赚走了。"

姜子牙笑了，说："不。此处不是我们久留之地，店是不能再开了。"

辜江洋又说："还有，我觉得这耳眼帽还有缺点，只留四个孔洞，那嘴呢？鼻子呢？依我说，还应该再挖三个洞。"

姜子牙说："四加三等于七，这帽子上有七个洞。不行不行，这成了洞洞帽了！那干脆弄个筛子戴上得了！"说罢，哈哈大笑起来。

辜江洋也笑了，说："算了算了，就四个洞行了。"

姜子牙忽然想起了一件事，对辜江洋说："江洋，有一事要你去办。"

辜江洋拉了拉自己头上的耳眼帽，问："什么事？师父尽管吩咐。"

姜子牙说："我听说西岐周国西伯侯姬昌的大公子伯邑考来到了朝歌，不知是真是假？"

辜江洋点头说："我去西岐周国为师父送信给姬昌时，曾见过伯邑考。那是一个十分贤孝之人。我听说，西伯侯姬昌被纣王召进京城，曾留言给他说，不管遇到什么情况，都不许伯邑考或者其他人进入朝歌，那肯定是一场灾难，不知伯邑考为何没有遵从父王之命。"

姜子牙叹了口气，说："都如同你说的那样做就好了。伯邑考是否真的来到了朝歌，还是谣传，又是为了什么缘故，我们都不太清楚。现在，你去打探一下，要速去速回。"

辜江洋嗯了一声,说:"好吧。我现在就去金庭驿,诸路王侯进京后一般都暂住在那里。"

辜江洋去了。姜子牙起身进屋,宋义仁夫妇走过来。姜子牙连忙施礼道:"此次,子牙又遭劫难,无处存身,只好暂且躲藏在仁兄家中,心中实在过意不去。"

宋义仁摆了摆手,说:"贤弟见外了。且不说贤弟开算命馆时,将大部分收入都交给了你嫂子,就说兄弟情分,贤弟住此,也是我和你嫂子高兴的事。我们老两口,又无子女,生活孤单,你们来了,增添了许多乐趣。"

宋义仁的妻子拉姜子牙走进正屋,桌上摆着酒菜,说:"贤弟坐下,你兄长有话与你商议。"

姜子牙坐了,宋义仁为他斟了酒,说:"来,干上一杯!"

饮了一杯酒,姜子牙望着宋义仁夫妇,问道:"兄长、嫂嫂有话请讲。"

宋义仁压低声音问:"都说贤弟是姜神仙,我们也信。有一事望你如实相告。听人说,当今天子无道,人心浮动,天下大乱,这朝歌早晚有一天将陷入战火。不知此话有无根据?"

姜子牙没有立即回答,想了想,反问道:"你们什么意思?怕天下大乱?还是怕陷入战火,身家性命难保?"

宋家嫂子说:"兄弟啊,如若真的是这样,我们就别在这儿等死呀!"

宋义仁接着讲:"是啊。我听人说,西边的周国世道太平,君臣百姓和睦,人们能安居乐业。我们想移到西岐去住。俗话不是说,识时务者为俊杰嘛!"

姜子牙终于点了点头,说:"想不到你们竟想得这么

第十七回　比干解脱崇侯虎　姜尚密劝伯邑考

远。你们所说的，都是有根据的。战火纷飞、血流成河的那一天一定会来的。当今纣王不成器，自掘坟墓，灭亡是注定了的。自古以来人们就明白，得民心者得天下，纣王已失去了民心啊！"

宋义仁望着姜子牙的眼睛，问："这么说，你同意我们迁到西岐去？"

姜子牙点点头，说："同意。不仅同意，我还恳求兄长与嫂嫂将我女儿邑姜也带上。"

宋家嫂子惊问："真的？你放心？"

姜子牙笑了，说："放心，放心。邑姜已吃了不少苦，独立生活能力很强。自从商大人升天后，她一直陪着商家老夫人和她女儿，暂住他们家。那总不是长久之计。再说，纣王无道，不知哪天谁会撞在他的手里。所以，我想让她随你们迁往西岐，那里社会安定，生活也好。"

宋义仁又为姜子牙斟满了酒，也为妻子斟了一杯，说："就这么说定了。明日准备一下，一两日后就起程。至于这所房子，你先住着，待要离开时，你将它卖掉就可以了。"

他们正说着，辛江洋回来了。他与宋义仁夫妇打了招呼，对师父说："您听到的伯邑考来到了朝歌之事，确实如此。是昨日到的，住在金庭驿。据说，他带来了许多西岐珍宝和锦缎布匹，还有几十匹西岐骏马。他准备将这些献给纣王，以此换取他父亲姬昌的自由。"

姜子牙长长地吁了口气，说："伯邑考是个孝子，这是可称赞的。可就是孝不逢时，此来凶多吉少，他不该不听他父亲的话。"

姜子牙说得不错。几年前姬昌奉纣王之诏，来朝歌之前，就千叮咛万嘱咐说，不要到朝歌来看望他。几年过去，姬昌一直被纣王囚禁在羑里。姬昌离开西岐时，将治理西岐周国的国政大权交给了长子伯邑考。伯邑考兢兢业业，实行德政，深得民心。越是社会安定，百姓乐业，他越是思念父亲。

这几年，有大批的从朝歌方向逃到西岐的难民。难民们说，纣王淫暴，无恶不作。这些话传到伯邑考耳中，他越发担心父亲的命运。

他终于决定亲自携贵重礼品赴朝歌，一则探望父亲，二则替父亲赎罪，若有可能，他愿用自己的被囚换取父亲的回归西岐。

伯邑考对辅佐国政的上大夫散宜生说："我的主意已定，不必再说了。"

散宜生摇摇头说："大公子所说不能说没有道理。可公子不能违背西伯侯的叮嘱，你也是答应了的，即不到朝歌探望父亲。务望公子再次三思。"

伯邑考毫不动摇，对弟弟姬发说："兄弟，你留下掌管国政，为兄到朝歌去替父王赎罪。"

姬发说："兄长的心情，弟弟我明白，只是此去十分危险，而且，父王走时有过嘱咐。"

伯邑考说："这么多年，父王被囚，我心中难过呀。"

姬发拉住哥哥的胳膊，恳求说："既然去赎罪，还是让我去吧，你留下掌管国事比我强。求求你了，让我去吧。"

伯邑考厉色道："别婆婆妈妈的，就这么定了。过几日我就动身。"

几日后，准备好了行装礼品，伯邑考告别了母亲、祖母和

第十七回　比干解脱崇侯虎　姜尚密劝伯邑考

兄弟姊妹，还有满朝文武，上路奔赴朝歌。

到了朝歌，住在金庭驿，准备休息两三日后就去拜见亚相比干，请亚相奏请纣王接见他。

西伯侯的长子伯邑考到朝歌为父赎罪的消息很快就传开了。有为他担心的，有夸赞他孝心可彰的，有同情他而诅咒朝廷的，当然也有幸灾乐祸、看热闹的……

姜子牙同样为伯邑考担心。他认为伯邑考此次进京凶多吉少。怎么办呢？他觉得在没有发生不幸的情况下，也许还有补救的办法，那就是：找个理由，留下贡品，迅速离去，返回西岐。

姜子牙将这些想法告诉了辛江洋、宋义仁夫妇，他们都认为应该这样做。

于是，姜子牙当晚就来到金庭驿。

门卫不让进，姜子牙说："我奉亚相比干之命，前来会见伯邑考。"说罢，捏出一撮碎银子塞给门卫。门卫说："进去吧。"

姜子牙来到伯邑考的独院，早有侍从通报给他："京城姜子牙姜尚前来拜见公子。"

伯邑考对姜子牙的名字早就知晓，连忙迎了出来，二人相见，十分亲热。伯邑考向姜子牙打听父王的情况，姜子牙说："西伯侯是大贤大圣，心通天地，所以，虽被囚禁羑里，但并不苦闷。他致力于八卦研究，据说写了不少文章，有许多创见。"

伯邑考又问："不知父王身体如何？"

姜子牙说："听说身体不错。心与体相连，心佳体好，此天下规律也。他有寄托，心宽当体健，所以，请公子放心。"

伯邑考脸上带着忧郁，说："伯邑考早就听说先生料事如神，不知我此次前来，能不能救出我父王？"

说到这儿，姜子牙叹了口气，向前靠了靠，十分恳切地说："公子，我姜子牙并非神仙，更非巫祝，但事物总有它的前因后果，总有它的宇宙之道，如同晨之日出、晚之日落。道不可违，顺之昌，逆之亡。姜某就是依此道辨事析物。公子此次决定前来朝歌，实有些唐突。西伯侯肯定不希望你来，来了，并不能将他救出。但天下事物也是千变万化，有些是难于预料的。比如，一个拄拐的残疾人，路遇恶狼，按说残疾在身，肯定被狼伤害，可哪想，因残拄拐，有拐打狼，反而赶走了狼，驱走了危难。所以，我以为，也不能说公子前来就是徒劳无功，只是代价昂贵啊！"

伯邑考听后，脸上的忧虑渐渐消除，说："听了先生的话，心中亮堂多了。我知道，按常理，我不该前来，何况父王有过交代。我前来恰恰是违背了父亲心意，此为不孝啊！可我伯邑考怎能数年置父亲被囚而不顾？我不怕代价昂贵，哪怕是我的生命。若能救出父王，我死了也甘心。"

姜子牙被感动了，说："公子之言，感人肺腑。实话说，我前来是劝告公子赶快离开朝歌的。你带的贡品可让比干亚相转呈纣王。纣王若问，比干就说，你非奉召进京，献了贡品，不敢在京城久留，立即返回了西岐。这样，两全其美，这边呈送了贡品，祈求饶恕父王；那边，你脱离了危险。可现在，我知道，公子是不肯按我的意见去做的。"

伯邑考点点头，说："不错。姜先生所说，正是我意。既来之，则安之。我一定要见父王，不达目的，宁可以死了结。"

姜子牙站起身，施礼说："公子大贤大孝，姜子牙领教了。我佩服你。西岐当兴，难怪有如此多的道德高尚之人！姜某祝福公子了！"说罢，告别了伯邑考，匆匆离开了金庭驿。

此时夜深人静，近处远处不时地传来狗的叫声。大概是月初吧，天上没有圆月，只有一弯月牙儿，像一把镰刀挂在天空。那密密的星星，一团一簇，眨着眼，像一群群的小孩儿在听爷爷奶奶讲故事。偶尔有个调皮的娃娃，猛地跳出星群，风驰电掣地向地上扑来。遗憾的是，它们常常是还没有到达目的地就消逝在半空中。那是流星。

姜子牙默默地走着，想着伯邑考刚才说的话，想着这脚下的土地、面临着的一场灾难和一次大的变革。

猛然，他听到前面有马蹄声。

姜子牙不想在这深夜碰到巡逻的官兵，更不愿意碰到了他们又被他们盘问个没完。

他站住脚，透过夜幕向前辨认。

没想到，来者也发现了他，大声喊："什么人？"

"站住！"

听得出，来者不是百姓。姜子牙转身往回走。那骑马的人又喊："不要跑，站住！"

姜子牙知道，后边骑马的人是很容易追上他的。所以他快步走了几十丈，猛地转身折进了左边的小路，然后，又钻进了路旁的树林。

是官兵巡逻？还是什么人从此路过？

第十八回　亚相驿宫会孝子
　　　　　　白猴大殿伤王后

　　姜子牙站在树丛中观看，骑马人并未追赶。隐约中，他看到有四五匹马向前走去，仿佛这些人也是去金庭驿的。

　　姜子牙判断得不错，那一行人马正是去金庭驿的，前边四个骑马的是亚相比干家的家丁，最后一个是比干自己。

　　姜子牙没有想到来者会是比干。

　　比干也没有想到遇到的人会是姜子牙。

　　相府家丁见深夜有人行走，且询问时不予理睬，怕是歹人，为亚相比干安全，便吆喝来人站住，不想却惊走了姜子牙。

　　比干见家丁要去追赶，制止道："算了，不必追赶。就你等那几声喝问，无论是谁，都会被你们吓跑了。"

　　比干来金庭驿同样也是为了看望伯邑考。伯邑考本是晚辈，比干屈驾亲临，是有他的想法的。

　　伯邑考治理西岐的业绩，比干早有耳闻。他勤于国政，关心百姓疾苦，深受西岐百姓爱戴。这次他亲自前来为父亲赎罪，更说明他是一个大孝子。

　　这来朝歌之事，非同小可，那是冒着杀身之祸前来的。

第十八回　亚相驿宫会孝子　　白猴大殿伤王后

比干判断，伯邑考前来，肯定会来找他，因为他与伯邑考的祖父、父亲均有交往。

另外，伯邑考是私自进京的，纣王并未召见，这也是很糟的。纣王可以据此治罪，一些推波助澜的佞臣也会据此诬告，一旦事发，难以收拾。

比干听到了伯邑考进京的消息，还听说他要拜见亚相，心中十分不安。作为朝廷要员，他不便白天在金庭驿露面，只好深夜出动，来见伯邑考。

伯邑考听到门卫来通知亚相比干前来见他，不由受宠若惊，连衣服都没穿好，就跑着出来迎接。见了比干，他连忙行礼，说："晚辈伯邑考不知亚相亲临，有失远迎，望亚相原谅。"

比干扶起他，说："不必施礼。深夜前来，是我失礼，打扰你歇息了。"

伯邑考扶着亚相，说："请亚相屋里坐。"

他们来到房中，落座上茶。比干问："伯邑考，你来京城，为何不事先打个招呼？"

伯邑考满脸歉意，说："晚辈亦曾想过，只是怕众前辈及朝廷阻拦，所以就贸然前来了。我带来了些西岐产品，敬奉亚相，请亚相笑纳。"说着，吩咐随侍搬出礼物。

比干摇手，说："不。公子当知我比干脾气，绝不收此无功受禄之礼。请收回去。"

伯邑考坚持说："若亚相携带不便，晚辈明日亲自送到府上。"

比干正色道："绝对不可。这样吧，我看你带的有西岐红枣，我等共来五人，一人一颗足矣。这样也免得你心中不安。"

伯邑考没有办法，只好按比干说的做，从箱中挑出五个又红又大的枣儿，洗干净，递给比干，比干又分给随他来的几人。那几人当即放入口中，咀嚼了起来，不由连声说："好枣儿，好枣儿！"

伯邑考又捧出几捧，放在桌上，说："既然好吃，就多吃一些。"

比干哈哈笑了，说："有言在先，一人一颗，不能更改。好了，我们接着商议正事。公子此次前来，我心中明白，主要是解救公子父王姬昌。西伯侯姬昌目前并无危险。他整日钻研八卦易经，很有见地。纣王沉湎于酒色，早就把姬昌忘得一干二净了。当初，我只主张好待天下诸侯，维护商汤，巩固纣王天子地位，施行仁政。不想，纣王堕落，残杀下属，遭到非议。纣王充耳不闻，我行我素。我今日也失去了信心。若倒退十年，我虽不会主张囚禁西伯侯，但也要睁着一只眼微笑，睁着另一只眼监视。现在不同了。西伯侯与公子均为大贤大德之人，所以，我不会为虎作伥，而会尽力帮你解救父亲，做件于天下有利的事。"

伯邑考听了比干的话，热泪盈眶地说："亚相的话，如同冬日之阳光、夏日之雨水，晚辈万分感动。晚辈愿听亚相安排。"

比干叹了口气，说："作为当今天子的叔父，过去说话天子还听。近些年纣王变得固执、残忍，听不进好话。再加上一些奸贼和妲己的劝诱，使他难于自拔。这样吧，后日上朝，我携你拜见纣王与妲己，将贡品献上，然后禀奏替父赎罪之意。我想，姬昌这些年来规规矩矩，毫无不忠天子之表现，天子应

第十八回　亚相驿宫会孝子　白猴大殿伤王后

能允许你的请求。"

伯邑考连连拱手："谢谢亚相帮助。"

比干嘱咐伯邑考要见机行事并多加小心之后，带着随侍离去了。

过了三天，是纣王上朝的日子。众文武大臣在九间殿等了又等，奉御官却传旨说："天子今日不上朝了，有本隔日再奏。"

这种天子不临朝荒于政务的现象已是司空见惯，众文武大臣也早习以为常，所以也就都默默散去了。

又隔了几日，仍不见纣王上朝，比干决定带领伯邑考到寿仙宫去见纣王。

纣王在忙什么呢？原来，他正与妲己在寿仙宫后院的美酒池里嬉戏。前些天，费仲从遥远的西域物色来十名金发碧眼的美女，为此，纣王修建了这个美酒池，池中装的是美酒，酒香浓郁，几里外都可以闻到。纣王让西域美女脱得赤条条的，跳入酒池，在酒池中做各种舞蹈与游泳动作。兴致高时，他与妲己也赤裸着身子，跳入池中嬉戏，名曰美女美酒乐。据说，在酒池中嬉戏一会，就会有人醉倒，未醉之人将醉倒之人抬到醒酒台，供大家取乐……

奉御官禀报纣王："陛下，亚相比干有要事求见。"

纣王与妲己此时都已被酒香熏得微有醉意。纣王哈哈笑着喊："真好玩儿！"

妲己将雪白雪白的双臂搂在纣王的脖子上，娇滴滴地拉长了声音说："陛下，抱我出池吧，我要醉了。"

纣王将赤裸的妲己高高举起，哈哈大笑，说："醉了？醉了好，我们把你抬到醒酒台上，让你在那儿醒醒酒。"

妲己人面桃花，大大的眼睛忽闪着，喊："不嘛，不嘛！我可不愿躺在那醒酒台上让人取笑，我是娘娘——"

站在旁边的奉御官见纣王没有反应，就又一次禀报："禀报陛下，亚相比干有要事求见。"

纣王将妲己放入池中，转过头来，不愉快地说："亚相，亚相，真让人厌烦，哪有那么多要事！"

他一边说着，一边抱起微有醉意的妲己，慢慢踏上台阶，从酒池中走出，然后将赤身的妲己放在一张锦床上。

妲己一边穿衣，一边说："陛下，亚相有要事，就让他进来说吧。我马上就穿好衣服。"

纣王说："宣亚相进来。"

奉御官又说："启奏陛下，来者还有西岐西伯侯姬昌的大公子伯邑考。"

纣王一愣，问："伯邑考？他怎么会来？本王并未召他来京呀！"

妲己说："既然来了，也让他进来吧。"

纣王点头，说："也宣伯邑考进来。"

奉御官说："遵旨。"

不一会儿，奉御官领着比干和伯邑考走了进来。亚相施了君臣之礼，说："启奏陛下，西伯侯之大公子千里迢迢，从西岐前来向陛下敬献贡品来了。"

伯邑考连忙跪下，施礼后，说："罪臣西伯侯姬昌之子伯邑考拜见陛下，陛下万岁，万岁，万万岁！"

纣王皱着眉头，说："伯邑考，未经本王允许，各路诸侯一律不许进入京城，你难道不知道吗？"

伯邑考低着头跪伏在地上,答道:"知道。罪臣正是知道,才斗胆前来敬献贡品,并希望一睹天子英姿。即使因此获罪,也心甘情愿。"

纣王点头说:"嗯,伯邑考很会说话。好吧,本王不追究此事。本王问你,贡品都是什么?现在何处?"

比干连忙将贡品清单呈上,说:"陛下,西岐贡品丰厚,望陛下收纳。贡品现存放在金庭驿,待禀报陛下以后,按陛下意志再运进宫中。"

纣王接过贡品礼单,边看边读:"锦缎五百匹,骏马二百匹,宝玉一块,果干四百斤,七香车十辆、醒酒毡二十条,美女十名,白面猿猴一只……"

妲己听罢,对纣王说:"七香车、醒酒毡可以留下。其他可转赠文武功臣。"

纣王点点头,说:"七香车、醒酒毡,还有美女十名都留下。礼单中提到的白面猿猴是什么样的动物?"

伯邑考说:"启奏陛下,白面猿猴是西岐特有,虽为兽类,但却通达人意,又活泼,又漂亮,还能唱歌、跳舞。"

妲己听罢,十分好奇,笑着说:"这真是太少见了!一只猿猴,能唱能跳,是不是经过你们训练的?"

伯邑考点头道:"是的。一共捕到两只,都经过训练,可惜这一对猿猴一雄一雌,雄的跑了,罪臣派人四处寻找,未曾找到。"

纣王问:"猿猴现在何处?"

伯邑考答:"在金庭驿由专人看护。"

妲己对纣王说:"陛下,宫中游戏都玩儿腻了,是不是先让他们将此白面猿猴送来?"

纣王说:"好。派人去将白面猿猴取来。"

妲己兴致很高,见伯邑考十分英俊,一表人才,心中喜欢,说:"听说西伯侯姬昌的儿子个个都很英俊,果然不差。还听说你们能歌善舞,且歌声高亢、舞步粗犷,不知是也不是?"

比干见妲己的仪态粗俗,心中厌烦,替伯邑考答话说:"西岐人豪放粗犷,确实不假。伯邑考多才多艺,且十分孝顺。此次前来献奉贡品,就是为了替父赎罪,望陛下能体察其心。"

妲己哈哈大笑,说:"替父赎罪?你傻不傻呀?自古以来,父子兄弟为争王位,自相残杀,你死我活,互不相让,你不会不知道吧?姬昌在朝歌,你正可称王西岐,夺取大权嘛!唔,说这些没有意思,还是说说你有什么才、什么艺吧!"

纣王也笑着问:"会弹琴吗?"

伯邑考心中十分难过,但又不敢有丝毫显露,他低声答道:"略知一二。"

说到这儿,骑马去取白面猿猴的人回来了。那猿猴十分乖巧,骑在来人脖子上,见了伯邑考,猛地一窜,窜到伯邑考的怀中。伯邑考抱住了它,说:"白面猿猴,下地给陛下和娘娘磕头。"

那猿猴十分听话,跳到地上真的磕了三个头,嘴中"吱吱"叫着,仿佛是说:"万岁,万岁,万万岁!"

妲己说:"伯邑考,你说它会跳舞唱歌,那就唱唱跳跳嘛。取琴过来,由伯邑考操琴。"

琴取来了,放在伯邑考面前。他望望比干,忐忑不安地说:"罪臣不知如何是好?"

第十八回　亚相驿宫会孝子　白猴大殿伤王后

比干说:"既然陛下和娘娘想看猿猴唱歌跳舞,那你就弹个曲子,让猿猴唱起来。"

伯邑考点头说:"好。只是白面猿猴虽通人性,聪明伶俐,但它终究还是兽类,不能尽善尽美,若有造次,还望陛下、娘娘、亚相原谅。"说罢,弹起了琴,曲名叫《深山精灵》。

琴曲悠扬,十分动听。那白面猿猴听到琴曲,不由自主地挥舞双臂,扭动双胯,跳起舞来。一边跳,一边"咿咿呀呀"唱起歌来,那昂扬的歌声中带着一丝凄凉。至于歌词,实在很难听懂,大意是:深山深,树木高,水流长;那里是家乡,山上有禽鸟,涧边有虎狼……

纣王悄声对妲己说:"这猿猴真是个精灵。"

妲己笑着说:"怎么精灵,它也是只猴子。你瞧,那猴屁股,毛都磨光了,嘻嘻!"说着,将手中剥开的半个核桃皮使劲抛向猿猴的臀部。

那猿猴正跳得高兴,突然感到屁股被什么东西扎了一下,转头一看,原来是从妲己那儿飞来的核桃皮。它有些生气,拾起核桃皮看了看,用鼻子闻了闻,然后抬起头望望纣王,望望妲己,望望亚相,望望伯邑考……

妲己看到猿猴滑稽的样子,哈哈大笑起来。纣王也笑了,说:"瞧,它在寻找仇人。"

妲己一撇嘴,说:"看它能怎么样?哼,我给它点儿厉害看看,刚才是核桃皮,现在是一把实心的核桃!"说着,抓起一把核桃猛地扔向白面猿猴。那核桃劈头盖脸地砸在猿猴的头上、脸上,其中一个正巧打在它的左眼上。那猿猴气得满面通红,忽地跳起来,扑向妲己,伸出两只爪子去抓她的脸。

妲己吓坏了。她没想到白面猿猴会如此大胆，敢来扑她；更没想到，它动作矫捷，一跳就是几丈远、几丈高，这一扑就扑到了她的面前，她的脸被抓破了，头发也被抓乱了……

妲己拼命地大声叫起来："陛下救命！"

顿时，大殿上乱成了一团。

第十九回　妲己愤怒杀公子
　　　　　　西伯纵马返西岐

　　白面猿猴受到无礼侮辱，忍无可忍，扑上去又抓又挠妲己的脸和头发，妲己吓得大叫："陛下救命——"
　　纣王对妲己喊："别怕！"说着，抽出长剑，猛地刺向白面猿猴。那剑刺得又准又狠，白面猿猴的胸部喷出血来，当即抽搐着倒在地上，渐渐死去了。
　　周围乱了一阵，稍稍平静下来，伯邑考知道自己闯了大祸，早已跪在地上，低着头不断地说："罪臣该死！罪臣该死——"
　　纣王大怒，吼道："亚相比干，叛逆伯邑考，你们打算干什么？心怀叵测，该当何罪？"
　　妲己惊魂未定，一边哭泣，一边抚着被抓破的脸，说："陛下，伯邑考串通比干，是要害死我呀！陛下一定要替我做主！"
　　纣王举起剑，命令说："快，把伯邑考拿下，乱刀剁死！"
　　亚相比干原本跪着，心想，不管怎么说，今日是闯了祸，但事情是妲己自找的，不能全怪白面猿猴，更不能怪伯邑考，也许求求情，让纣王和妲己消消气，这件事也就过去了。
　　不想，纣王下令要处死伯邑考。比干心中十分不安，他猛地站起身,一摆手说:"慢!陛下,望陛下准奏!"

纣王气呼呼地问:"你还有什么话说?你也应知罪才是!"

比干说:"陛下消消气。比干与伯邑考今日确实有惊驾之罪,万望陛下原谅。只是,伯邑考献贡品确属好意,绝无二心。白面猿猴唱歌跳舞,一切正常,只是娘娘戏耍于它,又砸它脸面,它才气恼扑向娘娘。若不是这样,本应平安无事的!"

妲己一听,骂道:"老贼,你还不知罪?"

比干说:"娘娘息怒。比干不敢责怪娘娘,只是说理罢了。娘娘不要忘记,陛下乃我侄子,你竟骂我老贼,成何体统?"

经比干这么一说,妲己更是气恼,干脆号啕大哭起来,边哭边喊:"我没法儿活了,都要害我呀——陛下若不为我做主,我现在就死——"说着,扭身就抢纣王手中的宝剑。

比干心想,这回可捅了马蜂窝了,要不是今日先救伯邑考要紧,他非狠狠训斥她一顿不可!

比干忍了又忍,说:"老臣一时语无伦次,冲撞了娘娘,望娘娘息怒!"

转过脸又求纣王说:"陛下,伯邑考无罪啊,不能杀他!"

妲己喊:"伯邑考心怀奸诈,应千刀万剐!"

纣王再次命令:"立即乱刀剁死!"

伯邑考见比干还要说话,就挣扎着说:"亚相不必强求,请多保重。伯邑考救父不成,反死刀下,死难瞑目啊!"

武士们押下了伯邑考,不一会儿,返回禀奏道:"启奏陛

第十九回 妲己愤怒杀公子 西伯纵马返西岐

下,伯邑考已经乱刀剁死。"

纣王说:"剁成肉酱,喂本王狼狗。"

妲己说:"不。伯邑考前来替父赎罪,还没见上他父亲一面。如今既已剁成肉酱,何不送到厨房,让厨子做成肉饼,给他父亲姬昌送去,让他尝尝自己儿子的味道,也算见上了一面。陛下看此方法怎样?"

纣王点头道:"唔,好办法!通过这一办法,本王还可试试姬昌对本王是否忠心。人们都说姬昌是什么圣贤,能掐会算,本王倒要看他怎样掐算,怎样做这圣贤。"说罢,吩咐下去,将伯邑考的尸身送往厨房。

亚相比干刚才听到伯邑考已被乱刀剁死,早就晕倒在地,此时才稍稍苏醒过来,嘴中不断地嘟哝着:"作孽啊!作孽啊——"

纣王瞪了比干一眼,说:"来人,把他抬回去!"

几个宫中侍从连架带抬地将比干送回了亚相府。

不到一个时辰,御厨房来人禀报:"肉饼已经做好,请陛下查看。"

纣王问妲己:"还查看吗?"

妲己终究是妇人家,胆子比纣王小,连连摇头说:"不看不看,怪恶心的。"

纣王吩咐:"本王不看了。将肉饼送到羑里让姬昌品尝。"

妲己说:"让费仲和尤浑送去吧。"

纣王说:"让他们将姬昌的言行禀报于本王。"

费仲和尤浑接到圣旨,心中也是一惊。杀人害命,陷害忠良,他们做了不少,但还没有残忍到将人家的儿子剁成肉酱,做成肉饼，又让人家的亲父亲去吃的！

尤浑接过装肉饼的盒子，哆哆嗦嗦地说："费仲大人，还是您端这盒子，我为您护驾。"

费仲双手一摆，说："尤大人，您就有劳了。既已端着，就不用换人了。"

尤浑自言自语地说："天神可别报应我们啊！伯邑考，伯邑考，你若有灵，千万别怪罪我们，我们只是奉诏行事，不能违抗。"

二人骑马疾驰，后边是一群护卫，浩浩荡荡来到了羑里。羑里百姓都知道此处一座院子里住着姬昌，他是西岐西伯侯，为人善良正直，平日常常为穷苦百姓行医治病，还省吃俭用，周济有急难之人。

平时这里十分安静，除了守卫兵士之外，也无外人前来。忽然今日来了这么多人，百姓们惊奇，纷纷出来观看。

费仲和尤浑见了囚禁负责长官，说明了来意。囚长不敢怠慢，忙引他们来见姬昌。

姬昌在羑里一住就是七年，七年来，他钻研先祖创造的八卦，有许多新的思考。忽然他心中一阵难受，这种难以言状的不舒服已经持续了两天，他预感到会有不幸之事降临。正想着，忽听室外一阵喧哗，连忙站起身观看，当即就认出了跟在囚长身后的费仲和尤浑。

费仲先走进屋子，施礼道："西伯侯久违了。"

姬昌还礼，说："费大人、尤大人，一向可好！"

尤浑将盛肉饼的盒子放在矮矮的几上，微微一笑，说："西伯侯，敝官与费大人奉圣旨前来，专程送来天子赐你的肉饼。"

第十九回　妲己愤怒杀公子　西伯纵马返西岐

姬昌有些纳闷,禁不住问:"肉饼?"

费仲点点头,说:"对。圣上昨日打猎,猎到一只野鹿。用鹿肉做成肉饼,想到你这里十分清苦,就派我们送一些给你。"

姬昌心想,这可怪了。纣王三五天就打猎一次,每次均有收获,怎么这次突发善心?朝中大臣济济,怎么就派这两个臭名昭著的奸臣前来?难道这肉饼里还有什么文章……

装肉饼的盒子端了过来。费仲打开盒子,将肉饼放在姬昌面前。

姬昌看了一眼,一股说不出的香味飘进鼻子,猛然,心中一阵恶心。

他从费仲与尤浑的眼睛里看到了一种莫名其妙的目光,那目光中隐含着恐惧、不安、惊奇、耻笑、幸灾乐祸……

天子赏赐的食品是不能不吃的,吃罢还要谢恩,稍有不悦与不慎,都可能招来杀身之祸。他对费仲与尤浑说:"两位大人亦请尝尝。"

费仲与尤浑忙连连摇头,说:"圣上赏赐,吾等岂敢乱尝!"

姬昌一连吃了三个肉饼,腹中隐隐不适,但口中还是说:"承蒙圣上赏赐,美味可口,罪臣谢恩,望两位大人禀奏圣上。"

费仲与尤浑见姬昌吃了肉饼,二人也不想在此久留,就匆匆离去了。

姬昌见费、尤二人离去,只觉胸口堵塞、腹中不适,急忙跑到院里,弯腰呕吐。哇的一声,吃进去的东西一股脑儿吐了出来……

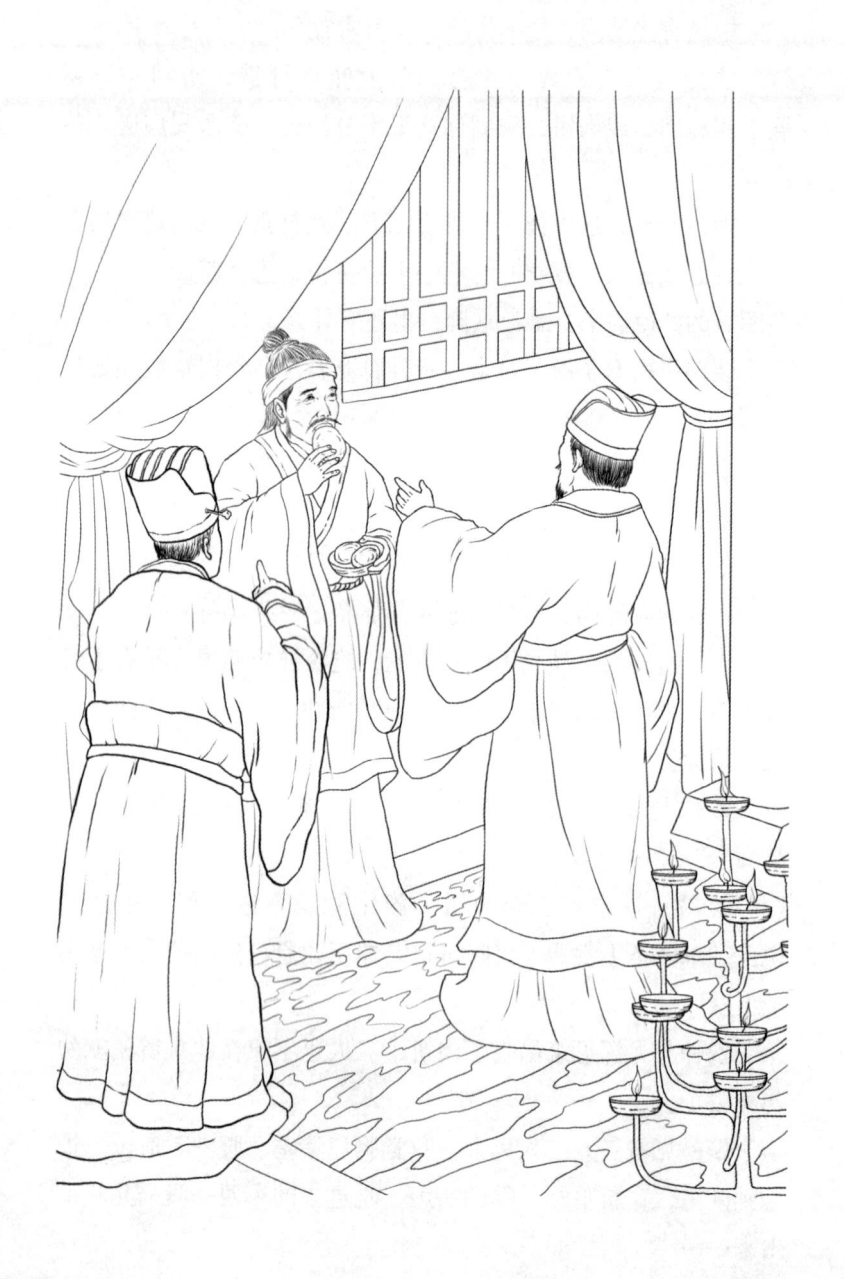

姬昌吃肉饼（伯邑考之死）

第十九回　妲己愤怒杀公子　西伯纵马返西岐

费仲与尤浑驱马疾驰，返回宫中禀报纣王羑里姬昌食儿子肉饼的情况，说："启奏圣上。遵旨前往羑里赏赐姬昌肉饼，姬昌并未有异常表现。"

纣王问："都说姬昌研究八卦，能掐会算，他没有算出那肉饼是他儿子伯邑考的肉？"

费仲摇头答："没有。"

尤浑说："他吃得津津有味。"

纣王哈哈大笑，又问："他还说些什么？"

费仲答："他让我们代他向圣上谢恩。"

纣王对妲己说："这姬昌还是比较老实的，也没什么本事，不像外边所传言的，说他能算命，说他是圣贤。明明吃的是儿子的肉，他却并未算出来。吃自己儿子的肉津津有味，算什么圣贤？就凭他这样的人，能有什么作为？"

妲己说："陛下说得很对。我看，威胁圣上的人不是西伯侯姬昌，而是——"

纣王问："谁？"

妲己说："比干。"

纣王摇头，说："不会。老不死的让人讨厌，但他倒不至于威胁于本王。"

妲己问："陛下以为他忠心耿耿？"

纣王说："别忘了，他是我的叔叔。"

妲己说："哼，叔叔？他哪像叔叔？他无时无刻不在反对陛下。他还不如外姓人姬昌听话！"

纣王说："事情并不那么简单。伯邑考被杀，西岐有何反应，尚未知道。如果敢于图谋不轨，立刻拿姬昌问罪；如果平安无事，那才说明西岐对本王是忠心耿耿的。"

西岐怎么样呢？

伯邑考被杀，他的随从人等丢下贡品，早就逃回了西岐。贡品当然都收归了朝廷。随从们返回西岐城，禀报了伯邑考的弟弟姬发。姬发与众大臣莫不痛哭失声，为伯邑考的惨死无比伤心。

姬发在特为伯邑考设的灵堂前，哭诉说："哥哥啊，我们劝你不要去，父王也有话留下，你不听啊！你的孝心上天知晓，可是，让我们的心都碎了……"

大将军南宫适拍案而起，吼道："他纣王如此残暴，天地难容！让我率兵前去讨伐他吧！"

上大夫散宜生流泪道："将军莫急。大公子被杀，确实让人悲痛！纣王无道，确实应得惩罚。但是，目前不可鲁莽。试想，西伯侯囚在羑里，掌握在纣王手中，我等起事，西伯侯将遭不测。万万小心，万万小心啊！"

姬发想了想，说："此时发兵，确实不可。听说，那纣王将我哥哥剁死，做成肉饼让我父王吃，我父王吃了，他怎么会不知道那是他儿子的肉？忍辱负重，以图他日，这就是父王的高人之处。他受了多大的屈辱与折磨啊！目前，我西岐的举动，当是纣王判断我们忠不忠于商汤的依据。我们应当造成一种十分忠心的表象，让他信任我们，以救我父王离开那囚禁之地。"

散宜生向前走了走，竖起拇指说："公子所述，极是，极是！我们一定要按公子所说的去做。当前，犹如乌云将散，没有西风。一俟西风起来，乌云便会散去。"

姬发问："这风指何事？"

散宜生说："正如公子所说，我们要利用大公子被杀这一机会。朝中有两名最大的奸臣，他们受当今天子和娘娘的宠

第十九回　妲己愤怒杀公子　西伯纵马返西岐

爱,那就是费仲和尤浑。这二人都很爱财。我们备些厚重礼物,悄悄到朝歌送给他们,托他们到纣王那里说些好话,犹如西风吹乌云,乌云将散去。这样行不行?请公子三思!"

姬发连连点头,说:"好,好。就这样做。"

姬发忍着悲痛,立即派人备了丰厚的礼物,送往朝歌费仲与尤浑的家中。

使者将信函交给费仲。信中写道:"……多年以来,蒙上大夫关照,使我西岐受福不浅。家父囚于羑里,已有七年,他对纣王忠心耿耿,已为事实证明。侄辈久闻大人系中流砥柱、朝廷中坚,是当今社稷之福。现奉上西岐白玉、明珠、黄金、彩缎等物,以表西岐对大人之尊敬,祈望笑纳。家父囚于羑里,长达七年,为世上稀有之事。囚日过长,年纪渐迈,身体趋弱,还望大人多多美言,以解囚徒之苦……"

给尤浑的信,内容大体相同。

费仲与尤浑看了信函,收了礼物,碰到一起,就商议起来。费仲说:"尤大人,依下官看,这姬发比他兄长聪明。"

尤浑不解,问道:"此话怎讲?"

费仲说:"他哥哥伯邑考携礼物进京,先去拜见比干那老东西,然后又去见纣王。结果呢,人财两空!这姬发却找了你我,你说,他是不是比他哥哥聪明?"

尤浑笑了,说:"不错,现官现管嘛!这才是水灾拜龙王,火灾拜雷公,有了疾病拜神农嘛!"

费仲说:"过几日,待纣王陛下高兴之时,我们替姬昌说些好话,放了他,也算我们没有白收人家这些礼品。"

尤浑说:"好的。"

过了几日,恰巧纣王打猎归来,兴致勃勃,将猎物分给大臣。等周围没什么人时，费仲与尤浑对纣王说："伯邑考已死百日，陛下可记得？"

纣王摇头，说："时光过得飞快，一晃已经百日了？"

费仲说："是。前陛下派我与尤浑去给姬昌送肉饼吃，我二人见姬昌毫无二心，非常感动。三个多月来，我二人又询问情况，姬昌仍无怨言。由此可见，姬昌对陛下是忠心耿耿的。前日东部与南部都传来消息，战事不很顺利。为天下社稷，为安定西岐，我二人以为，放了囚禁已有七年之久的姬昌，百利而无一害啊！"

纣王听后，稍稍想了想，说："好吧。此事就交你二人去办。告诉姬昌，本王出于怜悯，又为天下社稷，赦他无罪，返回西岐，治理地方，效忠天子，不可稍有懈怠。"

费仲与尤浑一听，非常高兴，连连说："遵旨。陛下放心，我二人一定办好此事。"

纣王又说："想来一晃七年，姬昌也吃了些苦。这样吧，为了安抚于他，封他为西岐王。"

姬昌接到费仲与尤浑传来的圣旨，心中十分复杂，悲喜交集，忍不住热泪盈眶，说："罪臣万分感谢费大人与尤大人。若非两位大人美言，罪臣还不知在羑里囚至何日！"

费仲说："过去的事不说了。感谢纣王开恩，你今后好自为之吧。"

尤浑说："西伯侯亦应高兴，从侯为王，再加上你的才华，一定会将西岐治理得更好。依我看，西岐王收拾收拾，到朝歌谢恩，然后尽快回西岐去，怎样？"

姬昌点头道："大人所言极是。"

费仲、尤浑从羑里走后，姬昌收拾了行装，向囚长、周

第十九回 妲己愤怒杀公子 西伯纵马返西岐

围百姓辞行。来到朝歌后,在费仲、尤浑带领下,向纣王谢了恩,又住了几日,辞别众官,返回西岐。

这天,天气十分晴朗。姬昌心中急于返回家乡,天不亮就醒了。随从备好了马,吃罢早饭,前来说:"王爷,一切准备停当,可以上路了。"

姬昌点点头,说:"我们悄悄走,千万不要张扬。"

随从答应:"奴才明白。"

大约日上一丈,朝霞铺地时,他们一行人马上路了。七年的囚犯生活,在他们心中蒙上了重重的恐惧的阴影。他们生怕在刹那间,纣王变了主意,再将他们扣押下来。他们心照不宣,个个都是想:快一些,快一些,尽早离开这是非之地!

出了朝歌城,是一条宽宽的官路,路旁几行高高的杨树,树叶在晨风中摇曳着,发出窸窸窣窣的声响。那声响像一首动人的乐曲,让人听了心情舒畅。

姬昌望望仅有几丝白云的蓝天,双腿一夹,那胯下的马便慢跑起来。

忽然,随从们喊:"王爷,后边有一群人马在追赶!"

姬昌心中一惊,差一点儿从马上掉下来。他一边放马奔跑,一边回头张望,问:"可知是什么人?"

随从们说:"不知何人。你听,他们在喊!"

果然,隐约听到有人在呼喊:"站住——西伯侯等等——"

姬昌心中忐忑不安,说:"我们策马快跑,不要管他!"

随从们有些犹豫,说:"万一——"

姬昌说:"不要管它万一不万一,逃命要紧!"说罢,给了坐骑一鞭,那马奋起四蹄,如同出弦的箭,飞向前方。

第二十回 亚相怒斥妲己女
纣王剑剜比干心

姬昌策马飞驰，竟将随从们抛落在后。跑了一会儿，见后边没什么动静，才勒住缰绳。回头一看，那些随从一个也没跟上。他想，几匹马，唯有他这一匹是最好的，难怪他们追不上。稍等了一会儿，有一名随从从路口转弯过来，喊着："王爷，别跑了，等一等！"

姬昌大声问："怎么回事？"

那随从抽了马屁股一鞭子，那马"哒哒哒"快跑了几步，来到姬昌身旁。随从喘着粗气，说："王爷别跑了。后边是亚相比干派来的人，说王爷路途遥远，吃穿不便，特别准备了干粮衣物，专程送来。"

姬昌一听，心头的一块石头才落了地，说："唔，原来如此。吓了我一跳！"

紧接着，后边的人也追了上来。比干派的家将把赠给姬昌路途中用的食品、衣物，一一点清，交给姬昌，恳切地说："我家相爷特别让我禀报西岐王，他已老朽，不能来送，望西岐王原谅。食品、衣物是西岐王一行需要的，务请收下。祝西岐王一行顺风。"

第二十回　亚相怒斥妲己女　纣王剑剜比干心

姬昌听后，十分感动，说："请家将一定代我等一行人谢谢亚相。望亚相多多保重，健康长寿！"

家将点头答应说："好的。我一定带到。送君千里，总有一别，奴才就此告别，祝西岐王一行早日顺利返回家乡。"

姬昌一行人走了。家将等人返回亚相府，禀报比干，说："禀告大人，相爷送西岐王的食品、衣物已如数交给了他们，他们收下了。西岐王让我们转告相爷，他谢谢相爷，望相爷多多保重，健康长寿。"

比干从椅子上站起，说："好了，你们辛苦了。下去吧。"

此时，他心中感到了一些安慰。这些日子，他日夜不安，总觉得对不住西伯侯，是他引着伯邑考去见纣王的，又是他没能救出伯邑考的性命。他恨纣王，这个不争气的侄子！当初，真不该保举他接替哥哥，继承哥哥的王位！

伯邑考死了，他是用他的生命救他父亲的。姬昌的解除囚禁，他大儿子的死是起了作用的。

"他终于离开了羑里，回他的西岐去了。去吧，一只猛虎回到了深山！纣王啊纣王，放虎归山，放得好！放得好！"

比干自言自语，心中确实有些幸灾乐祸的成分。人说，做官各为其主，是吗？像纣王这样的主，我怎能为他着想？为他，那不是丧尽天良了吗？

他正在想着，忽然听到府外一阵阵喧哗，就大声问道："外边何人喧哗？"

家丁禀报说："禀报相爷，外边朝廷在抓人，说是修造摘星楼，劳力不够，抓人去干活儿的。"

比干叹了口气，说："造孽呀！"说着，走到相府门外。

只见御林军将士押着一群一伙的百姓,拳打脚踢着,将他们送去工地。

百姓们在诅咒:"夏朝的桀啊,现在又出现了。为什么他不灭亡呢?我们愿意和太阳一同毁灭!"

比干听后,心中无比沉痛,当今百姓已经将商汤天下比成已经灭亡的夏朝,将纣王比成天下诅咒的夏桀……

他感到耻辱!因为他比干是那个家族的一员!

他愤怒了,匆匆返回府中,让家丁备马,然后骑马驰往宫中。

御林军拦他,没有拦住。

他大吼道:"不要拦我!你们难道不认识我吗?我是你们的亚相比干,是当今天子的叔父!不许阻拦我,陛下责怪,由我承担罪责!躲开——不要拦我——"

比干冲过了一道道防线,来到内宫宫门。他跳下马,闯了进去。

突然,他听到了一声女人的斥责声:"比干,大胆!你一个男人竟敢闯我王后娘娘的内宫,已是死罪!"

比干扑倒在地上,号啕大哭道:"纣王。受(纣王的本名)——帝辛(继王位后的名称)——我的侄子——你变了!你变了,你变成了夏朝的亡国之君,那个残暴凶狠的桀啊!桀亡了夏,你将要断送我们大商的天下啊!你得悬崖勒马,赶快悔改——"

又是那个女人极严厉的声音:"放肆!比干,你不想活了?陛下不在,你在此发疯,该当何罪?"

比干这才稍稍清醒了一些。他抬头一看,原来王位上只坐着妲己一人,旁侧簇拥着一群宫女,纣王并不在此。

第二十回　亚相怒斥妲己女　纣王剑剜比干心

比干不看还好，一看怒目而视的妲己，胸中的不满像火山一样爆发了。他猛地站起身，伸出胳膊指着妲己骂道："你是什么东西？你敢斥责我？你知不知道，我是受的亲叔叔？受变坏了，很坏很坏。我本不想怪你。我原本不同意世人所说，是你祸害了我们商汤的天下。把主要罪责都推到你的头上，这不是事实，也不可能。纣王他是主犯，当今天下大乱，商汤社稷危在旦夕，罪责应由纣王来承担。但是，你妲己也不是什么好东西，你为虎作伥，推波助澜，难道能逃脱罪责吗？伯邑考有什么罪？一只白面猿猴为什么去扑你？那是你去招的它，使它发怒了。你自找的，却害死了一个无辜的好人！你妲己做了不少坏事，你是一个罪人呀！"

妲己从入宫以来，哪里听到过这样的言辞？她气得浑身发抖，眼冒金星，大声吩咐："御林军，快捉拿这个老贼！"

宫外守卫听到吩咐，几个御林军将士冲进室内，将比干捆绑了起来。

就在此时，纣王从摘星楼工地回来了。一走进宫殿，见御林军捆绑了比干，大吃一惊。

比干大声喊："我的侄儿，你变了！你瞧瞧，他们竟敢捆绑我这个三朝元老！"

妲己见纣王归来，立即放声大哭，那哭声真可谓惊天动地。她边哭边喊："陛下，这老贼闯进宫来，大骂了你一顿！见你不在，又大骂了我一顿。那话语，不堪入耳呀。我不活了！我得死——我不活了——"

她伸手猛地拔出纣王腰间的宝剑，假装要立即自刎。纣王一把抓住了妲己握剑的手，说："为什么自刎？有话好好说。谁欺负你，我剜了谁的心！"

纣王回转身来，看到比干跪在地上，也在哭泣。看到他老泪纵横，纣王也有些于心不忍，本想立刻处他死刑，话到嘴边，又咽了回去，只是发怒道："你老糊涂了！整天就是不满意，有你吃，有你喝，你管那么多事干什么？"

比干一把鼻涕一把泪地说："陛下恕我直言。今天让我以叔父的身份说话。我不是哭你，我是在哭我家祖宗留下的这商汤天下啊！"

纣王不耐烦地摆着手说："行了，行了！老调重弹，本王都听腻了！你走吧，快！"

比干并不从地上站起来，而是继续说："受，我的侄儿啊！你知道老百姓骂你什么吗？他们说你就是夏朝的桀，是亡国之君！这太可怕了！太可怕了！那桀是我们的商朝祖先将他打败的。难道，我们商汤也走到了末日？"

纣王发怒了，吼道："大胆！你胡说八道，敢把本王比成万恶的桀？那些反叛者的话，现在都从你的嘴中说出来，你是什么本王的叔叔？滚！滚出去！"

比干也大喊："受——我的侄儿——你要醒醒啊！"

纣王吩咐："来人，把他轰了出去！"

武士们连拉带扯地将哭喊着的比干架了出去。

纣王叹了口气，返身准备安慰妲己，可一看她，她已倒在座椅上人事不省。纣王连忙将她抱起来，不停地喊："王后，王后——美人儿——美人儿——你怎么了？你醒一醒——"

妲己双目紧闭，没有吭声儿。其实，她心里并不糊涂，只是刚才又紧张又生气，觉得有些难过。再加上多少日子，日夜寻欢作乐，十分疲倦，便借机装作犯了心病，昏迷不醒。

妲己仍不睁眼，也不说话。

纣王有些急了,大声喊:"妲己——美人儿——你醒醒呀——"

好一会儿,在御医的协助下,妲己忽然哭出声儿来。她边哭边用手捂着胸口,说:"我好苦啊!我的心疼——心口好疼——好疼啊——"

纣王问御医:"心口疼,怎么回事?"

御医皱着眉头说:"不会吧。娘娘只是有些气恼,加上身体虚弱,并无大病。"

纣王骂道:"浑蛋!她都昏死过去了,还说没什么大病!"

妲己仍然喊:"我心口疼——这御医是存心害我呀——心,心,心疼——"

纣王狠狠踢了御医一脚,骂道:"你怎么治?"

御医又气又怕,哆哆嗦嗦地说:"休息——休息——休息一下——就好了——"

纣王一跺脚,吩咐奉御官:"将这庸医拿下,送去炮烙,真是个废物!"

御医吓坏了,喊着:"陛下饶命,陛下饶命呀——"

武士们押解御医下去以后,纣王问妲己:"这御医真没有用,要不,请个巫师?你看怎样?"

妲己上气不接下气地说:"好,好。快!"

不大工夫,请来了一个女巫。这女巫三十多岁,长相极端丑陋。她又舞又唱,唱着,唱着,就把捆扎头发的绳子解开,拴在了妲己的脖子上。然后又脱掉了本来就敞胸露怀的上衣,露出了紫黑色的肚皮,两只干瘪的乳房在胸前摆来摆去,如同两只肮脏的布口袋。她的双手向天空抓了几把,口中念念有词,双手顺着前胸往下推移,像是运气。忽然,她惨叫一声,浑身发抖，双手从肚脐处竟挤出一团紫黑色的东西。

女巫将那紫黑色的东西一点儿一点儿地涂在妲己的太阳穴上，发出一股股清凉的气味。

妲己对这些见得多了，心中说：哼，这是薄荷糊。可弄成这紫黑色，真让人恶心！

她小声嘟哝着："我的心疼啊，心疼还要心来治。找一颗心，找一颗让我心疼的心，救我的心——"

妲己的自言自语，女巫听得清清楚楚。她在来时的路上，就听到御林军兵士们的议论，说是亚相比干将娘娘骂了个狗血喷头，招来了娘娘的心疼病；之后，她又被告知，娘娘不杀比干，誓不罢休……

女巫明白，娘娘是要复仇。

女巫又唱了一会儿，终于开始传达上天神灵的意旨了，说："心疼还要心来治——剜来亚相左心吃——除此以外无他法——剜心不能过今日——"

纣王一听，吃了一惊，说："你再说一遍！"

女巫又唱了一遍。

纣王自言自语地说："要吃亚相比干的左心？这，这——"他真有些为难了。

妲己又在大哭大闹："快，重赏女神仙，重赏！我的心好疼啊！看来我要死了——"

纣王正在为难，女巫已从"神灵"那儿回来了。她穿好了衣服，问："神说要剜亚相左心，亚相是谁？"

纣王说："是本王叔叔，当今亚相比干，三朝元老。"

女巫又问："多大年岁？"

纣王答："七十四岁。"

第二十回　亚相怒斥妲己女　纣王剑剜比干心

女巫掐指一算，说："他的寿命到了，反正是死，就让他贡献出左心，也可表示对陛下的忠心。"

纣王点点头，说："对，对！"

他重重奖赏了女巫以后，问妲己："本王决心已下，让比干献出左心，以救美人儿心病。派谁去剜这心呢？"

妲己想起了申公豹，说："……派申公豹去……哎哟，心好疼啊——"

纣王吩咐去叫申公豹。申公豹第一次进入内宫，战战兢兢地跪在地上，说："启奏圣上，申公豹奉召前来。"

纣王说："派你去亚相府取一件东西。"

申公豹问："陛下请讲。"

纣王将自己的宝剑摘下，放在申公豹面前，说："去剜下亚相比干的左心。"

申公豹一听，吓了一跳，结结巴巴地问："这，这——这不等于杀死亚相吗？我申公豹区区武将，怎敢做这样的事？再说——"

纣王皱起眉头，一指那剑说："把这剑给亚相看，他知道这是本王的剑。你说为救娘娘的病，借他的左心一用。他口口声声忠心于本王，借半个心都不肯，哪里谈得上忠心？不必犹豫，速去速回！"

申公豹只好站起身，拿了剑，说："遵旨。"

他很快到了亚相府，门卫通报进去："禀报亚相，申公豹奉纣王圣旨前来与亚相商议要事。"

比干正在生气，坐在椅子上闷闷不乐。听到申公豹奉旨前来，不知何事，就站起身迎了出来。在客厅，申公豹寒暄之后，说："老丞相，申公豹奉旨前来，不敢不来。"

比干说:"有话直说。"

申公豹说:"纣王说,请您到祖庙谈话。"

比干一听,心中倒有些喜悦。到祖庙去,好,也许纣王他有些悔悟?不管怎么讲,在祖宗面前,我可以再教训教训他、开导开导他,他若能够改过自新,那就太好了!

比干点头,说:"好。说走就走。"

他吩咐随侍备马,与申公豹一同来到了商汤祖庙。这庙规模宏大,离王宫不远。祖庙是权力的象征,戒备森严。经过说明,守庙士兵只准比干与申公豹进入祭祀大殿,而让比干的两名随从留在门外。

殿里安静极了,安静得有些瘆人。比干见没有纣王,有些纳闷,问:"陛下怎么还没来到?"

申公豹说:"已经来了。"

比干奇怪,问:"在哪儿?"

申公豹将纣王的宝剑亮出来,说:"在这儿。"

比干一看,确是纣王的宝剑,问:"什么意思?"

申公豹眨眨眼睛,稍稍犹豫了一下,说:"亚相请听申公豹讲。此事确实让下官为难,纣王吩咐,申公豹不敢违抗。亚相知道,由于亚相怒斥娘娘,娘娘得了心疼病,若不救治,就没命了。纣王请了女巫医治,女巫传达上天神灵旨意,说心病还要心来治,这心只能是亚相的左心。"

比干气坏了,浑身发抖,问:"这么说,是纣王让你来杀我?"

申公豹摇头,说:"不。纣王说,只是借亚相左心一用。亚相忠不忠于天子,这就是明证。"

比干稍稍平静了些,他想,死,他不怕,因为几次进谏,

第二十回　亚相怒斥妲己女　纣王剑剜比干心

他都做了死的准备。他又想起了姜子牙的话，想起了姜子牙留下的谶语：妲己卧病，要食心肝；纣王相逼，剜心血溅；大难当头，速食药丸；意念有心，急驰向南；有人问话，万勿答言；自有姜尚，保你生还……

他简直不明白，姜尚姜子牙怎会预料到他比干会有今天？药丸他是随时带着的，现在正可以吃下了。

事已至此，只好这么办了。他吃下了那药丸，热泪纵横地跪在祖宗牌位下，说："列祖列宗在上，比干今日，被侄子受所杀，也就是当今天子所杀。望祖宗拭目以待，看他纣王的下场。记住啊，世人！天子也罢，百姓也罢，多行不义必自毙！"说罢，站起身，靠在大殿粗大的房柱上，坦开衣怀，露出胸膛，说："申公豹，将我的左心取走！"

申公豹向比干施礼，说："亚相万勿怪罪于我。申公豹奉旨行事，多多原谅。请亚相闭上眼睛。"说罢，挥起纣王的宝剑刺进比干胸膛，那鲜红的血，立时流了出来……

申公豹剜了比干的左心，收好剑，说："亚相，申公豹多有得罪，告辞了。"说罢，速速离去了。

比干用手捂住胸膛，很怪，那血倒是不流了。他心中只想着一句话："我的心还在！"

他睁开眼，忍着还能承受的疼痛，快步走出祖庙，见随从在一旁歇息，也不去叫，一手解开缰绳，靠骑马桩跨上马背，双腿一夹，那马向城南奔去。

随从这时才发现比干南去，也骑马追来。比干到了城外，大约快到宋家庄的时候，见路旁一个女人在卖菜，并且还大声吆喝："谁买无心菜！无心菜——"

比干一惊，勒住马问那女人："人如果没有了心，会怎么样?"

那女人答道:"人没有心就得死!"

话音刚落,比干就大叫一声,跌下马来,满腔鲜血喷溅……

第二十一回　临潼关难民被困
　　　　　　　蜿蜒山师徒带路

　　亚相比干忘了姜子牙的嘱咐：不要与人讲话，更不可有"我没有心"的念头。在听到一妇人卖无心菜时，意念散乱，前去问话；接着意念转移，想死而忘生，于是大叫一声，跌下马来。

　　那妇人吓坏了，想喊人相救，又怕招惹是非。正为难时，见后边有人马追来，就急匆匆向小路逃去了。

　　比干的随侍见主人骑马飞驰，马不停蹄，他们在后边紧紧追赶。到了这里，只见空马徘徊，亚相倒地，急忙去救。

　　当他们证实亚相已经死去时，都忍不住哭了起来。二人商议，一个留守，一个回家报信。

　　亚相惨死，很快传遍了朝歌。

　　纣王刚刚将申公豹取来的比干左心送至御厨，将它煮好，端给妲己。

　　妲己望着那一碗人心汤，早吓得心中发抖，哪还敢吃。她假装说："谢陛下操心！心药太烫，先放几上凉凉。"

　　就在纣王抽空去做别的事时，妲己命宫女将那人心汤端去倒掉。

不一会儿，纣王归来，见碗里已空，问："美人儿，心药吃下了吗？"

妲己微微一笑，答："吃下了。"

这是妲己两天来仅有的一笑，那妩媚，那美妙，使纣王着迷。他轻轻地伸出胳膊，抱了抱妲己，问："病好些吗？"

妲己点头，说："好多了。"

就这样，亚相比干糊里糊涂地丢了性命。纣王心中也觉得有愧，颁旨厚葬比干，又送去了许多金银钱财，抚恤比干家属。

比干死去的信息也很快传到了姜子牙耳中，他在宋家庄宋义仁家中摆了一台祭桌，烧上香，与徒弟辜江洋一起祭奠了比干。

辜江洋见师父心事重重，劝说道："师父，人已死去，无法相救，也就不要过多地去思念他了。"

姜子牙摇了摇头，说："我本想救他呀。那药既可麻醉，又可止疼止血，还能增强身体的活力。如若意念不死，那意念可以产生奇迹。可惜他做不到，所以死去了。"

辜江洋说："邑姜大姐已走了多日，不知现在怎样了？"

姜子牙望望天空，沉思着说："有义仁夫妇照看，不会有事的。我看，我们也该走了。"

辜江洋问："去哪儿？"

姜子牙说："伯邑考被杀，西伯侯姬昌被释，西岐虽遭灾难，但姬昌返回，西岐有望发展。纣王荒政，沉湎酒色，不顾百姓死活，已到了不可收拾的地步。天下大乱，四方反叛，而纣王毫无悔改之意。杀死比干，丧尽天良，失去了人心，眼看末日将临,我们在此已无意义了。"

辛江洋问:"师父总是讲,替天行道,为民着想,安邦定国,大有作为,这怎么去做呢?"

姜子牙想了想,说:"我的师父多次讲,随变化而变化,但有一条不能变,那就是不能违抗民心。民心,就是千千万万老百姓的呼声与愿望。你说对吗?"

辛江洋点头说:"对。我看到,许许多多人都逃去西岐,更多人赞扬西岐王为人贤明,这是不是就是您讲的那呼声与愿望?"

姜子牙说:"是的,是的。民心不可违呀,天经地义!"

辛江洋站起身,面向西方,说:"西伯侯西岐王姬昌,不知回到西岐都城没有?"

姜子牙算了算,说:"应该是到了。姬昌一到,我们就走。我一直在等着这一天。江洋,你说,我们是快走,还是慢走?"

辛江洋走过来,站在师父身旁,问:"何谓慢?何谓快?"

姜子牙微微一笑,说:"慢,就是十天半月以后再说;快,就是说走就走,多则两日,少则一天。"

辛江洋也笑了,拍着巴掌说:"要慢,那是慢性子;要快,那肯定是急性子。师父,我辛江洋可是个急性子。我赞成说走就走!"

姜子牙同样双手一击,说:"我虽然不是急性子,但同样主张说走就走。这就像瓜熟蒂落一样,时机已到,还待何时!"

师徒二人商议好了,决定次日就收拾行装,出售义仁夫妇的房产,第三日起程奔赴西岐。

一切都很顺利。第三日,他们起程了。姜子牙仍然戴上他的耳眼帽,以防不测。

他们日行夜宿,经孟津,过黄河,来到了临潼关。一路上逃难的人极多,临潼关下,更是聚集了上千人。

天阴了,下起了毛毛雨。

出门在外,本来就难,何况是逃难的人呢!有单身的,有一家一户的,大人、孩子、老人,有的挤在树下,有的用布单子搭起了简易帐篷,有的躲在破土窑中……

人声嘈杂,狗吠鸡鸣。

姜子牙和辜江洋挤过人群,来到关下。一看,关门紧闭。

辜江洋"唉"了一声,说:"怪不得这么多人走不了,原来关门没开。这是怎么回事?"

姜子牙问身旁一个男子:"您从哪儿来?"

那男子答:"从朝歌来。"

辜江洋问:"你们去哪儿?"

那男的望望身旁的女人和孩子,说:"纣王无道,修筑摘星楼,扩建王宫和鹿台,天天抓劳工,男的三抽二,就是一家有三个男的,就要出两个男劳工。后来连独生子和女娃娃都抽去了。有钱的人可以行贿官府,不出劳工。穷人去了,多半累死在工地。我们一家三口,我要被抓去当劳工,我们这个家就完了。想来想去,还是逃难,逃到西岐去。"

辜江洋问:"您怎么知道西岐能过好日子?"

那男子说:"都这么说,一传十,十传百,肯定错不了。这就叫人心向背嘛!瞧,走到这临潼关,这里的张总兵不放人们过关,快把我们急死了!"

姜子牙抬头一看,果然,关门旁的木牌子上贴有告示:

第二十一回　临潼关难民被困　蜿蜒山师徒带路

"近日难民骤增，逃离本土，此非好兆。事关重大，已奏明朝廷，本关等待圣旨。圣旨到来之前，关门暂时关闭。"

姜子牙想了想，说："乡亲们不要着急，让我们想想办法。"

辜江洋看雨越下越大，便连忙拉开草编的雨披，搭在师父肩上，说："师父，我们找个地方躲躲雨吧。"

姜子牙点头说："好。来，跟我来。"

姜子牙绕过人群，走到名叫蜿蜒山的一处陡峭的山崖下，拨开草丛，草丛后竟是一个山洞。

他们闪进山洞，顿时暖和了许多。

辜江洋放下行李，坐在一块石头上，问："师父，您可真行，怎么会知道这儿有山洞？仿佛您来过似的？要不，您真的是个神仙，变出个山洞来？"

姜子牙哈哈大笑，边笑边说："哪有什么神仙！我更不是神仙。天下只有有本事的人，有创造奇迹的人，有细心的人，有刻苦的人，有坚强的人……实话给你说吧，这个地方我来过，在这山道上跑过生意。"说着，便解开那个珍贵如同生命的万宝囊，取出一块竹片，说："来，仔细看。"

辜江洋凑近一看，那竹片上刻有像山、像河、像路的图案。他不明白，问："师父，这是什么？"

姜子牙说："这是我画的临潼关地形山势图。"

辜江洋吃惊地问："您怎么知道几十年后会用到它？"

姜子牙说："我去过的重要关隘，都画有图，多着呢，你瞧——"

他拍了拍万宝囊。然后又指了指山洞后的一条蜿蜒小路，说："这条小路是采药人走的路。一般走到山后断头崖就不能走了，前边是悬崖峭壁。看，这竹片上这儿——谁也想不到，就在这山凹处有一水道，极陡极窄，刚刚能穿过一个人，而且还得蹲着向前移动。只要过了这段水道，就到了临潼关外。"

辜江洋高兴地说："这么说，我们可以过关了？"

姜子牙点头说："是。雨一停，我们就走。走时，带着这些逃难的乡亲。"

师徒二人又商议了一会儿，取出干粮填饱了肚子，眼看天就快黑了。

辜江洋急着说："师父，走吧。天快黑了。"

姜子牙说："要等天黑再走。不能让守关的官兵知道。一旦他们发现了，就会从关上走小道进入水道，堵住逃关人。如果放下礌石，那就糟了，我们都会被砸死在山坳里。"

辜江洋点点头，说："明白了。"

天终于黑了。夜幕一降，山风骤起，凉飕飕的。风吹云散，雨也停了。天空如同一块无边的蓝灰黑的幕布，上边镶嵌着无数颗闪闪发光的宝石。

姜子牙推醒了趴在自己腿上已经入睡的辜江洋，说："江洋，醒醒，我们该走了。这样，我打头，领着人走；你打后，愿意走的，都让他们跟着走。在后边招呼一下，中途不可有人停留。掉了队，就会走不出山谷，活活地冻死、饿死在山里边。"

辜江洋说："师父放心，我会小心的。"

他们背了行李，走出山洞，绕到旁边的小道上。

姜子牙等在路口上。

辜江洋去招呼人们。不大工夫，人们一伙一群地走了过来。

第二十一回　临潼关难民被困　蜿蜒山师徒带路

姜子牙看到，在他身后黑压压站了好长一串人，远处的就看不清了。

他对靠近身旁的中年男子说："您姓什么？"

那位被问的中年男子说："我姓刘，名字叫富贵，一家五口都在这儿。"

姜子牙说："好。你要跟紧我，不可落下。现在，你往后边传话，跟紧，不要掉队；抬脚落脚，小心滑倒。"

那男子说："好。我这就开始往后传——"

话语如同流星一般，穿过一颗颗星星，飞向远处。不一会儿，辜江洋气喘吁吁地跑过来，高兴地说："师父，几乎所有的人都在这儿了。他们都愿意跟我们一起走。"

姜子牙说："好。刚才传过去的话，传到尾部了吗？"

辜江洋点头说："我在最后。传来的话语是，跟紧，不要掉队；抬脚落脚，小心滑倒。"

姜子牙说："一字不差。可以出发了。你还到后边去。"

辜江洋答应了一声，又跑到队尾去了。姜子牙小声向身后的人们通报："现在出发——"

姜子牙走在前边。虽然这里他曾经来过，但毕竟已过了几十年，变化很大。所以，走一段，他便要停住脚步观察一下。天上的星光汇聚在一起，照在山路上，隐隐约约地，使人还能辨别。一会儿往上爬，一会儿向下走。时而左侧是黑黢黢的悬崖峭壁，万丈深渊；时而右侧是压顶的巨石，仿佛随时都可能砸下似的。

跟在姜子牙身后那位男子，紧走了几步，伸出胳膊拍了姜子牙的肩头一下，声音发着抖，断断续续地说："你看，前边是什么？"

姜子牙一惊，以为遇到了官兵巡逻，站住脚，问："哪儿？你看到什么了？"

那人用手向右前方一指，说："在那儿！一片小绿灯笼。"

姜子牙向右前方一看，他的心一下子缩成了一团，轻声惊叫："天啊，狼群！"

一片闪着绿光的狼眼，犹如一只只小灯笼，令人毛骨悚然。不用数，这群狼，少说也有百八十只！

显然，这群狼正好挡在下山的河道中间。这才像战场上的两军对垒，互不相让，要闪无处闪，要躲没处躲。

凶狠的山狼正在吼叫，那狼嗥，如同用嘶哑的尖细嗓子哭泣一样，长长的恐怖的声音撕破了夜空的寂静，让每个人都起了一身鸡皮疙瘩。

"狼！"

"狼群！"

人群中有人喊。顿时，人们紧张起来，有叫的，有躲的，有哭的。人群混乱了。

姜子牙压着嗓子喊："不要乱！危险，小心挤下山崖！"

为了尽快赶走狼群，他看了看周围，右边是峭壁。峭壁上伸展出几块如同舌头似的巨石。在星光中他挑选了一块，站定，运气，然后一屈腰，"嗖"地纵身跳到石上。在石上再次运气，嘴里瓮声瓮气地喊："踏断山石——哇哇哇——"

最后一个"哇"声刚打住，就听见轰隆一声巨响，那巨石悬空从根部断裂，夹杂着碎石、泥土一起坍塌下来，顺水道滚了下去。

石块滚动声如同雷鸣。

第二十一回　临潼关难民被困　蜿蜒山师徒带路

处在水道下风处的狼群惊呆了，愣了一下，然后，猛地四散奔逃。

巨石滚砸在几只跑得慢的狼身上，狼发出几声惨叫，就毙命了。

有人喊："狼跑了！"

人们松了口气，仿佛一场灾难化解了，大家不由得高兴地小声欢呼起来。

姜子牙对身后的人说："往后传，不要紧张，小心脚下石头，紧紧跟上往前走。"

后边的人将话传了下去……

黑夜走路不觉长。两个时辰过去了，也不知道转了多少个弯，上了多少个坡，翻了多少座山梁，总之，越走路越平，渐渐地远处出现了村庄。

这村庄坐落在一条丘陵下边，那丘陵虽不甚险要，却高高低低，斜向还有一条极深的裂谷。

姜子牙停住脚步对众人说："我们已经翻过了三道关口。若走大道，没有三四天走不下来。这条小路走起来虽然危险，但却省了时间。你们看，前边就是著名的金鸡岭了。"

有人小声问："金鸡岭？是西岐管界吗？"

姜子牙点头答："瞧远处黑乎乎的丘陵，左边伸向天空，右边呈一半圆状，看着像只朝阳啼叫的金鸡，所以此处就是金鸡岭。这儿已经是西岐地界了。"

这时，辜江洋从后边来到了前面，说："师父，难民们都问我：'你是谁？你的师父是谁？留下姓名，我们以后有机会当报答你们。'"

姜子牙问："你如何回答？"

辜江洋说:"我答,我们也是难民。有难同当,同舟共济,谈何报答!"

姜子牙说:"答得很好。"

辜江洋又问:"为何不走了?"

姜子牙说:"此处已无危险,可以多歇息一会儿。另外,我们和难民要在此处分手了。"

辜江洋问:"为什么?"

姜子牙一指左侧,说:"翻过金鸡岭,过了关隘,再有半天多的路程,就到了西岐都城。金鸡岭金鸡的头部前面,有一条大河,名叫渭水。渭水流经仙人湾,仙人湾里有一极美之处,叫作磻溪。我们到那里去。"

辜江洋心中明白,磻溪是处隐居极好的地方。师父虽没讲过,但他去西岐送信时的路上,早就听人讲过。

他不再多问,说:"既然如此,我们就与难民告别吧。"

姜子牙点点头,转回身,对难民中走在前头的人说:"众位父老乡亲,往前就是金鸡岭。西岐官兵百姓待人很有礼貌,也肯施舍救人,所以,你们已无危险。我们要去另一地方,就此分手了。"说罢,与辜江洋一起拱了拱手,施礼告辞。

姜子牙与辜江洋背着自己的行李朝金鸡岭鸡头的方向走去。谷下的流水发出"哗哗"的响声,姜子牙说:"我们实际是沿着河溪在走。这里百姓会唱一首歌,你想听吗?"

辜江洋早就发困了,他真想倒在地上睡一觉。听说师父要唱歌,一下子就来了精神,说:"师父唱歌,一定好听。"

姜子牙使劲儿嗽嗽嗓子,然后放开声音唱起来。那歌词是这样的:

金鸡岭,金鸡岭,

金鸡拉屎黑盈盈。

扑哧,

扑哧,

黑屎堆成了埂。

鸡屎燃起了火,

黑烟儿冒得浓。

大火烧屁股,

金鸡直打鸣:

咯咯咯儿——

好疼,好疼

……

　　姜子牙有副好嗓子。在这山野万籁俱寂中,那高亢中不乏优美的嗓音,让人听后,像喝了甜甜的蜂蜜似的,心里舒服。再加上这民歌的幽默,以及姜子牙变腔变调的对金鸡打鸣的模仿,逗得辜江洋笑弯了腰、迈不动步了。他抹着笑出的眼泪,问:"师父,金鸡拉屎黑盈盈,是不是这金鸡岭产煤呀?"

　　姜子牙说:"你猜对了!"

　　他们走着,说着,笑着,不知不觉已是拂晓。东方,渐渐地,白里隐隐有了红色、橙色、紫色……

　　朝霞满天,映得天空、大地都是红的。好美的西岐山河,好美的西岐大地!

　　在一处小村庄,姜子牙和辜江洋买了些吃食后,又继续赶路,大约在午后日落前,来到了磻溪。

　　好美丽、幽静的磻溪啊!

第二十二回　姜子牙磻溪垂钓
　　　　　　　武樵夫渭水拜师

　　这磻溪是渭水的支流。山清水秀，怪石奇峰，犹如人间仙境。

　　姜子牙一指仙人峰下的溪水转弯处，说："看，那里有处山洞，不深不浅，不高不低，是个好住处。"

　　辛江洋笑着说："有歇息的去处了，太好了。"说着，先到了那个山洞。果然不错，洞中既不干燥也不潮湿，与师父住此，很是合适。

　　他朝走来的姜子牙喊："师父，给这山洞起个名字吧！"

　　姜子牙说："你起吧！"

　　辛江洋想了想，说："这洞好像是神仙给咱们准备的。咱们呢，住在这洞里赛过活神仙。我说呀，就叫仙人洞。仙人洞，好不好？"

　　姜子牙称赞道："好，好，正合我意！"

　　他们收拾好了仙人洞，住了下来。几天之后，体力恢复了过来，姜子牙又教给了辛江洋一套枪法。这套枪法上打八方，下打四路，是元始天尊的看家武术套路之一，十分厉害。

　　姜子牙解开他的万宝囊，取出一只尖尖的闪光锃亮的枪

第二十二回　姜子牙磻溪垂钓　武樵夫渭水拜师

头，说："这是我的师父赠给我的。现在，我再送给你。今天交你一事去办，上山寻来一根小拳粗的枣木。寻回后，我有办法让它成为锯割不断、刀砍不折的枪杆。"

辜江洋点了点头，上山了。

姜子牙也找来了一根竹竿，在竹竿上拴了丝线，丝线上系了一个钓鱼钩。那钩无钩，是直的。然后，穿上一件蓑衣，缓步走到磻溪的仙人石边，坐在仙人石上，垂下钓鱼竿，开始钓鱼。

鱼钩在水中漂来漂去。

鱼儿在鱼钩旁游着……

他脑子里想着师父在他下山时的叮嘱，想着纣王的前前后后，想着读过的无数兵书，想着当今天下的风云变幻……

他并不去看自己的鱼钩，也不看水中的鱼儿，只是悠然自得地坐着。

一会儿，一阵清风吹来，无比凉爽。

他放声吟唱道：

> 天下有傻姜，
> 静坐磻溪旁。
> 垂竿钓大鱼，
> 鱼钩不平常。
> 大鱼来不来，
> 钓者不勉强
> ……

他的歌声传到了峡谷深处。有一樵夫听到了，顺着声音来到了磻溪。此人姓武名吉，以打柴为生。他看着姜子牙神仙般的神态，走上前来，放下柴担，施礼问道："打扰仙人，何时来此垂钓？"

姜子牙头也未转，闭着眼睛答："不必多问，山野村夫，并非神仙。你问何时来，我是来时来呀！"

武吉纳闷，又问："仙人从何处来？"

姜子牙答："从来的地方来。"

武吉惊叫起来："仙人，您是在钓鱼吗？您的鱼钩是直的，又无鱼饵，没钩无饵怎能钓上鱼来？"

姜子牙笑了，说："有钩不一定钓上鱼来，无钩也不一定钓不上鱼来。愿者上钩嘛！"

武吉似乎明白了些什么，问："我懂了。神仙您并不打算钓那鱼儿，对不对？如果真是这样，那您钓什么呢？"

姜子牙说："钓时机，钓王侯，钓愿意者。"

武吉深深觉得面前的这位长者不是一般的人，他诚恳地问："晚辈可否询问仙人的大名大号？"

姜子牙说："不必了。"

武吉直直地站着，一动不动，说："晚辈虽是樵夫，但胸怀远志，好学勤问，今日深感仙人不凡，才诚恳相问。"

姜子牙见武吉朴实恳切，点头说："唔，好吧。我姓姜名尚，字子牙，号飞熊。"

武吉听罢，"扑通"一下跪在地上，说："久闻大名，如雷贯耳。听说您卦谏纣王，被逼跳水身亡……"

说到这儿，姜子牙站起身，扶武吉起来，说道："跳水是真，死亡是假。快起来，快起来。"

这时，辜江洋手中举着一根又圆又直的枣木棍儿跑来，

第二十二回　姜子牙磻溪垂钓　武樵夫渭水拜师

喊："师父，找到了枣木棍儿。"

姜子牙介绍了武吉，然后接过枣木棍儿，浸在一洼浅水中。又从口袋里取出一包紫黑色的药粉倒入水中。霎时，那一洼水变成了紫黑色，水也"咕嘟咕嘟"如同开锅一样，冒起热气，窜出气泡……

过了一会儿，水平静了。姜子牙取出枣木棍儿，嘿，紫黑色的棍子，油亮油亮的。他取过枪头，安在棍儿上，用手一抖，"唰啦啦"一阵响，嘿！银尖紫杆，真是一把好枪！

姜子牙腰一弯，身一转，猛地挺身，胳膊一甩，"嗖"的一下，将那紫银枪投了出去。那枪流星一样飞向山石，"噗"的一下，迸出一束刺眼的金星。只见那枪竟刺进了山石，足足有几寸深。

武吉看呆了。

辜江洋双手拍着喊："好厉害！"

武吉跑过去，拔那枪，却拔不动。他摇那枪杆，却能弯能直。辜江洋走过去，双手握住枪杆，两脚立定，按着师父教的顶天立地功，一运气，喊了一声："起！"

那紫银枪随着喊声，"哧溜"一下，从石头中脱落出来。

武吉转身走到姜子牙跟前，又一次"扑通"一声跪在地上，说："武吉愿拜仙人为师，望仙人答应！"

姜子牙去扶他，见他怎么都不肯起来，便说："姜子牙实在不敢当。"

武吉哭了，说："仙人不收武吉为徒，武吉至死不起！"

辜江洋觉得武吉憨厚，也帮着说："师父，您就收下他吧！这样，我也有个师弟了！"

姜子牙笑了，说："年龄小的当师兄，年龄大的当师弟？

好,我答应了。"

武吉连续磕了三个头,说:"青天在上,山河为证。武吉今日拜姜子牙为师,终生不渝。跟随师父,赴汤蹈火,在所不辞!"

突然,辜江洋在溪边大叫:"师父,鱼上钩了!"

这可怪了,鱼钩无钩,又无鱼饵,鱼如何上钩?

姜子牙走过去看。

武吉也急忙站起身,向溪边跑去。

第二十三回　前往磻溪求圣贤　齐聚将台拜三公

辛江洋在溪边大喊："快来看，一条大鱼上钩了！"

姜子牙、武吉都跑过去观看，果然有一条大鱼用嘴咬住那无钩的鱼钩，摆来摆去，没有松嘴的意思。

武吉说："师兄，举杆拉绳试一试。"

辛江洋答应说："对，试一试。师父，行吗？"

姜子牙点点头同意了。辛江洋慢慢地举起鱼竿，慢慢提起丝线。那鱼紧紧咬住钓钩，跟着起来了。

辛江洋迅速一拽，那鱼就甩到了岸上。尽管已经落地，它却仍旧死死咬着那没钩的鱼钩。

武吉双手鼓掌，喊："这是天意呀！老天爷为庆贺我武吉今日拜师，特降美肴给师父！"

武吉把鱼钩从鱼嘴中抽出来，拾起那鱼，边跑回山洞，边说："今日午餐由我负责。请师兄帮我去山上拾些干柴来。"

武吉的柴担尽是湿的，辛江洋看看不好燃烧，就飞快地上山去拾干柴。到了山坡上，往远处一看，见有一队人马向这边走来，因为太远，看不清，但有一点可以肯定，那绝非普通百姓。

他抱着拾到的干柴，跑下山来，说："师父，有人马走来。"

姜子牙点了点头，并未说话。他坐在仙人台上，正在闭目练功。

过了一会儿，沿着溪边传来了说话与马蹄的声音。姜子牙站起身，走到山崖下，一纵身，跳到崖上。那里有一小片平地，崖下难以看到。他坐定以后，继续练功。

那队人马走近了。为首的三十多岁，高身材，瘦脸庞，一身武将装束，名字叫闳夭。他是西岐姬昌的大将军，能征善战，只是有些傲慢。

姬昌从朝歌返回西岐以后，稍作休养，就日夜操劳，访贫问苦，治理朝政，除去贪官，任用贤良，使西岐比往日更安定。有了安定，经济得到了发展，百姓安居乐业，国库也十分充实。

从朝歌逃来的难民越来越多，姬昌十分同情他们，为他们修造了房舍，分给了他们田地，让他们定居下来。

一天，他到难民住地观看，听到几个人议论黑夜偷赴临潼关的事，提到了姜子牙。

姬昌问："你们是姜子牙带过临潼关的？走的一条秘密山道？"

一位老者答道："回禀大王，是的。那姜子牙真是个神人。"

姬昌脸上现出喜悦的神色，自言自语地说："如此说，姜子牙姜尚已经离开了朝歌，来到西岐了！噢，太好了！太好了！"

第二十三回　前往磻溪求圣贤　齐聚将台拜三公

他转过身子，又问老者："老人家，你们可知姜子牙现在何处？"

老人摇了摇头，说："他带我们过了临潼关，走到金鸡岭，就同我们分手了。他还带了个徒弟。那徒弟年纪不大，却很能干。"

姬昌说："他应该是叫辛江洋，我见过他。那时他还像个孩子。"

姬昌又问了几个人，都说不知姜子牙去了哪里。回到西岐城，这天夜里，他坐卧不安，吃饭也不香，心事重重。二公子姬发见父王心中有事，不安地问："父王，为儿不知当不当问？父王是否心中不悦？"

姬昌摇摇头，说："不。"

姬发又问："父王身体不适？"

姬昌仍摇头，说："不。吾儿有所不知。我西岐多年来，实行仁政，国库充实，民心安定。本来我们只想管好自己，可是，树欲静而风不止，那商纣却仇视我们。血的历史、血的教训啊！你爷爷死在他们的屠刀下，你兄长死得更惨，我九死一生……"

姬发流着泪，说："父王所言极是。纣王在一天，我西岐就不会有一天安宁。"

姬昌说："我们与商汤有不共戴天之仇！仇，还是其次。主要的是它不让我们生存啊！要想生存，就要发展西岐，壮大自己，让它吃不掉西岐，啃不动我们。如若决战，我们就灭掉它，救商汤百姓于水深火热之中。要做到这些，需要有能征善战、运筹帷幄的英雄，也就是需要像姜子牙这样的人啊！"

姬发见父王求贤若渴，十分感动，说："那，我们怎样才能请到姜子牙呢?"

姬昌说:"听难民们讲,他已来到了我们西岐。只是不知他现在隐居在何处?"

姬发点头说:"如果已到西岐,那就好办多了。待我明日多派些人去寻找。"

姬发离去以后,姬昌处理了一些奏章,就在书房安歇了。躺在床上,他久久不能入睡。

大概已是深夜了,远处不时传来更鼓声,仿佛提醒人们:时候不早了,快些入睡吧。

姬昌听到门外有些响动,便轻声问:"谁在门外?"

门外的护卫将士答:"禀报大王,有人求见。"

姬昌皱起眉头,说:"如此夜深来访,定有要事,让他进来。"

门推开了,走进一位白发苍苍的老人。姬昌抬头观看,仿佛面熟,可又不认识,便问:"老叟姓甚名谁?深夜来访,不知何事?"

老人微微一笑,说:"你这孩子,怎么连我都不认识了?我是你的太公爷爷。"

姬昌似乎有点儿印象,太公爷爷?他想,我的父王是季历,我的爷爷是公亶父。对,他是公亶父!

公亶父是个了不起的人物。周人称他为大王。人们唱道:"后稷之孙,实维大王。居岐之阳,实始翦商。"当年,他为了避开戎狄的威胁,率族众离开豳地,也就是离开晋西南处,沿着渭水北岸西行,来到岐山之阳的周原定居下来。

应该说,公亶父是西岐周族人真正的创始者。

姬昌猛地从床上跳起来,穿好衣服,跪在地上,说:"太

第二十三回　前往磻溪求圣贤　齐聚将台拜三公

公爷爷，你是我们后代子孙的榜样。今日夜访，定有教诲！"

公亶父说："近日当有圣者来到西岐周原。我大周应当兴盛起来了。孩子，兴周灭商，是你的使命！"

姬昌重复说："孩儿记住了，兴周灭商！"

公亶父一指背后，说："我还带来了一个人，你看看是谁？"

话音刚落，从公亶父身后闪出一个人来。天啊！是一个没有头的血淋淋的站立的僵尸！

姬昌被吓坏了，惊叫起来："他是谁？噢，太恐怖了！"

那无头尸身的颈腔中发出了"嗡嗡"的声音，声音虽然低沉，但却十分清楚："姬昌我儿，我是你的父王季历啊！我是被商纣王他父亲杀害的。我死得好惨啊！你一定要为我报仇！"说罢，那无头尸身突然倒下来，压在姬昌的身上……

鲜红鲜红的血喷洒出来，周围全是血流。

姬昌大叫："父王！"

姬昌被吓醒了，原来是一个梦。

人们做梦，梦醒后，大多都记不清梦中的情景。可姬昌做的这个梦，每一个细节他都久久忘记不了。不但忘不了，还能牢牢记住梦中爷爷所讲的话……

第二天，姬发派出了好几批人马，外出查找姜子牙的踪影。

姜子牙，你在哪里？

闳夭率领的这一伙人沿渭河前行，走到了磻溪。见这里风光秀丽，他不禁惊叹道："西岐城外竟有如此幽静胜景，真是仙人的去处啊！"

他身后的一名兵士伸手一指前方，喊："前边似有人影，看，柴烟在飘！"

闳夭吩咐："走，上前探问。"

他们很快来到仙人洞洞口。闳夭喊："洞中有人吗？出来答话！"

辜江洋用胳膊肘撞撞武吉的腰，示意让他出洞应付。武吉点点头，走出洞外，说："何人呼叫？"

闳夭皱起眉头问："你可是姜子牙？"

武吉笑了，反问："你说呢？"

闳夭摇摇头，说："我看，不像。你听到过一个叫姜子牙的人吗？可知他在何处？"

武吉说："姜子牙，大名鼎鼎，早就知晓。只是他不在此处。"

闳夭问："他在何处？"

武吉学着师父回答他的问话时的语气，说："他呀，在他待的那个地方。"

闳夭斥责说："你这个人真不懂事！你没看到吗，是官府在寻找姜子牙。你的答话，像什么话？"

武吉哈哈笑了，说："官府？官府挨着我们什么了？我们是草野百姓，你是高贵的官人，你走你的阳关路，我过我的独木桥。"说罢，转身回到洞中。

闳夭很不高兴，说："哼，不识抬举！"说罢，驱马又往前走去了。

下午，各路人马返回朝廷，姬昌一一询问，他觉得闳夭遇到的磻溪之人有些不同平常。于是，决定次日亲自再去查看。

这一天，天下起了毛毛雨。姬昌仅带着侍卫前往磻溪。

第二十三回 前往磻溪求圣贤 齐聚将台拜三公

姬发劝道:"父王,天不作美,正在下雨。还是由孩儿前去吧。"

姬昌说:"不。我要亲自前往。"说罢,毫不犹豫地出发了。两个时辰后,到了磻溪。远处溪边森林中飘来了豪放的歌声:

…………
大鱼天上来,钓者心坦然。
垂钓并无钩,心比天地宽。
愿者心不怨,春风拂江山
…………

姬昌听此歌声,非同一般,连忙从马上跳下来,快步疾走,到这仙人洞处探询。当他看到一边劈柴一边唱歌的武吉时,连忙施礼,问:"听先生所唱,歌韵非凡,词意深远,您是不是姜子牙?"

武吉笑了,答:"今日来的官人比昨日的官人显得慈善。官人施礼,草民也就应该还礼。我唱的歌并非我作,是我师父姜子牙所作,是他教给我这个徒弟唱的。"

姬昌又一次施礼道:"原来先生是姜子牙姜先生的高徒,在下失礼了。请问,先生的师父现在何处?"

武吉一指溪边仙人石上坐着的垂钓之人,说:"我的师父就在那里!"

姬昌道谢后,连忙向仙人石走去。还没走到,就听坐在仙人石上的那人唱:

冬去春来兮，
花缤纷，
日落西山兮，
如暴君，
大河东去兮，
不可挡，
明君帷幄兮，
换乾坤。

姬昌听罢，喜上眉梢，说："唱得好，气魄不凡！"说罢，止住众侍从，独自一人，恭恭敬敬地走到仙人石旁，施礼问道："先生可是名闻遐迩的神仙姜子牙？"

那垂钓之人放下钓竿，转过头来，说："在下正是姜子牙。不过姜某不是神仙，只是一名野民村夫罢了。"

姬昌再次施礼，说："姜先生，我是西伯姬昌啊！久闻大名，并多次受到先生指教，早已铭记心中。只是不曾谋面，今日得见，三生有幸！"

旁边走过来的侍从说："我们大王一直在找您呢！"

姜子牙连忙站起身，还礼说："原来是西伯昌大驾光临，失礼了，失礼了，望大王恕罪。"

姬昌说："找你找得好苦啊！我不明白，姜先生在朝歌时，我是可望而不可即；可现在，先生既然到了西岐，为何到此隐居，而不到西岐城找我？是不是姜先生认为我西伯昌不值得与先生共事？"

姜子牙连连摇头，说："不，不。姜子牙始终敬慕西伯昌，我过去所作所为可以证明。今日来到西岐，我也只是想随

姜子牙垂钓磻溪

其自然，天下之事，不可强求嘛！"

姬昌拾起姜子牙的钓竿，问："有鱼可钓？"

姜子牙点头："有。"

姬昌这时才发现姜子牙的钓竿并没有钩，便奇怪地问："这怎么能钓鱼呢？"

姜子牙说："实话相告，姜子牙垂钓是假，思考是真。"

姬昌问："此话怎讲？"

姜子牙说："这里十分寂静，前有流水，后有山林。动与静之中，我在思考世态变迁。当今纣王无道，气数已尽；西岐施行仁政，前途无量。新旧交替，必然有一场激烈的较量。有谋有略，方能取胜。"

姬昌听后，心中更是佩服姜子牙，便说："我在见你之前，梦见我的先人太公说，将有一位圣贤来到西岐，他是我们的希望，有了他，西岐定会昌盛起来。我想，您一定就是太公所希望的人了！今后，我们就称呼您为太公望吧！"

姬昌回头对侍从们说："你们快快拜见太公望姜子牙先生！"

从此，人们就常常称呼姜子牙为太公望或姜太公。

姬昌将姜子牙请到西岐城，辜江洋和武吉也跟随前去。他们暂住驿馆，待新宅修好后，再搬迁进去。辜江洋在西岐城打听到了宋义仁的住处，见到了邑姜，对她说："大姐，师父携我与武吉来到西岐，前几日又被西伯昌接到城中，暂住驿馆。"

邑姜高兴地说："太好了！我好想念父亲啊！"

当天，宋义仁夫妇与邑姜在辜江洋带领下，来到驿馆，与姜子牙相见。多日不见，有说不完的话，直至很晚，辜江洋才送他们回去。

第二日清晨,西伯侯早朝,众文武大臣排列在大殿上,他向众大臣介绍了姜子牙,众人互相施礼。姜子牙将准备了数日的奏章呈予西伯侯。呈送前他将奏章读了一遍:

姜子牙多年来注目天下之变,观潮流,辨真伪,感慨万分。朝歌久居,了解民心,如同大河之波涛,翻腾向前,时高时低,高则咆哮,低则鸣咽。那天子商纣,日趋腐败,耗费巨资,修筑宫殿,时而鹿台,时而摘星之楼,酒池肉林,无所不为,百姓叫苦,怨声载道。商王宫中,奸佞得势,朝纲废弛;忠臣耿士,冒死进谏,屡遭杀害。四海荒芜,朝贡日缺,各方反叛,此起彼伏。各路诸侯,其志不一,然臣服殷商年久,难免有畏惧之心。有趋炎附势者,有立意抗拒者,有暗暗密谋者,有明哲保身者。叛离之势,已成气候。草野姜某,纵观天下,实感西岐仁政,为天下之冠,深得人心,得人心者应得天下。主公仁德,国运亨通,万民幸甚,如日东升。商汤气数尽,天下另归心,这是天意,也是民心。顺天意民心者兴,逆天意民心者亡。望兴不望亡,世之常情。然兴亡交替,又非易事。天意已存,民心已在,还需运筹帷幄,掌握时机。时机者,一为水到渠成,一为人志所谋。谋划确当,万事顺利。谋划不当,定遭失败。视当前之局面,商汤之强犹存,强弩之末,亦不可轻视。西岐虽地占优势,但国力还弱,仍需渐进,扩大版图。今日不努力,他日必亡国,不亡于商纣,则亡于其他。既有他日之亡,何不自强,以仁德统一天下,于国于民均有百利而无一害。长远计谋,必定东征。前有崇国之隔，崇侯虎为虎作伥，必定抗拒。后有戎人，亦不可大意。依草民之见，后抚戎人，稳固后方；征讨边国，扩大国力；普施恩德，爱民惜才，顺应天时，敬武重文，倡耕耘以实国库，教民武以壮兵力。国力尚弱，兵力欠强时，宜毕恭毕敬，顺依纣王，麻痹敌方，抓取时间，朝拜天子，除其疑虑。挟天子之令，平西戎，灭密须。如若顺利，速派工匠，呈珠宝，进美女，取悦纣王，促忠良离心，督纣王荒政。然后取其亲信崇国，打开通道，扫除进兵朝歌之障碍。另外，密使东方，鼓动夷人反叛，怂恿商兵东进，使其朝廷空虚，以利我军乘虚而入。到那时，天时地利，万民齐心，推倒商汤，拥立新王。此乃天下大势，无人可以抗拒。

众文武大臣听了姜子牙的奏折，发出一阵阵赞叹之声：

"真神人啊！不愧为太公望！"

"太精彩了！有理有据，令人心服！"

"一席话，驱除了我们西岐人的悲观想法。前途光明，大有作为，鼓舞人心！"

姬昌听后，心情也激动万分。有许多话是他想了多年的，只是憋在心中，没有讲出来。有些话，如同一盏明灯，点亮了他前行的道路，使他顿开茅塞。

他连连称赞说："好，好，太好了！"

退朝以后，姬昌又反复阅读了姜子牙的奏折，对姬发说："孩子，我们终于找到了一位可以率兵征讨商汤的军师与老师。明日颁旨，拜太公望姜子牙为军师，统率全军。"

这样，姜子牙姜尚又多了一个名字：师尚父。

第二十三回　前往磻溪求圣贤　齐聚将台拜三公

次日，西岐城东郊外的将台演练场，三军齐聚，威武雄壮，士气高扬。在战鼓号角声中，太公望姜子牙、周公旦和召公奭登上将台，被西岐王姬昌封为三公。太公望主持军事，周公旦主持外交，召公奭主持百姓教化与耕耘生产。

西岐王姬昌封罢三公，对站在身旁的二世子姬发说："三公已封，朝纲确立，文武齐心，图谋大业，不可松懈。"

姬发点头，说："孩儿记下了。"

西岐王姬昌与他的继承人姬发就是后来周朝的开国二王。前者即周文王，后者即周武王。

周公旦也是姬昌的儿子，姬发的弟弟。周公旦天资聪颖，勤学好问，只是个子不高，且背有残疾，稍稍驼背。人不可貌相，他雄才大略，能说会道，与太公望姜子牙珠联璧合，再加上威望极高又能务实的召公奭，真是鼎足三立，极好的搭档。

再加上朝廷中西岐王的好友太颠、闳夭、南宫适、散宜生等，真是文武人才济济！

姬昌、姬发父子二人正在说话，随侍来报："禀报大王，南宫适求见。"

西岐王姬昌说："请大将军进来。"

南宫适慌慌张张地进来，擦了擦脸上的汗，说："禀报主公，商纣派兵，越过崇国，向我西岐进发。情况紧急，特来禀报。"

西岐王姬昌一愣，问姬发："这是怎么回事？"

公子姬发问南宫适："前来多少兵马？由谁统率？"

南宫适答："据报由黄飞虎统率。他们到崇国后进行休整，补充粮草。返回崇国的崇侯虎担任了副帅。这二人已率军前来，共有两三万人。"

西岐王姬昌想了想,说:"速请军师太公望前来商议。"南宫适答应一声,然后派武士去请姜子牙。

第二十四回　献洛西取悦纣王
　　　　　　睦四邻献策姬昌

　　南宫适派人去请军师太公望，姜子牙不在驿馆，只有武吉在观读兵书。武吉说："我师父到新修筑的军师府去了。"
　　来人驰马到已经快要竣工的军师府，只见姜子牙正在与工地首领说话。那首领红着脸，有些激动地说："军师之意，下官明白。"
　　姜子牙说："既然明白，为何不照我的话做？"
　　那首领为难地说："军师府的图纸与修筑规模是大王定下的，下官怎敢随便改动？"
　　姜子牙说："减去一座院落，免去后花园，请你按我的话做！"
　　那首领问："如果西岐王怪罪下来，怎么办？"
　　姜子牙说："怪罪下来，由我解释，与你无干，如何？按我说的，不要豪华，减去一座院落，免去后花园。"
　　来报军情的武士向姜子牙施礼，插话说："禀报军师，大王与大将军南宫适有请。"
　　姜子牙点点头，然后又回头叮嘱了一下那首领，急忙骑马随武士来到朝廷大殿。

西岐王姬昌把军情讲给姜子牙后，问："师尚父，你看此事是否严重？"

姜子牙说："据我所知，每年纣王均派大军四处巡视，一是显示权力与威武，二是观察各地情势，三是传递信息诏命。依臣之见，应急派使臣前往迎接，并备丰厚礼品，一呈来将，二呈纣王。"

南宫适摇头说："前往迎候，军师所言极是，但不可放他们进入我西岐周地。他来大军，我们也应派大军，显示势均力敌的态势，以表明我西岐周地并非可以随便欺负的！"

姬发说："我看还是按师尚父的话做吧。"

姬昌点头，说："南宫适的心情可以理解，但当前不是我西周显示力量之时。按师尚父的话去做，依我看，还是师尚父亲自去为好。为保太公望的安全，可带将军闳夭率一万兵马前往。"

姜子牙点头说："好吧。事不宜迟，今日就出发。"

姬昌摇头道："今日？时间太紧，难以准备礼品。恐怕要三五日以后出发。"

姜子牙笑了，说："礼品是现成的，只需带上一纸大王的文书即可。"

姬昌纳闷，问："师尚父是何意思，请讲明白。"

姜子牙说："礼品有三，一为情意，二为实物，三为国土。西岐与纣，情意名存实亡，已是互怀戒心，两不信任。所谓实物，不外乎金珠宝玉、绸缎马匹、珍贵饰物、美人奴仆。这些纣王已不稀罕，无足轻重。今日送，明日送，是个无底黑洞。超乎以上二者，实为国土。国土为王之本，无土无社稷，王为空王。土与民相联系，有土即有民，国土与百姓是国的

第二十四回 献洛西取悦纣王 睦四邻献策姬昌

强大弱小之标志。任何国王均视国土为性命,因此,为取悦纣王,使之相信大王之忠诚,为今后发展解除麻烦和干扰,臣以为赠他洛水之西一片土地,供纣王狩猎娱乐,他一定会十分高兴。不知大王是否同意?"

南宫适说:"主公,师尚父所言有理。"

姬昌没有说话,他在思考,看了看姬发,仿佛在问:"你说呢?"

姬发说:"依孩儿看,师尚父之话可行。退一步讲,如若我们不发展,早晚会被人家灭掉。灭掉了,别说洛西一片土地,整个国土都完了。换个角度想,今日赠他一片土地,将来发展起来,我们灭了敌手,那洛西不仍是我们的土地?"

姜子牙点点头,说:"公子所言极是。"

姬昌最后下了决心:"好,就依师尚父的话去办!"

姬昌写了赠给纣王洛西土地的文书,又写了一封表示忠心的奏折,交给姜子牙,说:"军师一路多加小心。"

姜子牙回到驿馆交代了一下,让辛江洋与武吉照顾女儿,通知闳夭,立即率一万兵马出发。

姜子牙骑在战马上,对闳夭说:"将军接到命令,聚齐兵马,踏上征途,共用了多少时间?"

闳夭说:"禀报军师,共用了三个时辰。"

姜子牙点头,说:"很好。将军治兵有方,名不虚传。"

闳夭说:"谢师尚父夸奖。"

姜子牙又说:"你可听说过纣王部下大将军黄飞虎?"

闳夭点头,说:"大名鼎鼎,早有耳闻。您不是说,这次我们的对手就是黄飞虎吗?"

姜子牙点头说:"正是。我要提醒将军的是,如若今日之事发生在黄飞虎身上,他会用多长时间聚齐兵马,踏上征途?你猜猜?"

闳夭哈哈大笑,自负地说:"黄飞虎虽是名将,但也不会比末将强到哪儿去!我想,他若是我,今日恐怕也要用三个时辰才能聚齐兵马。"

姜子牙摇头,说:"不。将军差矣!黄飞虎只要一个时辰足矣。"

闳夭不以为然,冷笑了一声,喉咙里嘟哝了一句什么,没有听清。

姜子牙也不再说什么,只是询问粮草安排与兵士情绪。

几日行军,以最快的速度来到了崇国边境。早有探子报告了黄飞虎与崇侯虎。

军营中,崇侯虎说:"黄将军,果然不出本侯王之所料,姜子牙率一万兵马前来。依我看,我强敌弱,一举灭了他们,捉拿姜子牙送往朝歌,以解我心头之恨!"

原来,前次姜子牙逃走以后,之后就听说姜子牙在西岐当了军师,纣王怪罪崇侯虎,贬他返回崇国。

黄飞虎说:"事已过去,就算了吧。纣王派我们只是吓唬吓唬众诸侯小国,并没有真正想要打仗。"

崇侯虎怒气冲冲地说:"要不是他骗我,我怎会被贬离开京城!不杀姜子牙,难消心头之恨!"

黄飞虎说:"明日两军阵前,听他怎样说,再见机行事,万万不可鲁莽。姜子牙背后是西伯侯姬昌和西岐周地!"

崇侯虎不满意地说:"我又不是小孩儿,有什么鲁莽!哼,岂有此理!"

第二十四回　献洛西取悦纣王　睦四邻献策姬昌

崇侯虎心中不悦，一甩手，走出大帐。他边走边说："身为统帅，向着敌人说话，不可思议！"

黄飞虎哈哈大笑，那笑声从军帐中传出，飘得好远好远。崇侯虎自言自语地说："听费仲、尤浑讲过，他黄飞虎并不忠于纣王，早晚要解除他手中的兵权。走着瞧，别得意得太早！"

崇侯虎说得并不错，黄飞虎是纣王部下武将中最有正义感的。他同情西岐王姬昌，认为姬昌实行仁政，体恤百姓，是应该称赞的。他厌恶纣王的残暴与荒淫腐化。对于崇侯虎，他早知此人投靠奸佞，心术不正，根本瞧不起他。

黄飞虎哈哈大笑，正是他藐视崇侯虎的内心的表露。笑罢，他心中无比舒畅。

这时，探子进帐来报："将军，姜子牙率一万人马已经来到边境。"

黄飞虎问："还有谁与他同行？"

探子答："将军闳夭。"

黄飞虎点头，想了一想，吩咐说："你通知护卫，待姜子牙驻扎好后，请他明日来见。"

探子答应："遵命。"

探子去后，黄飞虎想，明日会见姜子牙，避开崇侯虎。但又一想，这样不妥。双方相见，虽尚未成敌，但已互有防范，不可让崇侯虎抓住把柄、陷害自己。因此，还是要他在场为好。

第二日，红日升空，天气晴朗，几丝白云在蓝天上飘荡，显得宁静宜人。不一会儿，护卫来报："西岐军师姜子牙前来拜会将军。"

黄飞虎转头望了崇侯虎一眼,说:"有请姜先生。"

姜子牙与闳夭一前一后,迈着大步,走进军帐,施礼寒暄后,姜子牙说:"西岐师尚父姜子牙请两位将军代祝天子陛下万岁、万岁、万万岁!"说着,跪拜于地,十分恳切。

黄飞虎连忙搀扶起姜子牙,说:"对陛下的祝福,飞虎一定转告。"

姜子牙又说:"子牙在朝歌时若有对陛下不敬之处,还望陛下宽恕。"

崇侯虎哼了一声,说:"哼,说得多么轻巧!你骗得我好苦啊!"

姜子牙连忙解释说:"子牙并没有骗你。那日子牙失足落水,被水卷走,直到几里以外,才被人救起。之后,为了谋生糊口,才流落到了西岐。承西岐王另眼相看,将军师重任交付于我,我盛情难却,只好担当。今日受西伯侯委托,前来迎候天朝大将,并奉赠重礼给天子与你们,望两位将军笑纳。"

崇侯虎点了点头,面部略有喜色,说:"有这等心意,也算你们西岐不负朝廷厚望。你说,都是些什么礼物?"

姜子牙说:"西伯侯将洛水西部土地贡献给陛下,供陛下狩猎娱乐。"

黄飞虎皱皱眉头,说:"如此厚礼,恐无必要。"

崇侯虎却笑着说:"黄将军差矣。此礼很好,回京城禀报陛下,陛下会奖赏你我有功呢!"

姜子牙对闳夭说:"闳夭将军,将洛西地图与西伯侯的文书交付两位将军。"

黄飞虎接了地图。

崇侯虎接了文书。

第二十四回 献洛西取悦纣王 睦四邻献策姬昌

黄飞虎说:"陛下肯定十分高兴。"

崇侯虎稍稍停了一会儿,斜眼望了望姜子牙,说:"不是说,还有赠我与黄将军的礼物吗?"

姜子牙连声说:"有,有,是珠宝玉石啊!"

闳夭有些不安,小声在姜子牙耳边说:"师尚父,我们没带这些礼物呀。"

姜子牙假装说:"是呀,是呀,我们带了许多珍贵礼物……"

黄飞虎双手一摆,大声说:"好了,不要再提赠我们礼物之事!洛西土地贡献陛下,我们高兴。至于我们,绝对不能收什么礼物。好了,你们不必多虑,可以返回西岐都城去了!"

崇侯虎悄悄拉了拉黄飞虎的衣袖,说:"人家带有赠送你我的珍宝,你为何不收?你不收,我收!"

黄飞虎大吼道:"除了陛下贡品之外,我什么也不收,你也不许收!"

姜子牙施礼说:"姜某早已闻听黄将军廉洁清正,果然名不虚传,佩服,佩服!"

闳夭这才松了一口气。

姜子牙与闳夭告辞了黄飞虎、崇侯虎,返回军营,闳夭说:"师尚父刚才说还有礼品的话,可把我吓了一跳。军师何以知晓会是如此结局?"

姜子牙笑了,说:"我在朝歌生活多年,深知黄飞虎为人正直,不贪财,不受贿。所以虽未准备礼品,但心中有数。事实证明,黄飞虎确实不收礼物。他不收,也必定阻止别人收。"

闳夭说:"军师细心与料事无误,令下官佩服。"

第三天,姜子牙老早就把闳夭叫醒了,说:"将军,恕我这么早叫醒了你。"

闳夭问:"有什么事吗?"

姜子牙神秘地说:"快起来,跟我走。"

闳夭迅速起来,穿好衣服,随姜子牙登上一座山丘。这时,天刚刚亮,在拂晓的晨光中,他伸手指着山丘右前方的下边,说:"瞧,那是黄飞虎的营地。"

正说着,只听军营中传出一阵号角声。霎时,那军营从睡梦中醒了过来。几处冒起了青烟,更奇的是,一片军营帐篷转眼间消失了。上万人马在一个时辰左右,吃完了早饭,集合了队伍,向南方开拔而去……

闳夭看呆了,连连说:"了不起,了不起!名将黄飞虎,果然厉害!谢谢军师为我上了一课。不然,我还真是不服气呢!"

姜子牙拍了拍闳夭的肩头,说:"将军能够取长补短,定有长进。将来有许多恶仗要你去打,但愿西岐兵士不比对手弱。将军能否理解我的话?"

闳夭点点头说:"闻听太公望一席话,胜读十年圣贤书!"

姜子牙与闳夭完成了使命,率兵顺利返回了西岐都城。西岐王姬昌听了他们的汇报后,高兴地说:"太公望立了一功,应重奖战马五十匹、粮食八十石、绸缎三十丈!"

姜子牙摆手说:"大王容禀,子牙所为乃应做之事,何需奖赏?请将这些奖赏闳夭将军。"

姬昌说:"这奖赏望师尚父收下。至于闳夭,我另有赏赐。"

第二十四回　献洛西取悦纣王　睦四邻献策姬昌

姜子牙坚决不受，说："望主公收回。子牙心领了。如若非要赏我，我将辞去官职。"

姬昌十分感动，说："既然如此，我也就不奖了！只是我要对天下人说，师尚父清廉正直，是我西周的光荣，是天下人的榜样！"

姜子牙看到西岐王姬昌热泪盈眶，心中也不免万分激动，不由也含着热泪说："主公啊！姜子牙肩负重任，一心想的是去拼命完成它。主公的褒赞，比千金万物还珍贵啊！"

闳夭见军师如此，心中佩服，也不受奖赏，说："将赏赐留在国库，让它为我西周的将来铺下一块基石。"

姬昌对姬发说："孩子，你看到了吧，一支军队，有什么样的帅，就有什么样的将；有什么样的将，就有什么样的兵士！这就叫作上行下效啊！"

姬发转身对姜子牙说："师尚父此次长途跋涉，十分辛苦。告知您一个好消息，军师府已修好，现在您就可以回府看看了。"

姜子牙施礼道："谢主公与公子。"

姜子牙告辞西岐王姬昌和公子姬发，出了朝廷，忽然看到一群人马从远处奔来。恰巧此时辜江洋也在此处等候师父。

辜江洋说："我知师父归来，特在此处接师父去军师府。"

姜子牙问："那一伙人风风火火是干什么的？"

辜江洋说："听人们说，是临近西岐的虞国国君与芮国国君因土地发生了争执，虞国国君前来搬兵，求西伯侯征伐芮国。"

姜子牙点了点头。正要跟辜江洋回去，忽然停住脚步，从路旁折下两根柳枝，比了一比，一般齐，都是四寸长。接着，他又将其中一枝从中间折断，交给了辜江洋，说："快，将这一枝没折断的和折断的柳枝送到侯府门口，交给侍卫，就说是师尚父要交给西伯侯的。"

辜江洋接过柳枝，说："是。"说罢，向侯府跑去……

第二十五回 施巧计诱敌深入 征密须旗开得胜

西伯侯姬昌正与公子姬发说话，侍卫匆忙进来说："大王容禀，虞国国君前来求见。"

虞国（今山西平陆）是西岐近邻，一直与西岐友好。姬发见虞君前来，料定有事，便连忙迎了出来，说："国君前来，未曾远迎，祈望原谅。"

姬发领着虞国国君来到大殿，姬昌也迎上去，拉住虞国国君的手，问候道："久未相见，十分想念。"

一声问候，引得虞国国君忽然抱头痛哭，边哭边诉说道："西伯侯啊，你可要帮帮我，不能坐视不救啊！"

西伯侯姬昌劝道："虞君勿太悲伤，有话慢慢讲来。"

虞国国君哭诉道："那芮国好霸道啊！"

芮国（今山西芮城）是西岐的邻国，也是虞国的邻国。

姬昌问："芮国做了何等错事，惹得虞君如此悲伤？"

虞君抹了抹眼泪，说："两国交界处有一名叫垦的地方，明明是我国农民开垦出的土地，种的粮食，他芮国却说是属于他们的，真是不讲理！这且不说，他没有理，还扬言要用武力解决。我请求西岐王看在友邻的面子上，派兵教训教训他们。"

姬昌听后，也觉得芮国不对。芮国很小，如若派兵，有五千兵马就可踏平他们。正要说话，忽然贴身侍者走进来说："禀报大王，太公望有一物交您。"说着，将那柳枝递给姬昌。

姬昌一看，是一根长的柳枝和两根短的柳枝，两根短的接在一起正巧是那长的长度……

他想：这是何意？

虞君正要再度恳求，话刚到嘴边，护卫长官又来报告："禀报大王，芮国国君到。"

姬昌一听，心中一惊，想：真糟糕！冤家路窄，这可怎么办？只好先去迎他，否则，就失礼了。

姬昌对公子姬发说："你先陪虞君坐坐，我先去见见芮君。"说罢，走出大殿，一边走一边观看姜子牙送来的柳枝。他在琢磨，整根的是我西岐，折断的一是虞君，一是芮君。从中折断，各一半，即公平相待，不可偏向。或者说，两短一长，两短各为虞芮，劝其和好，团结起来，合成一根长的。而对待两国，要站在中间，一分为二。不管怎么讲，都是一个意思……

对，就按太公望的意思办！

来到宫门，见到的是满面愁容的芮君。寒暄之后，二人步入宫中。芮君一边走一边说："西伯侯，你是了解我芮君的，从不与人无理取闹。可那虞君竟将我国农民开垦的荒地全都抢占了去，真是岂有此理！我想，对他这种人就应教训教训！"

姬昌拉住芮君的胳膊，缓和地说："芮君是讲理的，这我知道。"说着，将芮君领往西殿，让芮君坐下，命人端上热茶。姬昌吩咐侍卫说："请闳夭将军前来。"

第二十五回 施巧计诱敌深入 征密须旗开得胜

不一会儿，闳夭到了。他拜见了姬昌和芮君，问："主公唤我，有何吩咐？"

姬昌说："芮君今日来访，我们高兴。他多日未来，西岐有很多变化，你携芮君走一走，看一看，散散心，然后归来，我等设盛宴款待。"

芮君不明姬昌真意，只当是让他散散心，所以说："难得西岐王如此好心，好吧，待我去走一走，回来饭桌上再向您诉说。"

闳夭陪芮君去了。

姬昌返回东殿，见公子姬发正陪虞君说话，而虞君的神情已缓解多了，便说："虞君，西岐你多日未见，变化颇多，我想让公子陪你出去走走看看，散一散心。有话待你归来在我设的迎贵宾的宴席上再讲，如何？"

虞君点点头，说："难得西岐王如此好意。好吧，只是打扰公子了。"

姬发笑着说："不要紧的，侄辈很愿意陪虞君走走。"说罢，他们也去了。

临走时，姬昌叮嘱公子姬发说："芮君已由闳夭陪同去了南郊，你要往北郊走。"

送走了虞君，姬昌叹了口气，自言自语地说："幸亏太公望提醒，不然，我西岐又会陷入一场无休止的纠纷中。等他们归来，公平解决，以和为贵才是。"

太公望姜子牙首先想的是西岐周围的安全，俗话说，家家都怕后院起火，只有做到无后顾之忧，才能全力向外发展。

姜子牙在新修造的军师府中走了一遍，对辛江洋和武吉说："我受之有愧呀。主公待我如此，是对我抱有希望，希望我灭商兴周,图谋大业,你们说是不是?"

辜江洋说:"师父所说不错。不过,师尚父完成此事似并不困难。"

武吉说:"师兄说得对,师尚父的雄才大略,对付商纣绰绰有余。"

姜子牙听了,哈哈大笑。笑罢,转而严肃地说:"你们二人何时学得如此世俗?什么不困难呀,雄才大略呀,绰绰有余呀,我不爱听。你们应该知道,时势造英雄。我只是顺应时势罢了。商汤腐败,纣王无道,即使没有我,没有西岐,他也会败亡,败亡在王子牙刘子牙或南岐北岐之手。当今西岐呈上升趋势,但将来能否战胜商汤,实难预料,所以还要十分谨慎才是。"

辜江洋点头说:"师父提醒得对。还有一事,与师父商议。就是邑姜姐姐要不要搬来军师府住?"

姜子牙想了想,说:"搬回来吧。另外,也请宋义仁夫妇来住。这些年亏得他们照顾,费了不少心。东院给邑姜住,西院给宋大哥夫妇住,你们两位住在南院。这事你去办吧。"

辜江洋答应道:"是。"

姜子牙对武吉说:"我想近日会有商汤纣王的诏令送来,你去看看。"

武吉去了一会儿,回来说:"师父果然说得准确,朝歌传来纣王诏令,为西岐赠贡洛西土地,特赏西伯侯彤矢、彤弓、黄钺、黄斧等物,并允许西岐代朝廷管理征讨周围叛国。"

姜子牙听后,双手击掌,说:"好极了!"

几天后,西伯侯姬昌早朝,众文武大臣议事以后,散朝离去。姜子牙走到姬昌跟前,问:"主公,那日虞君与芮君两位

第二十五回　施巧计诱敌深入　征密须旗开得胜

国君的纠纷是否解决了？"

姬昌笑了，说："多亏师尚父的柳枝，要不我就可能向着虞国，派兵压制芮国，要芮国归还土地，赔礼道歉。在你柳枝的提醒下，我想，还是以和为贵，让他们双方都成为我们可靠的朋友。当时，我让他们分头去观看我们南郊、北郊的农家。虞君在北郊见到两农家有了纠纷，和气地化纠纷为友好，互礼互让，很受感动。芮君在南郊见一菜农与买主争吵，后来双方也是互相礼让，解决了纠纷。他们归来后，态度大变，最后在我和姬发的调解下，终于将荒地一分为二，各占一半，礼让和解了。"

姜子牙说："主公处理得极好。睦邻之举，是应时时牢记。还有一事，禀报主公。派往东夷的使臣已经说服了他们，起兵抵抗商纣。听说，商纣来了赏诏？"

姬昌点头，说："不错。师尚父估计得很准。他上了师尚父的当，得了洛西一片土地，赏给我们一些兵器，最重要的是让我们代他征讨反叛者。"

姜子牙说："挟天子令以讨各国。先下手为强，但千万不可张扬。"

姬昌想了想，说："午后再仔细商议。"

姜子牙点头说："好。"

午后一个时辰，姬昌、姬发、姜子牙、周公旦、召公奭、南宫适、散宜生、闳夭、太颠等文武大臣聚集在侧殿密室中，商议军机大事。

姬昌说："现今东夷起兵，商纣顾东不顾西。为了安抚我们，而我们又做了无比忠诚商纣的姿态，所以他给予了我们兵器和权限，因而对我们极为有利。机不可失呀，我们要征服那些不服从西岐管束之国！"

散宜生说："依臣之见，应先将那些已经臣服的国家灭掉。那些小小君王，该重新封官的封官，该诛杀的诛杀，该关押的关押。"

周公旦说："不可。已经臣服之国，百依百顺，起兵讨伐，有失仁义，会被天下诅咒的。"

姜子牙说："周公所言极是。行仁义，出师有名，得人心。人心向背，关系重大。依臣之见，可先攻打密须。"

密须（今甘肃灵台）是个小国，但一直骚扰西岐周地，并且蚕食边疆，是西岐边患之一。姜子牙想了想，又说："密须离我们最近，出兵甚便。"

太颠说："我看不妥。密须国王十分精明，如果与他纠缠，一时制服不了，后患无穷。依臣之见，不如先征服像芮国、虞国那些不堪一击的小国。"

姜子牙说："姜某遍读兵书，兵书中有话曰，伐逆命不伐顺命，伐艰难不伐容易。先王用兵亦如是。我们只应伐密须，虽难，但其影响极大。我们如果轻而易举地灭了芮国、虞国，又有什么意义呢？那是将来统一天下时要办的事啊！"

姬昌点点头，说："师尚父言之有理。只是，我们出师无名，不能轻率从事。"

姜子牙想了想，说："据臣所知，大将军南宫适曾在几年前征讨过密须，虽未将其灭掉，但也重创了它。几年来，密须养精蓄锐，时刻想报此一箭之仇。依臣之见，可派大将军南宫适率少量兵将，到边界驻扎。密须王是个复仇心极强之人，性格急躁，他会寻机报复，挑起战火。到那时，我西岐出师有名，挟天子诏令，平叛贼逆，天下心服。"

第二十五回　施巧计诱敌深入　征密须旗开得胜

众文武大臣没有异议，姬昌说："此事请师尚父与南宫适将军二人去办。"

姜子牙与南宫适一齐道："遵主公命。"

姜子牙与南宫适商议后决定，南宫适仅率两千人马前往西岐周地与密须交界之处的阮（今甘肃泾川）驻扎下来，不能犯敌，但要制造一种战争气氛。

密须果然中计了。

密须见南宫适仅率两千人马前来边境，认为这正是复仇的极好机会。于是，便决定先下手为强，打他南宫适个措手不及，灭灭西岐的威风。

仅仅十天，密须就备好了兵马粮草。然后又以一万精兵强将，突然向在阮的南宫适发起攻击。

南宫适并不拼死抵抗，而是且战且退，退到了一个名叫虎狼洼的地方。在虎狼洼，姜子牙率领的五万兵马，已在虎山背后设伏。

狼山左侧是一条江河，水流湍急，河水极深，河床也宽，木船往来两岸一次也要两个时辰。狼山右侧是一悬崖峭壁的夹道，人称一线天。那儿可真是"一夫当关，万夫莫开"呢！

南宫适将人马驻扎在狼山之下，密传将令："可以洗澡、洗衣，伪装放松警戒，以麻痹敌人。"

密须王且战且进，心中十分高兴，心想，南宫适曾经不可一世，号称一代名将，今日让他也尝尝逃跑与兵败的滋味儿。

追兵到了虎狼山，这里地势密须王并不熟悉，但他身经百战，经验丰富，见前边是一线天，仅能走过两人的高山夹道，立刻警惕起来。

密须王传令探子:"前往探听一线天里西岐周兵的情形。"

探子分三路出发,一路走一线天,一路走南山,一路走北山。走一线天的比较顺利,到了虎狼洼,看到西岐周兵有的在河水中嬉戏,有的在洗衣,有的在睡觉,有的在聊天……

走南山的探子登上狼山,看到的情景与走一线天的探子的报告完全一样。唯独走北山的久久没有回来。

北山就是虎山。虎山这边没有路,只能从虎狼洼里一条河道登山,山高林密,几万人马藏身其中,很难被人发现。如果从山外攀登虎山,十分艰险。密须王不放心,又派两名探子去察看。好一会儿,探子回来说:"禀报大王,前边派去的两名探子,不幸坠山身亡,我们已将尸身扛回。"

密须王点头说:"知道了,将死者就地掩埋。传我命令,午后一刻,偷袭虎狼洼的西岐兵营。各路将士做好准备,不得有误!"

将士们得令,都准备去了。

午后,南宫适密令兵士假装午休,有的躺在草地上,有的躺在树荫下,有的躺在山凹处……

仿佛西岐的士兵与将帅全都进入了梦乡。

密须王听了探子的报告,认为时机已到,就命令全军:"悄悄穿过一线天,进入虎狼洼,一举消灭西岐南宫适的全部人马!"

密须军开始行动了。他们有顺序地一排一排走进了一线天,然后沿着两侧山脚,向前移动,打算包抄南宫适的兵马。

南宫适这时在哪儿呢?他一直躲在军帐中,自始至终睁大着眼睛,从几个气孔中注视着密须人的动静。

当他看到密须兵士进入虎狼洼后,便轻轻拉了一下军帐中

第二十五回　施巧计诱敌深入　征密须旗开得胜

的一根绳子。那绳子的另一头系在军帐顶部的一块翻板上。绳子一拉，翻板翻过来，在军帐上边显出一块红色。

这红色信号是通知北山也就是虎山上埋伏的姜子牙的，意思是：注意了，敌兵已进入虎狼洼。

专门在观察信号的探子前来报告："禀报师尚父，南将军的信号告知，密须兵已开始进入虎狼洼。"

姜子牙说："唔，知道了。很好。"

不一会儿，在另一处观察的探子来报："禀报师尚父，密须兵大多已进入虎狼洼，仅有少数留在一线天外。"

姜子牙说："好，知道了。"

刚刚说完，就听到山下虎狼洼传来了震耳欲聋的喊杀声。姜子牙命令说："迅速点起烟火！"

霎时，几个山头燃起了烟火，冒起了滚滚浓烟。

埋伏在各个向山洼冲杀的有利地形中的西岐兵，如同天降神兵一样，从四面八方冲了出来，在山洼中的密须人顿时慌了手脚。

南宫适在洼地北侧一连杀死三个密须人以后，喘了一口气，甩去了刀上的鲜血。他看到靠近一线天的出口处，密须王骑在马上，急得满脸通红，挥着手中的长矛，用他们的语言呼喊："退，退出洼地，快！快！"

南宫适与周边各国有多年交往和征战的经验，对于他们的语言多少能懂一些。

他一听密须王想要逃跑，便对身边的几个护卫说："你们几个到一线天处堵住出口，不让密须人逃跑。"

几个护卫答应了一声，飞奔而去。不一会儿，他们几个又回来了。

南宫适生气地问:"为何不听我的将令?"

护卫们答道:"将军之命,我们哪敢不遵!是军师师尚父让我们回来的。他说,将军安全重要,让我们保将军万无一失。若有伤害,拿我们是问。出口处他自有安排。"

南宫适听后,心中涌上来一股暖流,十分感谢军师姜子牙的关照。南宫适已过中年,尚未成家。他自幼父母双亡,出身贫苦,但好学勤问,练就一身好武艺。早年在宫中任护卫,后来因作战英勇、处事果断,西岐王姬昌对他十分信任,他终于成了西岐的名将。

不一会儿,半山坡上有人喊话:"密须国的将士们,你们已被围在虎狼洼,死的死,伤的伤。你们的国王已被我们西岐擒获。他承认是他挑起的战事。你们赶快放下武器,跪下投降,免你们一死。如若反抗,定杀不赦!"

人们抬头看那喊话的半山坡上,果然,密须王被紧紧地捆绑着。

姜子牙站在密须王身旁,看到大多数密须将士放下了武器,正跪在地上高喊:"我们投降了!"

他转身吩咐身旁的武吉和辜江洋:"为密须王松绑!"

那密须王怒目而视,大声吼道:"要杀就杀,本王并不怕死!"

姜子牙听将士们翻译以后,微微一笑,上前用衣袖拂拭去密须王脸上的灰尘,说:"我不杀你,你放心。此次交战,是你先发兵攻我,这是你的不对。人非圣贤,总会有一念之差,我可以原谅于你。只是今后不可再犯。"

密须王一愣,眼珠一转,说:"你不杀我?你是什么人?即使你不杀我,那南宫适也会杀我!"

第二十五回　施巧计诱敌深入　征密须旗开得胜

身旁的人说："这是我们的师尚父，军师姜子牙。"

姜子牙说："不错，我是姜子牙。我向你保证，包括南宫适将军在内，我们都不会伤害你。"

密须王眨眨眼睛，转过身，迈出一条腿，回过头来，试探着说："我可以走了？"

姜子牙点点头，说："你如果愿意走，就可以走。不过，还有你的将士们，如何处理？"

密须王又迈出一条腿，仍试探着说："我的将士，我带他们返回。我可以走吗？我可要真的走了——"

旁边的人看了，又好笑，又好气。武吉哼了一声，嘟囔说："真该杀！"

密须王仿佛听到了，瞪着眼问姜子牙："他是何人？他说什么？"

姜子牙连忙说："他是我的徒弟。他说，你真傻。"

密须王皱眉问："我真傻？"

武吉知道自己说走了嘴，连忙说："是，是。我说你真傻，不傻，为何不快走？"

密须王不再说什么，一步一回头地走了。他看西岐人确实没有阻拦他的意思，便对姜子牙一拱手，说："多谢军师。我再往前走，不会从背后射我一箭吧？"

姜子牙命令身旁的弓箭手："放下弓箭！"

就在弓箭手放下弓箭的一刹那，密须王猛地转回身来，跑到姜子牙面前，"扑通"跪在地上，说："师尚父，密须王我向你请罪！是我不对，是我无数次骚扰西岐，我请西岐人原谅我！"

姜子牙连忙上前搀扶密须王，说："请密须王起来，不要这样。以后我们互为友邻，永不为敌。"

密须王站起身，眼含热泪，说："军师放心。如若我今后有变，雷打电击，死无葬身之地！"说罢，面向山下，高声喊道："密须将士们，我是密须王。你们一齐面向这边，向师尚父跪拜施礼！"

密须将士们一齐呼喊："拜师尚父！"

密须国王率领他的军队离去了，临走时，姜子牙将几百件耕作农具赠给他，说："但愿今后我们再也不要刀兵相接了。"

密须国王握着姜子牙的手说："是是。请军师转奏西伯侯，我密须国愿与西岐周地永结友好。另外，我回国以后，愿前去劝说共国（今甘肃泾川北）、混夷（今陕西邠县）一同归降西岐周王。"

送走密须王和他的军队以后，南宫适对姜子牙说："太公望，我此次随军师您征伐密须，可长了知识。"

姜子牙笑了，问："此话怎讲？"

南宫适怀着敬佩的心情，说："我经历的大小战争数不尽，出生入死，为西伯昌拼命讨伐敌手，心甘情愿，但大多是死征死战，极少谋略，所以虽取胜而损伤亦大。此次却大有不同，以少胜多，以小换大，而且化战争为和平。军师比我高明，佩服佩服！"

姜子牙刚要再说什么，这时却来了西岐王姬昌的使臣。使臣施礼，说："西伯侯得知征密须获胜，十分高兴，特命本使前来祝贺，并请军师速回西岐城，大王有要事与太公望相商。"

南宫适望望姜子牙，问："会有什么要事？"

姜子牙想了想，说："又有你南宫适将军的仗打啰！"

南宫适半信半疑，问："真的？"

姜子牙哈哈笑了，说："信不信由你！"

第二十六回　伐黎国试探商纣
投西岐拜卿辛甲

西伯昌见姜子牙与南宫适获胜归来，十分高兴。多年来，密须频繁骚扰使他非常烦恼，这一次看来是彻底解决了。

南宫适说："一托西伯侯之福，二靠军师的计谋。要是平日，依我与密须王之仇恨，我早就杀他了。可太公望却以礼待之，使他又劝说其他敌国来降，真是收了庄稼又收菜，一举两得啊！"

姜子牙摇摇头说："计谋只是其一，没有南宫将军及其兵将的勇猛，就没有制服敌人的前提。此次取胜，南宫将军功不可没。"

姬昌点点头说："大胜归来，应当犒劳。另外，据密使从东夷回来报告，东夷已经起兵去攻打商汤守城，纣王已命闻仲率十万大军去镇压东夷。我想，朝歌此时空虚，我们可以发兵乘虚而入。特请你们回朝商议。"

姜子牙没有说话。

南宫适说："大王所说有理。朝歌空虚，仅剩御林军几万人马。这是打败商汤的好机会。"

姜子牙说："主公，此事重大，容我回去再好好想想。"

姬昌说:"好吧,明日早朝我们再议。"

第二天早朝,文武大臣排列整齐,施君臣之礼以后,姬昌说:"众爱卿,近获情报,东夷起事,商纣派闻仲率十万大军前去镇压。此时,朝歌仅剩几万御林军,不堪一击。有爱卿上本,建议我们应趁机迅速夺取朝歌,灭掉商汤。我思考再三,主意难定,决心难下。众爱卿足智多谋,有什么想法,说一说,供我参考。"

太颠出班奏道:"主公容禀。依臣之见,可举兵伐之。商汤失去人心,已为万人咒骂。替天行道,惩治恶人,事不宜迟!"

散宜生说:"臣以为不可。商汤大兵虽已东去,但其根基尚固,一举灭亡,恐怕未必。依臣之见,灭商时机,尚未成熟,万勿妄动!"

有几位大臣窃窃私语:

"请太公望说说看法。"

"师尚父定有高论。"

姜子牙出班奏道:"臣亦思之再三,尚不确定。事情重大,再三议之,十分必要,这正是主公英明之处。为臣是这样想的,世界万物均有早中晚、上中下、表里心之别。商纣无道,有目共睹。无道有三,一是如同树上烂梨,一碰即掉;二是外壳已有虫蛀,斑斑点点;三是虫已入里,但梨心尚存,倘无大风巨力,那梨仍牢存枝上。纵观当今,商纣虽失去人心,大兵又移东方,朝歌空虚,但尚不属于烂梨。一旦我西岐出兵,它不仅有数万御林军,同时也还可搬来不少救兵以勤王。再看我西岐,经数年经营,已兵精粮多,且又平定了后方边陲。可是,我方终归还显得弱小,即使是以石击石,亦不可妄动。只有我为石、纣为卵时，才可兴兵伐之。此为臣所思，说出来，供主公参考。"

众文武大臣听后，纷纷说：

"太公望所说在理。"

"水到渠成即是此理。"

"那，我们总不能无所作为，等纣王成只烂梨啊！"

姬昌又说："太公望的话似未述尽，请继续讲。"

姜子牙说："现今纣王对我西岐尚无戒心，所以他才敢调重兵东去。商纣虽无道，却绝非庸人。他始终怀疑我等不忠，关注我们的重大兵事。当然，我们如向西发展，他不会怀疑，因为那样就越战越远，对他构成不了威胁。请主公与众大臣想想，如若我们挥师向东，向商汤地界进发，比如攻打黎国、讨伐崇国，商纣将如何对待？"

"对，攻打黎国，看他商纣如何动作？"姬昌望望众文武大臣，从他们的目光中，似乎已证实了他们的想法与自己的这一想法是一致的。

你面前有一巨物，它有多大力气你不清楚。那就试试。对，伸出你的触角，去试探试探。

黎国（今山西黎城）并不大，但它处于西岐与朝歌中间。如果说朝歌是一个人的心，那黎就是那人的四肢。姬昌嗓嗓嗓子，提高了声调说："我们可通过伐黎来试探商纣。若商纣大怒，我则暂退；若商纣不管，则黎臣服后便可为我东进铺平道路。众卿若无异议，就这样去做了。"

众文武大臣异口同声说："主公英明，此议可行！"

早朝散后，姬昌留下了姜子牙、周公旦和召公奭，说："太公望，率兵前往，非你莫属。屡次劳累您，姬昌心中不安，此次是否我也亲自前去？"

站在一旁的周公旦说："父王不必前往。朝廷大事，每日繁杂，均需父王处理。此次出征黎国，由孩儿陪同师尚父前往吧。"

召公奭摆摆手，说："我朝许多政纲律法等等，均在起草、试行之中，大王与周公旦均不宜离开，此次征伐，还是我与太公望前往吧。我一不懂兵法，二不会武艺，但歌喉尚佳，闲时为太公望唱上一首民谣，可为军师解忧，岂不美哉！"

召公奭的话逗得姬昌和姜子牙哈哈大笑起来。姜子牙说："众所周知，召公是能说会唱的高手，有一次，我路过召公府邸后花园外墙，听到墙内传出动人的歌声，不由吸引我驻足倾听，足足听了一个时辰。后来，才知那是召公的歌声。既然召公不辞辛苦，愿随军前往征讨黎国，我看，那是我们的幸运。不过，召公可要多准备几首歌！"

召公奭笑着说："好好好。我准备就是了。"

确定召公奭随姜子牙率七万兵马征伐黎国以后，姬昌发布了诏书，开始做各种准备。半个多月过去了，一切都准备就绪后，便择吉日举行了祭礼，然后就出发了。

姜子牙悄悄地叫来了辜江洋，说："江洋，有一重要之事要你去办。"

辜江洋说："军师尽管吩咐，江洋赴汤蹈火在所不辞。"

姜子牙将一封书信交给辜江洋，说："你带领轻骑二十人，偷入黎国，绕道黎城，从东往西往回行进，佯装西岐密使从朝歌返回西岐。在黎兵追赶你们时，故意将这封信丢给他们。不要露出破绽，也千万不可被他们擒获。"

辜江洋将信收好，说："江洋明白。"

第二十六回 伐黎国试探商纣 投西岐拜卿辛甲

姜子牙派了二十名轻骑，跟随辛江洋前去。七万大军到达黎国边境至少也要半个月，而辛江洋一行日夜兼程，仅用了四天，就神不知鬼不觉地进入了黎国。为了不让黎国人发现，他们是在子夜绕过黎国都城到达东部的。这里再往东就是朝歌管辖的商地。辛江洋在一棵大柿子树下，招呼众人停了下来。他巡视了一下四方，黑黢黢的，什么也看不清，便说："各位兄弟，下马歇息。待天拂晓时，我们就往回返。"

众骑手下马，打开皮垫，拴好战马，躺下睡觉。除哨兵外，其他人霎时就都进入了梦乡。

远处传来了鸡叫。鸡叫三遍后，辛江洋喊醒了大家，说："醒一醒，抓紧吃些干粮，准备出发。"

众骑手很快吃罢了早餐，一个个飞身上马，说："辛将军，我们已经准备好了。"

辛江洋点了点头，说："一会儿走时，不必匆忙。我在最后，遇到黎国巡逻兵，由我对付。在我与黎国巡逻兵纠缠时，你们不要停留，要不动声色，迅速向来路飞驰，千万不要掉队。"

路上出现了行人，有出远门的，有去耕田的，还有一些孩子是去砍柴拾草的……

辛江洋看到远处出现了一队巡逻兵。这时，他假装没有看到，并且就在快要接近，双方仿佛都已发现了对手时，连忙高喊："冲过去！"

西岐人马飞驰而去。

只有辛江洋故意放慢速度，装出马鞍子出了问题，想跑又跑不快的样子。

黎国巡逻兵大声喊："站住！你们是干什么的？"

就在这当儿，五六个手持长矛砍刀的巡逻兵向辜江洋围了过来。

辜江洋弯着腰在修理着鞍子。

黎国巡逻兵喊："你是什么人？是不是西岐人？"

辜江洋回答："不要过来。我们从朝歌返回西岐，借贵国路过，十分感谢。"

就在那些黎国巡逻兵就要靠近辜江洋时，辜江洋的一件包裹掉在了地上。辜江洋假装没有发现，猛地双腿一夹马肚，那马立即如同离弦的箭，冲了出去。

那几个巡逻兵从地上拾起了包裹。等他们抬头看辜江洋时，辜江洋早已跑出去几十丈远了。

眼睁睁看着西岐人跑掉了的巡逻兵，只好拾起了包裹，赶紧交给了守城将军唐达风。唐达风不敢怠慢，又将包裹送进宫中，对黎国国君黎艮说："守城将军唐达风禀奏大王。半个时辰前，发现西岐兵士从朝歌方向偷越国境，返回西岐。可惜，当时没有骑手，所以西岐兵士跑掉了。逃跑时，他们丢落一个包裹，现呈给大王观看。"

黎王接过包裹，看了看，然后让侍者打开。包裹里包着一封朝歌朝廷纣王给西岐王的信。信的内容大意是：纣王同意西岐占领黎国。西岐王贡品丰厚，纣王十分喜悦，特将黎国划归西岐，以谢姬昌。

黎王看罢，大怒，骂道："纣王可恶，我黎国对他不薄，他竟敢出卖我们！哼，既然如此，我们干脆投降西岐。"

黎国众大臣异口同声说："大王所言极是。纣不仁，吾不义。我们干脆投降西岐周人。听说西伯侯姬昌十分仁义，他们不会亏待我们的。"

第二十六回　伐黎国试探商纣　投西岐拜卿辛甲

黎王让宰相书写了文书，述说了纣王的无道和对姬昌的倾慕，表示愿臣服西岐，年年纳贡，听从调遣。

特使二人携带文书上路，直奔西岐。

大约两天光景，黎国国王特使进入了西岐边界。辛江洋与他带领的轻骑正在这里等候黎国来人。

辛江洋等人横刀立马，喊话道："来人站住！"

黎国特使停住，说："我们是黎国特使，前来拜见西岐王。"

辛江洋说："来得正好，我西岐军师太公望正要征伐你们黎国。"

特使连忙问："为何征伐我国？"

辛江洋说："有话见了我们军师再说。你们跟我们走吧。"

黎国特使跟随辛江洋等人，迎着姜子牙大队人马走去。又是两天的路程，在一个名叫十里沟的地方与姜子牙相遇。

辛江洋将经过禀报了姜子牙。姜子牙点头称赞说："很好。请黎国特使军帐相见。"

黎国特使进入军帐，拜见了太公望，将国王文书交给姜子牙，说："我们黎国国王早已闻知西岐是仁义之邦，前不久拾得贵国遗落之物，才知纣王背信弃义，欲将我国奉送给西岐王，这正合我们的愿望，不用送，我们正要脱离纣王，臣服西岐，望军师接纳，并转奏西岐王。"

姜子牙听后，不由窃喜，心中想：黎国果然中了离间之计，我们不费吹灰之力，打通了通往朝歌的道路。他请特使坐下，并赠了礼品，说："实话相告，纣王之诏书内情我们已知，诏书遗失于贵国，且贵国士兵极不友好，我西岐王十分生气，特派本军师率数万人马前来讨伐。今日遇到特使，知黎王愿臣服西岐，这当然很好。我当立刻禀奏西岐王。"

特使说："军师既已至此，就请率军到敝国与我黎国国王一见。"

姜子牙点头说："好。请特使与我同行。"

七万人马由特使领路，在姜子牙与召公奭的统帅下，顺利地到达了黎国都城。西岐兵纪律严明，秋毫无犯，黎国百姓称赞他们为仁义之师。黎王亲自迎接，安置大军驻扎在演兵场，酒肉款待。

当晚，黎王热情地宴请姜子牙与召公奭。召公奭高兴，唱起歌来：

春日兮暖洋洋，
百花兮齐开放。
花香兮飘四方，
百姓兮心欢畅。

黎王将拾到的包裹送还姜子牙，说："今日奉还遗失之物，又亲见太公望，又聆听召公之歌，真是最快乐的一天了！"

黎王投降西岐，姜子牙数万大军进入黎国的消息很快就传到了朝歌。

商汤文武大臣对黎国归降西岐及西岐大军深入到黎都，无不震惊万分。

大臣祖伊十分着急，他见纣王昏天黑地，整日沉湎于酒色之中，毫无反应，便进宫求见。奉御官因与祖伊有亲戚关系，

第二十六回 伐黎国试探商纣 投西岐拜卿辛甲

所以便领祖伊来见。

此时,纣王正在妲己脸上涂抹胭脂。

这胭脂是纣王发明的。那是一次打猎时,他在燕地采了几束红蓝花,无意中,将花束揉到一起,花汁流出,涂到妲己脸上……妲己笑着,一边闻着那花汁散发出来的香味儿,一边均匀地涂在双颊上,问:"好看吗?好看吗?"

纣王一看,哈,本来就美貌的妲己显得更加润泽鲜艳、妖媚无比。

他赞叹:"好漂亮啊,妲己!"

他将这用产于燕地的花制成的化妆品起名叫燕支,也就是胭脂。他将胭脂不仅涂抹在妲己的脸上,还涂在她的口唇上、指甲上、肚脐上……

祖伊不顾纣王是否发怒,大叫道:"天子啊!陛下怎么会不觉悟呢?上天已经让商汤面临灭亡了,可陛下竟不觉得。陛下可知天下人是怎么想的吗?"

纣王果然大怒,问:"谁让你进宫的?你难道不怕我杀死你吗?"

祖伊说:"怕死我就不来了。陛下啊,天下人都在盼望商汤灭亡,这太可怕了!"

纣王呵斥道:"胡说!天护佑天子,我不会灭亡的。你滚出去!"说罢,双手捧起酒坛,"咕咚咕咚"将坛中的酒喝进了肚子。然后搂着妲己,双双醉倒在地。

祖伊无奈,只好退了出去。

奉御官叹了口气,说:"幸亏陛下醉了,不然今日你不会活着走出王宫的。"

纣王这一醉,足足睡了三天三夜才清醒过来。醒后见妲己还没醒,就又喝,喝了又醉。妲己醒后,见纣王没醒,也再喝酒,也再醉倒……

他们醉了几次,醒了几次,都记不清了。

几天后,纣王醒了,问左右:"今天是什么日子?"

左右侍从们算了又算,有的说是甲子日,有的说是乙丑日,有的说是丙寅日。总之,说不清楚。

纣王生气地说:"混账,怎么连日子都算不清楚!去,问问我叔父箕子。"

左右去问箕子。箕子对纣王已失去信心,认为他已经不可救药了。他对纣王太了解了,他知道纣王忌恨别人比他强。谁要强过他,他就可能杀死谁。现在来问日子,怎好回答?

他说:"告诉陛下,我也记不清了。请陛下再去问别人吧!"

这件事传到太史辛甲耳中,他不由叹息道:"我实在看不下去了。我已经进谏了七十五次,他一次也不听。我这个史官还有什么当头!现在他过得连今天是什么日子都忘了,可悲!可悲呀!"

辛甲夫人劝道:"不要再进谏了。你已经死了七十五次了,难道要把你炮烙了,你才满足吗?"

辛甲哭道:"我对不起太史这个职务啊!我还要进谏一次。这已是大难当头了。西岐大军已进到黎都,我们随时都会亡国啊!"

辛甲果然又去劝说纣王,纣王却大骂了他一顿,说他少见多怪,西伯昌不敢有什么反叛之意,难道他父亲与儿子之死还不够吗?如若反叛,下一个死的必定是他姬昌。

辛甲终于不再对纣王抱有希望了,他对夫人说:"我听你

第二十六回　伐黎国试探商纣　投西岐拜卿辛甲

的话，不再进谏了！当今天下最腐败的无道之君是纣王，最能得人心的是西伯昌。我要弃暗投明了！"

辛甲终于携妻带子，全家逃往西岐。说来也巧，正好在进入西岐后，遇上班师回朝的姜子牙。

姜子牙与辛甲在朝歌有一面之交，此时相见，分外亲热。姜子牙说："太史来西岐，仍要谏吗？"

辛甲点头，说："是的。我的职责就是告诫君王该做什么，不该做什么。"

召公奭非常佩服辛甲，说："君王要么喜好美色，要么喜欢狩猎。我家主公比较喜欢狩猎，但不沉湎其中，为防患未然，你怎么办？"

辛甲说："我要制定座右铭或规章，劝告君王。"说到这儿，他唱道：

芒芒禹迹，画为九州，经启九道。
民有寝庙，兽有茂草，各有攸处，德用不扰。
在帝夷羿，冒于原兽。
忘其国恤，而思其麀牡。
武不可重，用不恢于夏家。
兽臣司原，敢告仆夫。

这歌的意思是：大禹走过辽阔的地方，他将天下划为九州。他开辟了许多道路，百姓们有了宗庙和房屋。野兽有茂盛的草，各个都有自己所应居住的地方，谁也不干扰谁，这才可以保持大自然的安宁。从前有个后羿，贪图射猎野兽，忘了应该管的国家政事，只想获得雌雄野兽。全依仗武力是不行的，所以他在夏朝就越来越衰败了。我是管辖野兽和草原的小小的官啊,大胆地把这些利弊告知管理国君车马的臣子。"

召公奭听了,觉得遇到了知音,拉住辛甲的手说:"很好,很好。一个国君需要有你这样的人在身旁提醒他。我们的西岐王一定会重用你的。"

召公奭说对了。

辛甲到了西岐城,在姜子牙与召公奭的举荐下,做了西岐周国的太史卿。安置好了以后,有一天,辛甲特地前往军师府拜访姜子牙,说:"太公望,作为太史,我了解商纣的过去和目前的所作所为。天下事看过去,可测现在;测现在,可预见未来。下官有一想法应当告知师尚父,不知师尚父愿不愿听?"

姜子牙笑了,说:"来来来,到我书房坐下,姜某洗耳恭听。"

辛甲十分高兴地来到书房坐下。辜江洋给辛甲端上香茗,站在一旁。

辛甲望着姜子牙,终于讲了他想的一件大事。

第二十七回　商纣出兵平东夷
　　　　　　西岐密谋攻崇国

　　辛甲望着姜子牙，问："听说太公望不久前征讨黎国是为了打通未来征伐商纣的路途，并试探纣王的反应，对不对？"

　　姜子牙点头说："这是我周国之军事秘密，只有王与三公知晓。太史能听说此事并如此认为，姜某并不避讳。太史是我佩服的正直的人，所以我也明明白白告知，确实如此！"

　　辛甲说："感谢军师的信任。我前来询问，主要是要告知军师朝歌实情，以利军师谋划。自军师离开朝歌后，那纣王更加纸醉金迷，不务政事。天下不成天下，百姓怨声载道，目下正是推倒商纣的时候了！"

　　姜子牙点头说："不错，太史所述确是如此。"

　　辛甲接着说："此次军师东征，获胜黎国，我认为只是小胜。要想征伐商纣朝歌，必须扫清一大路障，那就是崇国。崇侯虎为虎作伥，为人心术不正，勾结费仲、尤浑，唯恐天下不乱，百姓不苦。所以，我以为军师下一个目标应是打败崇侯虎。"

　　姜子牙说："太史讲得对。"

就在辛甲与姜子牙谈论进攻朝歌必先扫除崇侯虎时,纣王宫中也乱成了一团。原来,闻仲率兵攻打东夷,出师不利,在一个名叫龙山的地方遭到伏击,不但损兵折将,而且粮草尽焚,因而请求纣王速派救兵和运送粮草。

纣王大怒,骂道:"闻仲无能,损我纣王之威严,令人恼怒。命黄飞虎率兵速速前去支援,派费仲押解粮草随后。"

奉御官回来报告:"禀奏天子,那黄飞虎因病卧床不起。费仲之母刚刚亡故,丧事在身,不便远行。费仲让下官转奏天子,可由申公豹率兵将与押解粮草。"

纣王无奈,只好说:"好吧,颁诏申公豹,按旨行事。"

纣王的决定遭到了满朝文武大臣的反对。众文武大臣推举纣王的兄长微子启求见纣王。

纣王对正人君子似的哥哥启说:"你来干什么?"

微子启说:"当今时势已呈山崩地裂之态,天子如仍不觉醒,我商汤天下将要断送在你手中了。你看看,东夷反叛,大举伐我;南北诸侯,叛乱不断;西周也蠢蠢欲动。天真的要塌下来了!"

纣王呵斥道:"老调重弹,这些话我耳朵都听出趼子了!好了,好了,你什么意思,就明着说来。"

微子启说:"东夷反叛,闻仲失利,派申公豹前去,怎么能行?此人名不见经传,小有武艺,并无雄才大略,怎能充当此任?众文武大臣一致要求纣王率兵亲征。"

纣王大惊:"让本王亲征?"

微子启点头说:"不错。天子应拿出当年的威风,从酒色中跳脱出来,为社稷尽到一个天子的职责。如果陛下亲征,我们都愿陪同前往。"

第二十七回　商纣出兵平东夷　西岐密谋攻崇国

纣王面对着当初更有条件当天子，而只因为是母亲尚未立后而生，名不正没立为天子的哥哥，心中也许确有些悔悟？还是面对着兄长，认为当今局势无法向列祖列宗交代而心有所动？总之，他犹豫了，说："好吧，让本王想一想，明日再定。"

次日，纣王颁旨，他要亲自率兵前去征伐东夷。

由于长期荒政，兵力不足，国库空虚，天子此次亲征，给百姓带来的是更大的灾难。

消息传到西岐，姜子牙连忙前往宫中禀奏姬昌。姬昌今日身体不适，躺在床上。听说师尚父有要事相议，连忙起身迎了出来。

姜子牙得知姬昌身体欠佳，有些不安，说："子牙前来，不知主公身体不适，实在抱歉。今日有事不议了，待主公康复了再说吧。"

姬昌连忙拦住姜子牙，说："不要紧，不要紧。近日我因常常梦见先王与伯邑考，心中有些憋闷，才引起不适。太公望前来议事，是我盼望的啊！"

姬昌说的是实话。

他多年来压在心中的一句话是：灭商兴周，报仇雪恨。

他明白，这事情并无不合理之处。争夺天下，兴盛本土，无可非议。这些年来，他受人迫害，父子被杀，这是他受到的刻骨铭心的伤害。狗急还跳墙，兔急还咬人，何况是西岐的王侯呢！

这口气只能憋在心中。

作为圣贤，所思仅仅限于复仇，那自然太狭隘了。另外，时候不到，怎能大张旗鼓地声言要灭掉商纣呢！他知道与商纣比，自己还是弱小的。从弱小变强大，实非一日之功。可太慢了，他又真受不了。眼看一年年过去，他已是年过花甲的老人了！

灭掉商纣，在哪一天啊？

姬昌的心思，姜子牙了如指掌。他虽然与商纣无不共戴天之仇，但他是站在正义一边讨伐邪恶的。替天行道，想到百姓，完成胸中的大业，怎能如同蜗牛一般，慢慢爬行？

但是，姜子牙终究是一个军事政治家，越是在风云突变之时，越应审时度势，知己知彼，掌握好机遇，利用好局势。

现在，又一个机遇到了。

他说："主公的心思，子牙知道。不灭商纣，誓不罢休，但要等待时机。现在这个时机终于到了！"

姬昌惊喜地问："为什么？"

姜子牙说："根据探得的消息，纣王已亲率大军东征东夷。这样，在他没有能力顾及他的背后之时，我们可以扫除灭商前最大的一个障碍。"

姬昌说："你是说攻打崇国，灭掉纣的爪牙崇侯虎？"

姜子牙点头说："是。"

姬昌仿佛病体一下子康复了，他站起身，双手一举，大声说："不错，又一个时机到来了！师尚父要抓紧准备，尽快发兵。此次征伐，我亲自前往。"

姜子牙点头，说："我也盼望主公亲征，因为这是一次不寻常的大仗啊！主公亲征，全军士气都会受到鼓舞。只是，您的身体……"

姬昌双手一伸，双腿一弯，然后在地上跳了几跳，说：

第二十七回　商纣出兵平东夷　西岐密谋攻崇国

"你看，这不挺好的！就这么定了。明日早朝，众文武大臣再商议一次，即可动手准备。"

姜子牙双手一拱，说："遵旨。主公放心，子牙当尽力为之。"

忽然，外边有人喧哗："纣王东征，朝歌空虚，我们正好趁机发兵朝歌，灭掉无道商纣！"

另一个人说："黄将军，这次我也要随军前往！"

又一个人说："我也要去，为国立功，不可错过机会嘛。"

…………

第二十八回 西岐王攻城无望 师尚父粥计奏效

有人在门外喧哗,侍卫来报:"禀奏大王,公子发、周公旦与黄飞虎求见。"

姬昌望了望姜子牙,意思是问:"请他们进来吗?"

姜子牙点点头。

姬昌吩咐说:"让他们进来。"

此前,因黄飞虎的妻子贾氏和妹妹(纣王的妃子)二人惨遭纣王所害,死于摘星楼之下,所以他背商投周,助姜子牙与商交战。

公子发、周公旦和黄飞虎见姜子牙在屋中正与姬昌谈话,都有些不好意思。周公旦说:"父王与军师交谈,我们待会儿再来。"

姜子牙说:"别走。你们来得正好。"

周公旦等听了,便席地而坐。姬昌看他们几个人个个意气风发,摩拳擦掌,便问:"你们刚才说什么时机已到?"

公子发笑着答:"回禀父王,刚才周公旦找到我,说纣王率兵东征,朝歌空虚,可以趁机灭商。我们来向父王请战,正好又遇到黄将军,就一同前来了。"

姜子牙也笑着说:"真是英雄所见略同。"

姬昌摇头,说:"有同有不同。我们并不想现在就发兵朝歌,去灭商纣。"

黄飞虎问:"为何不可?"

姬昌说:"有十拿九稳的把握战胜纣王吗?十拿九稳还不行,必须要十拿十稳!"

姬发问:"那得等到哪一天啊?"

姬昌说:"必须要等。当然,这不是无所作为的等,而是积极创造条件的等。"

姜子牙望着姬昌说:"主公说得好。依我说,现在就有几件事要做。请口才极佳的周公旦去邗国(今河南沁阳),说服他臣服我周国。黄飞虎可同时率军前往。如若臣服,就可大兵压境,给他些厉害看看;如若反抗,即可灭了他。"

姬昌点头说:"对。我们下一个主要讨伐的对象应是崇国。崇国是商纣西边的门户。过去,我们讨伐密须、黎国等,都绕过了崇国,就是因为崇国占据着关中平原最肥沃的土地,国力仅次于商纣。崇侯虎这些年来已经成了纣王的亲信,一旦我们攻崇,商纣绝对不会坐视不救。现在好了,纣王东征,自顾不暇,这正是我们去攻打崇国的最好时机。攻下了崇国,就如同砍下了商纣的双臂,也就为灭商纣铺平了道路。"

姜子牙说:"主公所说极是。灭邗与攻崇可同时并进,这叫一石二鸟,我想应该是没有问题的。周公旦与黄飞虎可去准备了。公子发与主公一起,前往征讨崇国。"

姬昌对周公旦说:"旦儿,文告由你完成,越快越好。"

这一次是西岐周国从上到下总动员,除了一部分兵力由黄飞虎率领去攻打邗国外,其余部队均杀向崇国。西岐王姬昌总统领,军师是姜子牙,先锋由闳夭担任。

战书是在大兵出境时发给崇国崇侯虎的。战书中写道:

> 告天下诸侯共知。当今天下大乱,无道横行,民不聊生,国不太平。天子脚下,崇国作祟。崇国国君崇侯虎,谗言媚上,勾结奸党,诬陷朝臣,挟天子令,荼毒百姓,垒罪如山岳,积恶似渊海,贪财如虎豹,伤人似虎狼。普天之下,虽三尺孩童,均知崇侯虎如虎狼,狠毒无比。天下人呼之:诛杀崇侯虎,以平民愤。大周西岐,仁义之师,为天行道,征讨崇贼,必胜无疑。值此时节,崇贼当识时务,束手就擒,以获宽大。如若顽抗,下场悲惨……

崇侯虎接到战书,气得浑身发抖、脸色苍白,大声骂道:"可恨西伯昌,当初杀掉他就好了。纣王放虎归山,果然今日猖獗,前来伐我。哼,他也是太小瞧我崇侯虎了!"

崇侯虎不敢怠慢,急忙召来大将军崇文豹,守城大将周东、慕林、巴秋禹、胡夷,以及公子崇席吉等文武要臣,共议抵抗西周之策。

厅堂里气氛十分紧张。崇侯虎说:"召集你们前来,是为了商议抗拒姬昌大兵的良策。"

东城门守将周东说:"主公,周国虽兵良将精,粮草充足,但总还是离开了本土,又长途跋涉,我们可在国界处以静迎动、以逸待劳,与周国决一死战。"

公子崇席吉摇头说:"不可。那周国主力浩荡而来,士气高涨,如我在边界迎敌,很难消其锐气。依我之见,还是固守崇城,待其锐气减去,然后冲出城去,杀他个措手不及。"

第二十八回　西岐王攻城无望　师尚父粥计奏效

大将军崇文豹摇了摇头，说："大哥，我有几句话不知当不当讲？"

崇文豹是崇侯虎的堂兄弟，能征善战，为人也比较忠厚。崇侯虎说："你说吧。"

崇文豹瞧了瞧众人，说："恕我说些不吉利的话。纣王荒怠朝政，已到了不可收拾的地步。我们崇国过去依靠商汤，成为一强，谁也不敢欺负我们。可现在纣王自顾不暇，又遭天下唾骂，我国名声亦不太好。西岐周人姬昌十分贤明，治理周地，日新月异，变化甚大，现出兵伐我，我以为，这不是他们的最终目的。既然如此，我们又何必与周人以死相抗呢！"

崇侯虎问："依你之见呢？"

崇文豹说："不如派出专使，与他们议和，或干脆降了他们。我以为他们是不会刁难我们的。"

崇侯虎大怒，骂道："胡说！身为本王堂弟、大将军，说出这等话来，可耻！今日议事，先不处置，以后再说。你滚出去！"

崇文豹嘟哝了一句："实话实说，有何不可！"说罢，一甩手，出了厅堂。

崇侯虎心中不快，说："谁再提投降、议和之类，立刻斩首！"

众人无语。他叹了口气，说："大敌当前，竟不能同仇敌忾，可悲！可悲！就这样吧，我同意公子之见，固守崇城，看他姬昌、姜子牙能怎么样我！"

这样定了以后，崇侯虎将大部分军队调入城中。四位守门将军各司其职，严把城门，无特别命令谁也不许出城。

姬昌统帅大军进入崇国，如入无人之境。一路上，姬昌看到崇国土地肥沃,气候温和,山清水秀,只是百姓生活穷困,没吃没穿。走到嵩山北一个村庄,农户十之八九没有粮食,一问,原来粮食都被崇侯虎抢去了。姬昌看他们可怜,对姜子牙说:"救济他们一些粮食吧!"

姜子牙点点头,吩咐有关官员说:"留些口粮给他们。"

穷苦百姓分到了粮食,便都跪在路旁喊:"仁义的周国人啊,我们祈求你们打胜仗!贤圣的西岐王啊,祝愿你打败崇侯虎!"

大军来到崇城,姜子牙巡视了四周,命令三军:"崇城南门外扎营,准备攻城!"

崇侯虎的探子早就报告崇侯虎:周国军队扎营南门外。崇侯虎急忙来到城上观望,不禁大吃一惊。城南周军旗帜如海,营帐一个连着一个,这数万大军着实使他忐忑不安。他真的怀疑自己是否能够战胜敌人了,于是当即派专使急赴朝歌求救。

大约午后半个时辰,周营的战鼓声、号角声,便惊天动地地响了起来。大军在南城外列阵,先锋闳夭站在阵前高呼:"贼子崇侯虎出来迎战!"

城上守将崇文豹看到周军军容整齐威武,心中十分佩服。他见周军先锋叫阵,连忙禀报崇侯虎:"大王,敌军叫阵,要我们迎战!"

崇侯虎说:"随他去叫,我们守城!"

话虽这么说,但他还是登上城大声喊道:"叛贼姬昌,出来相见!"

闳夭禀报西岐王,姬昌率姜子牙与众将军来到阵前。姬昌骑在高头大马上,说道:"崇侯虎,商汤已临末日,气数已尽,你若悔过自新,开城投降,我仁义之师便可免你一死!"

第二十八回　西岐王攻城无望　师尚父粥计奏效

崇侯虎骂道："逆贼姬昌，十几年前，纣王准备杀你，是我替你说了几句好话，你才免于一死。当年杀你就好了。当今天子待你不错，你为何反叛？你快下马归降，我崇侯虎可以不咎既往。"

姜子牙哈哈大笑，上前说道："崇侯虎，谁不知道你勾结朝中奸佞，为非作歹。你看看你的百姓，食不果腹，衣不蔽体，难道还不惭愧？你如识时务，赶快开城投降，不然，就不会有好下场！"

崇侯虎看到了姜子牙，不由气不打一处来，若不是上回姜子牙骗他逃走，他也不至于受到纣王的贬斥。他往城下啐了一口唾沫，骂道："姜子牙，你算什么东西！昆仑山上学了些皮毛，就到处行骗。骗来骗去竟骗到我的头上，闹得我好不光彩！你这村野老朽，当了什么军师，可笑！可笑！今天我倒要看看你还有什么本事能骗我投降？哈哈哈……"

崇侯虎狂笑了一阵，走下城头，叮嘱城门守将：严密把守，不可懈怠。

姜子牙并不生气，对姬昌说："主公回营歇息，待我安排攻城。"

经过一阵准备，姜子牙命令闳夭："将军准备的五十支登城梯兵在前，五千名弓箭手在后，三通战鼓过后，攻城开始。"

闳夭说："遵命。"

命令一下，鼓角齐鸣，城下喊杀声震天动地。弓箭手张弓搭箭，那箭如同雨点一样，落在城头上。

在弓箭手的掩护下，登城梯手蜂拥而上，个个英勇无比。

崇城守兵弓箭齐发，以牙还牙。城下一次次进攻，城上一次次反击，两军鏖战了两个时辰，双方各有伤亡。

天色渐晚，周军鸣金收兵。

连续攻城两日，虽杀伤崇国兵士不少，但终未能攻下城池。

第三日夜晚，乌云随风从西北滚滚而来，霎时，天昏地暗，下起了瓢泼大雨。

"轰隆隆"——震耳的雷声从大地上滚过，让人心惊胆战。几个炸雷过后，雨渐渐小了。北风还在吹，吹得树梢发出尖细的怪声。雨云在风的吹动下迅速散去，云缝中闪出几颗星星，它们眨着眼，从云缝中窥视着战场……

军帐中姬昌闷闷不乐，端起一杯酒，一饮而尽。姬发看出父王为攻城不下而忧愁，便说："父王，是否唤来师尚父商议？"

姬昌摇了摇头，说："不用了。太公望也在思考攻城之法，不用打扰他了。发儿，为父胸中郁闷，你来替父王捶一捶背。"

本来姬昌出发前，姬发曾劝父王带些宫女在身旁伺候。姬昌生气地说："那怎么可以？是去打仗，还是去享福？"

吓得姬发不敢再说。现在，父王心中郁闷，身体不适，怎么办？他答应一声，连忙上前替姬昌捶背。

姬发一边捶，一边说："父王，您记得吗，我小时候爱唱歌，您也特别爱听？"

姬昌点头说："是。"

姬发说："我现在给您唱一首，好吗？"

姬昌闭着眼睛，微微点头说："好。"

于是，姬发小声唱道：

第二十八回　西岐王攻城无望　师尚父粥计奏效

出了城门往正东,一园青菜成了精。
绿头萝卜坐大殿,红头萝卜掌正宫。
江南反了白莲藕,一封战表打进京。
豆芽菜跪下奏一本,胡萝卜挂帅去出征。
白菜打着黄罗伞,芥菜前面做先锋。
小葱使的银杆枪,韭菜使的两刃锋。
葫芦肚子放个屁,崩得辣椒满山红。
崩得茄子一身紫,崩得扁豆扯起棚。
崩得大蒜裂成瓣,崩得黄瓜上下青。
崩得豆腐尿黄水,崩得凉粉战兢兢。
藕王一见害了怕,一头钻进泥土中。

还没唱完,姬昌就哈哈笑个没够。他一边笑,一边回忆说:"不错,我记起来了。你小时候跟奶娘学的,你每唱一回,就笑得我肚子疼一回。"

正说着,姜子牙走进军帐,见姬昌父子笑得开心,便说:"难得主公休闲。"说罢,回头招呼一位发须皆白的老翁,说:"老先生请进,这就是我们主公西岐王和公子姬发。"

那老翁走进军帐,众人都十分惊讶。原来,此人毛发披散,双目炯炯。老翁施礼道:"哈哈哈,你就是姬昌?"

姬昌还礼说:"不错。"

姜子牙说:"主公,他在外边打听主公,守营武士将他带来。不知他有何事?"

姬昌问:"老人多大年纪?找我有什么事?"

那老翁说:"若问我的年龄,说来你也许不信。不大,不大，小民也才只有九十岁。听说西伯昌讨伐崇侯虎，我特来参战。"

众人听了，觉得好笑。

老翁摇头摆手说："不要笑，你们以为我是疯子？不。我说前来参战，并不错。战争中各有分工，有的冲锋杀敌，有的运送粮草，有的烧火做饭……我呢，是专门议论打仗的，哈哈哈哈，就是坐在军帐里议论这仗该怎么打的……"

听了老翁的话语，众人知道他有些来历。姬昌也感到刚才有些失礼，连忙致歉说："老先生请坐，您对我们征伐崇国一定有不少见解，姬昌愿恭耳细听。"

老翁说："我的名字叫鬻熊。这'鬻'当卖字讲，说白了，就是卖熊的。我看到百姓日子难熬，赋税繁重，便不远千里，去朝歌进谏。不想，官府把我当成疯子，毒打了一顿，轰我出来，还说，要不是看我九十岁，就扒了我的皮。我又去找纣王告状，也没有人理。商朝完了！我听说西边有个周国，国君礼贤下士，视百姓如父母，如今正开疆拓土，征伐崇国，于是前来寻找西伯昌，做些我能做的事情。"

姜子牙听后，重新施礼说："刚才失礼，鬻翁多多原谅。听您讲，您对我们讨伐崇国有何计要献？"

鬻熊点头，说："崇侯虎作恶多端，残害百姓。百姓已经受尽了苦，今若强攻，势必伤害百姓，周方亦会有较多伤亡。据我所知，城中崇军粮草并不充裕。因此，对崇城如若围而佯攻，则不用多久，城中粮草告罄，崇军必军心大乱，不攻自破。"

姜子牙想了想，说："此计甚好。只是我军围困崇城，必定日久，若在此期间，商朝派来援军，我即坐失良机矣。"

第二十八回　西岐王攻城无望　师尚父粥计奏效

鬻熊说："不必多虑。朝歌几十万大军均去东征，不会派出人马支援崇城。即使派来援军，亦是少量散兵，不足为惧。"

姬昌和姜子牙等人听了，频频点头。他们采纳了鬻熊的建议。

第二天，雨过天晴，天空湛蓝，树木碧绿，野花鲜艳，散发出阵阵清香。姜子牙早已命令各路军队围城驻扎，层层封锁，将崇城围了个水泄不通。

白天黑夜，周军均轮番攻城，或呐喊，或放火，或射箭，一刻不停。佯攻闹得崇军坐卧不安，十分疲乏。

崇侯虎看到全城被围，援军无望，心中不安。他命令家丁将家中细软装箱打包，随时准备逃跑。他的举动也影响了将士们，士气急剧低落。七八天过去了，粮草日渐短缺，各路军队开始争夺粮草，自相残杀。

将军崇文豹对崇侯虎说："这样下去，只有死路一条！"

又过了几天，城里的粮草完全断了，人们开始吃树皮和野草。可城中的树皮、野草又能吃几天呢！

姜子牙看到已有百姓和士兵偷偷跳下城墙逃跑。

百姓，放掉他；兵士，一律暂时扣押起来。

姜子牙下令：在崇城四个城门口不远处，架起大锅，熬好香喷喷的小米粥。

那粥香飘呀飘呀，飘进了城……

姜子牙又派了些嗓门大的人，站在粥锅旁高喊："喝粥啰——香喷喷的粥——随便喝啊——"

"城门外有不要钱随便喝的粥！"这消息在城里传开了。就在这天夜晚，城墙上放下一根根长绳，从绳上下来几十个人,人人手中提着一个或两个陶罐。他们悄悄走到粥锅旁,打了粥,又悄悄返回城墙根,顺着绳子爬了上去。

这些,姜子牙与周军将士都看得一清二楚。

鬻熊大笑,说:"他们中了师尚父的计了!"

武吉问:"什么计?难道粥里有毒?"

鬻熊摆了摆手,说:"比毒厉害!"

第二十九回　崇侯虎怒打将军
　　　　　　太公望拜托鬻翁

　　鬻熊老翁哈哈大笑，说："崇军下城墙偷走锅中米粥，看似占了便宜，但他们哪里知道，自己已中了姜军师的离间计。"

　　武吉拍拍脑袋，说："唔，是谁在离间呢？"

　　鬻熊说："离间者，米粥也！你们想，城中那么多人都断了粮食，个个饿得头昏眼花，取去这点粥管什么用呢？谁偷去了粥，谁那里就会大乱！"

　　武吉问："为什么会大乱？"

　　鬻熊说："粥少人多，人们还不打起来！"

　　鬻熊分析得极对。偷粥者不是别人，是崇将军崇文豹派的兵士。崇文豹见自己军队中有不少人因饥饿而昏倒，个别人昏倒后就再也没有苏醒过来。

　　有几个老兵跪在地上恳求说："放我们出城吧！"

　　崇文豹看不下去，心一软，同意天黑以后，让人缘长绳下城偷些粥来，给老弱人等解燃眉之急。

　　十几个人将粥偷进城来，还没走下城墙，就被守城的其他兵士发现了。有人大声嚷嚷："米粥！哪儿来的米粥？"

喊声引来了所有听到"粥"字的人。他们呼啦啦冲了上去，一转眼间，那粥就被抢光了。其实，真正吃到嘴里的并不多，地上洒的，身上沾的，哪儿哪儿都是，连那些陶罐也摔碎了……

消息很快传到了崇侯虎那边。崇侯虎本来对堂弟崇文豹就不满意，认为崇文豹哗众取宠，在百姓中的名声比自己好，有意他的王侯之位。现在，大敌当前，生死关头，他竟不听指挥，允许兵士偷偷下城取粥，这不是拆他的台，给他脸上抹黑吗？太可恶了，如若不严加惩治，明日不知还会闹出什么更大的乱子呢！

崇侯虎叫来了崇文豹，问："你为何违犯本王命令，让兵士前去偷周人之粥？"

崇文豹连忙解释说："王兄之命，弟怎敢违抗？只因有几个老兵，已饿倒在地，若不救治，就会死去。你知道，粮草已断绝多日，树根、草皮都吃光了。在万般无奈下，我才派人去取些粥来……"

崇侯虎双目圆睁，一跺脚，斥责道："大胆！自己违犯军令，还敢狡辩！本王今日若不严办，就对不起列祖列宗！"

崇文豹知道今日必受处罚，便愤愤地说："大丈夫顶天立地，敢做敢当。你随便处置吧！哼，你有吃有喝，当然不知道饥饿的痛苦！"

崇侯虎一听，更加恼怒，吼道："来人，军法处置，重责五十军棍！"

左右拥上几个武士，连拉带拽，把崇文豹按在地上，一二三四五，重重打了五十军棍。这五十军棍打下来，打得崇文豹皮开肉绽，血流两股，无法站立。

第二十九回 崇侯虎怒打将军 太公望拜托鬻翁

崇文豹咬紧牙关,双目怒视,心中燃起复仇的火焰。他暗暗诅咒道:哼,你出气吧,不就是我平时不买你的账吗?只要我还活着,我就要看你是什么下场!

几个侍从把崇文豹抬回家中养伤。这时,他手下的兵士有骂的,有逃的,有泡蘑菇的……军心散了!

逃出城的崇文豹的兵士被姜子牙围城的周兵捉拿到后,便哭诉城中的惨状和崇文豹挨打的事,姜子牙说:"你们愿意投降我军,可以在军中做事,反戈一击;如若愿意回家,我们也不强留。留去自愿。"

那些崇国兵士见姜子牙仁慈,周军又士气高涨、兵强粮足,便争着表示愿归顺周军,反戈一击。

姜子牙说:"好。你等先去歇息,过一两日,本军师有重任让你们去完成。"

崇国归降的兵士异口同声地说:"我们愿意为明主效劳,虽死亦不辞!"

他们退出以后,姜子牙来到姬昌、姬发军帐之中,将城中情况一一奏禀,然后说:"主公,我想用计诳骗开城门,不知可否?"

姬昌听了姜子牙的计谋,说:"此计甚好,可以一试。"

姜子牙征得主公同意后,又来到鬻熊帐中。他向鬻熊施礼后,说:"老前辈,城中抢粥之事,听说了吗?"

鬻熊说:"听说了。"

姜子牙笑笑,说:"真是天意呀!没想到,粥确实起到了离间的作用,先生预测得不错。"

鬻熊点头,说:"那是军师英明。"

姜子牙说:"不。谈不上英明,那是预料中的事。这用粥之计，我还没有写完，还要请老前辈去完成续篇。"

鬻熊摇头说："老朽年已九十，上阵格斗，恐不行了。除此之外，尽管吩咐。"

姜子牙说："鬻老先生姓鬻，对不？"

鬻熊点头说："不错。军师明知故问？"

姜子牙说："非也。我是说这'鬻'当卖字讲，是也不是？"

鬻熊点头，说："不错。有道是鬻文为生、卖官鬻爵，鬻，卖也！"

姜子牙又笑着说："'鬻'字上边是不是个粥字？"

鬻熊哈哈笑道："不错。看来，我和粥有关系是命中注定了。"

姜子牙也哈哈大笑："是的。是不是命中注定，我不敢说。但我恳求老前辈带领已经归降的崇兵送粥到城门口，若叫开城门，更好；叫不开，也不碍事。"

鬻熊想了想，仍然哈哈笑着说："让我去卖粥？"

姜子牙说："不用卖，送去即可。"

鬻熊又问："军师的米粥里是否还有名堂？"

姜子牙放低声音说："不瞒老前辈说，那粥中放有迷魂药，喝罢粥，不到半个时辰，统统昏迷，但两个时辰后就能苏醒。"

鬻熊点头，说："好，老朽答应了。"

老先生话音刚落，先锋闳夭急匆匆来到帐前。侍卫进帐通报："禀报军师，闳夭将军有急事求见。"

姜子牙说："请将军进帐。"

闳夭走进帐来，施礼说："禀报师尚父，探子来报，

第二十九回　崇侯虎怒打将军　太公望拜托鬻翁

崇侯虎派特使赴朝歌请求救兵，朝歌已派申公豹率三千人马前来。"

姜子牙请闳夭坐下，转头对鬻熊说："申公豹只率三千人马，绝非援救，而是前来接应。"

鬻熊点头，说："军师所说极是。这样，申公豹一到，崇侯虎就可能突围。"

闳夭插话说："如真像两位长辈所说，那就绝不能让申公豹靠近崇城。"

姜子牙正要说话，探子又来报告："不好了！申公豹抄小路已到了黑风口！"

第三十回 申公豹奉命援城
姜子牙夜走风口

探子来报说：申公豹率朝歌精兵三千已到黑风口。

众人听罢，都大吃一惊。因为黑风口到崇城只有多半天的路程了。

姜子牙转头向军帐外观看了一会儿，点着头说："还好，还好。"

闳夭没有听懂，忙问："军师，情况紧急，怎么会是还好？"

姜子牙回过头来说："现在是不是傍晚时分？"

闳夭说："不错，已是傍晚时分。"

姜子牙招招手，让闳夭走到近前，俯首在闳夭耳旁说了一阵后，说："去吧。不可大意。"

闳夭点头答应说："军师放心，闳夭一定小心从事。"

闳夭走后，姜子牙对鬻熊说："老前辈，原定计划不变。送粥之事，就交给老前辈了。我派武吉协助你。"

鬻熊说："军师难道另有事做？"

姜子牙说："是的。我现在就挑选精兵五千奔赴黑风口。"说罢，便回到中军帐，向姬昌、姬发禀报了情况，在征

第三十回　申公豹奉命援城　姜子牙夜走风口

得他们同意后，便立即点精兵五千奔赴黑风口。

黑风口在崇城东南侧，南北是山，在此处有两条通道。这两条通道在山凹处会合，然后成一直道成坡状下山而去。整个黑风口呈"丫"字形。

姜子牙估计，申公豹抄近道，走小路，就是走的"丫"字的下部这条上坡路。在分叉的地方就是通常人们叫的黑风口。

黑风口左边的那条通道，实际上就是仅二尺宽的山脊。通道长约六十丈，两边都是悬崖峭壁和万丈深渊。这里，白天黑夜狂风不断。到了天黑以后，狂风会刮得你在山脊道上站不住脚而坠崖身亡。

因为风把山脊路上刮得光光的，所以人们称这条左通道为风光道。

黑风口右边的那条通道是另一种样子。它的两侧为很陡的石山。因为风极大，山上的砂石总是不断地被风吹下来，从而将通过这一道路的人砸得头破血流。所以人们称这条右通道为风石道。

风石道外貌吓人，也很危险，但多数人尚不至于丧命。当然赶上一块巨石落下，正巧砸在头上，那肯定会有生命危险。

比较而言，风光道看似好走，却极度危险，几乎难以逃生；风石道看似可怕，但却大多能保住性命。

几天之前，费仲与尤浑找到申公豹，对他说："纣王东征，很不顺利，王后妲己十分着急。近日西岐姬昌、姬发攻打崇国，非常紧急。"

申公豹皱起眉头，说："明知西岐姬昌非一般人物，当初因于羑里，就不应放虎归山，留此后患。今日果然惹出麻烦。"

费仲说:"事已至此,不必埋怨。妲己娘娘有话要亲自对你讲。"

费仲与尤浑将申公豹领进宫内,妲己醉眼惺忪地望着他说:"申公豹,你总是说朝廷不重用你,你没有用武之地,今日特派你去崇城,接应崇侯虎,如何?相信你是一定能旗开得胜的!"

申公豹犹豫了一会儿,说:"早不用,晚不用,在人家姜子牙已经包围了崇城,城中粮草断绝、军心大乱之时,再让我去救,这不是以卵击石吗!不过,听说姜子牙在那里当军师,替姬昌出谋划策,我倒是愿意与他比上一比,看看他这军师值几个钱!"

妲己笑了,说:"嗯,好吧,你从朝歌城守城军队中挑选三千精兵,怎样?"

申公豹点头说:"好吧。用兵不在人多,而在兵精,以一当十,就能胜敌。"

选好精兵三千,申公豹当即开拔。为了保密和争取时间,他下令抄近道,走小路,想神不知鬼不觉地赶到崇城,接应崇侯虎突围。

这一日,他们来到了黑风口。

这里的地形申公豹并不十分清楚。过去,他从师父的兵书中知道这里有个黑风口可以通过,只是风险很大。至于这风险大到什么程度,兵书中并无记载。

兵马到达黑风口时,已近傍晚,兵士饥饿,只好在山凹处的一块平地上歇息。在兵士们吃干粮和饮水之时,申公豹来到山口处观看。这山口是个"丫"字形,自己显然是站在分叉的接口之处。面前的路一分为二:左侧山石上刻着"风光道"三

第三十回　申公豹奉命援城　姜子牙夜走风口

个字,右侧山石上刻着"风石道"三个字。

申公豹想:"走哪条道呢?是左侧的风光道,还是右侧的风石道?"

他环顾四周,除去山石、杂草、灌木以外,剩下的就是"呜呜"地令人恐怖的风声了。没有人家,也没有一丝丝人影。询问是不可能的了,只能自己判断和选择一条道走。

他正犹豫,忽听背后兵士们在大声喊话:"老乡,你下来,我们有话问你。"

申公豹急忙转身问兵士:"什么老乡?"

兵士们指着山坡上说:"看,那里有一名砍柴的汉子。"

申公豹抬头一看,在暮色中,果然有一中年男子,肩扛柴捆,正欲下山。

申公豹招手喊道:"请问老乡,这里到崇城去,走哪条道?是风光道,还是风石道?"

那砍柴人说:"你们是什么人?"

申公豹灵机一动,答道:"我们是西岐姜子牙运送粮草的民夫。"

他想,这样说会好些,因为他知道,姜子牙的军队肯定纪律严明,所到之处都会受到老百姓的欢迎。反正天色已暗,他也看不太清。

那砍柴人说:"这里百姓流传一首民谣,我唱给你们听。这黑风口的路该怎么走?那民谣中说得明明白白。"说罢,便唱了起来:

　　黑风口,
　　黑风口,

一个口子两个头。
左边风光道，
一个也不留。
右边风石道，
沙石满天走。
劝君白日过，
夜晚鬼伸手。

那砍柴人边下山边唱，唱罢，解释了一句说："左边风光道，一个也不留，都能过去！"说罢，就消失在夜幕之中。

民谣说得清楚，左边风光道，一个也不留。砍柴人说，意思就是都能过去，一个也不留下。如果当真，当然要走风光道。

风光是什么意思？

很风光？很潇洒？很英勇？说不清楚！

民谣里讲的应当是真的。申公豹终于决定走风光道，风光风光……

当然等到明日白天过要比夜晚安全，可时间紧迫，等不及啊！于是，他令全军踏上风光道。

他们从风光道口一字排开，一个一个小心翼翼地往前走。申公豹看着兵士一个个走去，心中默默祝愿着：但愿上天保佑，平安过去！

那风呼啸着，风声压倒了一切，任何喊声都听不见。风声再加上山谷间的回声，犹如千军万马在奔腾、在咆哮……

兵士一个一个向前走去。仿佛隐隐约约地听到了前边人的喊声，但不知喊的是什么。

申公豹奉命援城

最后一个兵士向前走去了,他冒着强劲的山风,先是弯下腰,然后是趴在地上,一点儿一点儿向前爬去。看不见前边,也看不见后边,左侧右侧是空空的、黑黢黢的无底深渊。什么也听不见,有嘴也张不开。只能凭双手的感觉,摸着前边的山石,一点儿一点儿往前挪动……

申公豹是最后一个。他刚要上路,猛然觉得身后有什么东西一晃……

他回头张望,黑暗中仿佛有一个人慢慢地向他走来。他本是身经无数磨难之人,胆子极大,此时也禁不住毛骨悚然,大声喝问:"谁?"

第三十一回 黑风口申贼丧命
崇国城崇家火并

申公豹隐约看到身后不远处有一身影，不禁毛骨悚然，大声喝问："谁？"

他的喊声早已淹没在风声中。等了一会儿，似乎又没有什么。他想，可能是自己看花了眼。回过头来再看风光道，前边走去的兵士已无踪影，于是急忙俯下身子，向前走了几步。刚出山口，那风又刮得更强劲了，人根本无法站立。他只好趴在山石路上，一点儿一点儿往前爬……

这时，在申公豹身后的那个人影又出现了，只不过，他只是默默地站在"风光道"三个大字之下，看着申公豹等人踏上死亡之路，消失在风和黑暗之中，心里无比快慰罢了。

他忍不住哈哈大笑起来。

那笑声是发自内心的：哈哈哈哈——哈哈哈哈——他丝毫也不担心这开怀大笑会被别人听到。

他一边笑，一边对着呼啸着的风说："军师所料，丝毫不差啊！"

原来，他是扮作砍柴人的闳夭将军。姜子牙让他快马加鞭，赶到黑风口扮作砍柴人，误导申公豹等人走上风光道。

怎么误导？闳夭将军是动了脑子的。民谣中的那句"一个也不留"并非都能过去，一个也留不下，而是在山脊上一个也不留，全都被风吹下万丈深渊。

尽管闳夭确实诱导申公豹中计，踏上了死亡之道，姜子牙仍然做了第二手准备。因为申公豹极为精明，万一产生怀疑，没有走风光道，而走了风石道，虽可能有些伤亡，但终究会有部分人员走过黑风口而赶赴崇城，给围城带来麻烦。

在闳夭离去不久，姜子牙就率精兵赶赴风石道的出口，等待申公豹到来。

在风石道口外，姜子牙将兵力布置成一个"晶"字形的口袋，一旦申公豹援兵到来，就立即让其钻入口袋，围而歼之。

姜子牙在黄昏之后不久，就赶到风石道出口，部署好了兵力。他们耐心地等待，等到天快亮时，却不见一兵一卒从风石道出来。

姜子牙骑在马上巡视一遍以后，探子来报："禀报军师，闳夭将军率领他的随从已经去了风光道出口。申公豹全军覆没，请军师前往观看。"

原来，闳夭看着申公豹进入风光道以后，就回转去了山侧的隐洞中与随从会合，换了衣服，连夜从山下大道绕到山后，于拂晓来到风光道的出口。

这里是上下陡峭的石阶，几乎有三百多级，从上边下来，就到了半山腰的一处坡地。在这坡地上，往上可见到山脊，往下可看到渊底。渊底是乱石滩，滩上杂草丛生，在乱石滩与杂草中可以看到一具一具横七竖八的尸体。

闳夭望着那些死者，心中产生一种莫名的感叹……

这时，身后传来侍从的声音："将军容禀，军师已到。"

第三十一回 黑风口申贼丧命 崇国城崇家火并

闳夭回头一看，师尚父已快到跟前，便连忙迎上去说："军师辛苦了！"

姜子牙微笑着说："将军比我辛苦！这次将军仅带随从数人，就使敌全军覆没，一谢上天协助，二谢将军与随从尽力。你们立了大功，回营后，必有重赏！"

闳夭说："谢军师褒奖。我们已经查看过，申公豹所部似乎无一漏网。具体情形和申公豹的结局，尚待我等下到深渊查看。"

姜子牙点点头，说："时间还来得及。你与我一起下到渊底查看。"

闳夭说："是。请军师随我们下山。"

姜子牙让辛江洋率兵先返回崇城郊外军营，他本人跟着闳夭慢慢下到渊底查看。路当然十分难走，沿途都有摔死的朝歌兵士。他们一边走，一边特别注意申公豹的去向。在一块竖立的青石板下，看到一个斜躺在地、上身倚在青石板上的很丑的矮胖子，头歪长在脖子上……

姜子牙一眼就认出了申公豹。

他走上前去，见那个似乎已经死去的申公豹，手中拄着剑，头上脸上全是血，本来就丑的脸扭曲着，半闭着双眼，好像不甘心失败一样，仍在痛苦地挣扎。

姜子牙叹了口气，又像自言自语，又像是在呼喊："申公豹，申公豹，真没想到会是这样……"

闳夭看到军师有些伤感，说："他也是自作自受，军师不用伤心。"

姜子牙面向昆仑山，弯腰施礼，遥遥远望，轻声说："天尊师父，弟子心中难过呀。"

闳夭又说:"军师不必自责。商兵尸体,我会让人掩埋的。申公豹的坟茔可以单修,请军师放心。您先返回吧,这里风大,恐于军师身体不利。"

姜子牙点点头,转身说:"好吧,这里的事你就多多费心了。"

姜子牙转过身刚要迈步,忽听背后大吼一声:"姜子牙——申公豹与你誓不两立——"

还没等姜子牙反应过来,那申公豹已经从地上站立起来,举着剑,如同猛兽一般,直刺姜子牙的背部。

姜子牙一愣,惊讶地躲闪,但为时已晚。就在这千钧一发之际,闳夭闪电般地扑到姜子牙背后,挡住了那猛刺过来的剑……

那剑刺入闳夭将军的腹部。

血"哗"地流了出来。闳夭大喝道:"贼子大胆!"一边喊着,一边用左手去捂伤口,右手挥剑向申公豹砍去。

申公豹正向前冲,闳夭的剑正好砍向他的脖子,只听"咔"的一声,申公豹的脖子被闳夭锋利无比的剑割断,申公豹的头骨碌碌滚到地上。那滚落的头上,双眼圆睁着,嘴还在一张一张的,仿佛想说什么,但并没有声音。

姜子牙回转身来,一下子抱住闳夭,并大声呼喊:"快来,抢救闳将军!"

随从围了过来,解开闳将军的衣服,将伤口简单包扎了一下,就用树枝搭了一块抬板,将闳夭将军抬回军营治疗。

闳夭被抬回军营,西伯昌和公子姬发都来看望。姜子牙取来从昆仑山上带来的伤药给闳夭敷上,闳夭的疼痛顿时得到了缓解。

姬昌说:"闵将军与军师此次灭掉了申公豹和朝歌精兵,功劳显著,既煞了朝歌的威风,又灭了崇侯虎的希望,同时也为攻占崇城创造了条件。"

姬发也叮嘱说:"闵将军要安心养伤,伤好后我们好攻打朝歌。"

闵夭微微笑着,声音不大但很清晰:"主公与公子放心,我会很快恢复的。"

姜子牙派人将闵夭送回西岐城,然后唤来武吉,问:"你与鬻老先生准备得怎么样了?"

武吉答道:"禀报军师,均已准备就绪,只等军师命令。另外,近日又有从城墙上跳下逃跑的崇城士兵和百姓。"

姜子牙说:"从崇城士兵中挑两名知情者,前来问话。"

武吉答应:"遵命。"

不一会儿,武吉领来两名从城墙上跳下来逃生的兵士。一名年岁大些,腿摔坏了,走路挂拐,一跛一跛的。年龄小些的,瘦得皮包骨头,无精打采。

两名兵士跪在地上,同声说:"拜见军师!"

姜子牙说:"站起回话。我问你们,这两日城中怎样?"

年龄小的答:"可不得了啦!饿死的人,一堆一堆的。那些当兵的也没吃的了。崇侯虎骗大家说,朝歌天子已经派救兵来了,还送来了大批粮草,大家再忍忍就得救了。小人所说,句句实话,望军师开恩,放了我们。"

姜子牙说:"你们不要怕,问话答话,实话实说。我们不会加害于你们的。关于崇侯虎,你们听到什么没有?"

年岁大的说:"禀报军师。我是崇文豹军队的,我实在忍不了饥饿,又惦记郊外的父母,所以才跳城墙的。崇文豹还有点良心，关心我们的死活。他因派人偷粥，被他堂兄崇侯虎重责了五十军棍，打得皮开肉绽。他扬言说，他要带兵反出城外，以报五十军棍之仇。"

姜子牙点点头，又问："你怎么知晓的？"

"我那天给崇文豹送药，在窗下听他对他夫人说的。"

姜子牙点头说："好。谢谢两位。来人，奖些钱财给他们，让他们回家看望亲人去吧。"

那年岁大的兵说得不错，崇文豹挨打后，心中气恼，悄悄对夫人说："我小时连父亲的打都没挨过，今日他竟如此打我，我真想杀了那只狗！"

他骂崇侯虎为狗。

夫人劝他说："我看死守城中，只有一死，不如带兵反出城外，投降那西伯昌算了。"

崇文豹点点头，沉思说："好。让我再想想。"

几天过去了，崇文豹的棍伤渐渐好了，虽然一瘸一拐，但终究能慢慢行走了。他到城中一看，心中急了。这城整个成了死城，到处是饥饿的人群与饿死的尸体。他实在看不下去了，又不愿去找崇侯虎商议，就召集他的一些部下，在南城门楼上商议对策。

面对满面忧愁且已多日没有粮食吃的官兵，他说："目前局势已到了绝境，主公又不管不顾，固执无理，难道我们就白白等死吗？"

一个官员说："昨日主公还讲，朝歌派来的救兵马上就到，也不知是真是假？"

另一官员说："事情倒是真的，但那救兵已被姜子牙灭掉

第三十一回 黑风口申贼丧命 崇国城崇家火并

了。从城外喊话中知道,说是派来了申公豹,申公豹已经死在黑风口了。"

又有一官员叹息说:"我们干脆冲出城去,与姜子牙拼了,或者干脆投降。反正我看这商纣天子也不得人心,快要完了!"

他一起头,竟如同一个火花点燃了干柴一样,大家都异口同声地说:

"对,反了吧!"

"投降就投降,西伯昌很仁义哩!"

崇文豹连忙摆手,说:"小声些,小声些。隔墙有耳啊!"

他们经过一番争议、讨论,决定在三天以后的农历初一夜里子时,开了城门,冲出城外。若能突围,就远走他乡;若不能突围,就投降姬昌。

大家还约定务必保密。

这天晚上,崇文豹吃罢极简单的晚饭后,夫人说:"夫君,我家粮食只能维持三天了。"

崇文豹点点头,说:"凑合几天,我们就冲出城去,能走就走,不能走就降。"

他的话刚说完,忽听门外人声嘈杂,家人喊:

"不好啦!不好啦!"

"主公到!"

"大王到!"

在喊声中,崇侯虎率领上百人,包围了崇文豹的府邸。他冲进院中,直奔内室。

崇文豹迅速将剑握于手中,走出卧室,见门外就站着崇侯虎及其兵马。

崇文豹怒道:"大哥,你干什么?"

崇侯虎斥责道:"不要叫我大哥。我问你,你今日在南城门楼商议什么?"

崇文豹一惊,心想消息既已走漏,不如干脆就打开窗户说亮话:"崇侯虎,实话说吧!我们不打算死守这座城了。你有吃有喝,你再看看百姓、兵士!你已经走到绝路,死到临头,还蛮横什么?"

崇侯虎气得浑身发抖,他从登上王位以来,还从没人敢对他说这样的话。他跺着脚大声喊道:"放肆!我可以立刻处你死刑!"说罢,挥剑朝崇文豹砍来。崇文豹早有防备,立即举剑迎击。二人格斗起来,不分胜负。

崇文豹虽然有伤,但心怀愤恨,那剑出得急,走得快,如一条蛟龙围着崇侯虎转。崇侯虎渐渐抵挡不过了……

崇文豹看到了崇侯虎的一个漏洞,正要举剑刺向他的心脏,忽然跑来几名兵士,大声呼喊:"不好了!主公,不好了!南城门出事了!"

第三十二回 西伯侯乘胜入城
崇国君兵败被杀

　　崇侯虎与崇文豹二人挥剑格斗,你一剑,我一剑,不分胜负。正斗间,有人来报,说南城门出事了,吓了崇侯虎一跳。
　　出了什么事呢?
　　原来,天色渐晚,崇城城内哭声连天,一片惨状。南城门楼的守兵将士只喝了半碗掺树皮的糠粥,个个肚子饿得"咕咕"叫。
　　兵士们骂道:"这日子得熬到哪一天啊!我看到主公家昨日倒掉的垃圾中有许多糕点、熟肉,饥民在抢食争夺,让人心中不平!"
　　他的话刚刚说完,就见城门下西岐兵营燃起了一片火把。闪闪的火把照亮了城门南的空地。原来有一白发老人走在前边,后边跟着一群抬着米粥桶的百姓。
　　他们一点儿一点儿地向城门走来。
　　城上的守将喊:"站住!城下人等,再往前走,我们就开弓放箭了!"
　　城下的白发老人并不在乎,用双手围成一个喇叭形状,靠在嘴上高喊:"城上的崇国将士兵丁,你们听着。我叫鬻熊,今年九十岁了！你们的爷爷也不过就是这个年龄吧！你们难道肯杀死一个九十岁的人吗？"

城上人们听了，都沉默了。

守将想了想，喊："老人家，你要干什么？"

鬻熊一指后边，说："你们看到了吗？都是百姓。是我老朽看到你们没吃没穿，饿死了那么多人，才特地熬了米粥来送给你们吃的。为了救你们一命，我老朽拜会了西岐王，请他们恩准，他们才没有阻拦。"

城上的人都听明白了。

大家议论纷纷，有的说："老人家一片善心，快开城门，放他们进城，我们快饿死了！"

有的说："快去报告主公，请他准许开放城门。"

有的说："这会不会是姜子牙的奸计呀？"

不管人们说什么，有一条是所有人都想的：没有吃的，快饿死了，现在有人送吃的，管他是谁呢！不然就都饿死，既然都是死，还不如放他进来……

人们终于一致起来："放他们进城！"

这时，如果谁敢反对，这些饿得快死的人会一齐上去掐死他。没有人反对，包括守城将军们。

都不知是谁将城门打开了。

人们如潮水般向城门涌去。鬻熊指挥着抬粥的人，将粥抬进门，刚将粥桶放下，城里的兵将百姓就拼命抢粥了。有的趴在桶上就喝，有的用碗舀了就跑，有的用双手捧了一捧就往嘴里送。那粥还热，烫得那些人嘴里起泡，"哇哇"叫着，可仍往肚子里咽……

当有人将南门的事报告给崇侯虎的时候，他愣住了，于是,对着崇文豹喊:"是你们这些叛贼毁了我崇国啊!"

崇文豹啐了口唾沫,说:"呸!你还有脸指责别人?你是什么东西?你跟随无道纣王,勾结奸佞,作恶多端,残害百姓,罪大恶极,百姓哪个不恨你?崇国不是毁在我们手中,是毁在你的手中!"

崇侯虎脸色难看,一会儿红,一会儿白,叹了口气,说:"好了!过去的事不说了。就算我错了。现在,南城门出了事,那里应归你管,你快去看看怎么办吧!"

崇文豹哼了一声,连瞧都不瞧崇侯虎一眼,转身径自向院外走去。就在他转身走了几步的时候,崇侯虎突然跳上去,趁崇文豹没有防备,伸手一剑,狠狠朝崇文豹的后背刺去。

那剑从背后刺穿,直插在崇文豹的心脏上。崇文豹没想到他这堂兄会从背后刺杀他,"啊"的一声,伸手握住了从前胸穿出来的剑尖,"扑通"一声,跌倒在地,然后一口鲜血从口中喷出,喷得好远好远……

崇文豹双目圆睁,瞪着站在他跟前的崇侯虎。

崇侯虎用脚踢了崇文豹一下,命令左右:"将崇文豹全家杀光,一个不留!"

崇侯虎弯腰从崇文豹背上拔出了他的剑,在崇文豹的身上抹了抹剑上的鲜血,回转身来看到奔跑来的崇文豹的夫人。

崇文豹的夫人见丈夫被杀死,跑过来跪在崇文豹的尸首旁,哭诉道:"文豹夫君,你死得好惨啊!"

忽然,她站起身,从旁边一个举着火把的兵士手中夺过火把,向崇侯虎头上打去。

那火燃着了崇侯虎的头发。他吓了一跳,一边拍打着头上的火星,一边骂道:"该死的泼妇,看剑!"

他一剑刺去，那崇文豹的夫人立刻倒在剑下死去了。

崇侯虎疯了似的吩咐说："烧掉这座院子！"

不大工夫，大火熊熊燃烧起来了。红火浓烟在这片房屋上空滚动着，照亮了夜空。滚滚浓烟与熊熊烈火中，传出了悲惨的尖叫声和哭喊声……

姜子牙几万大军早就做好了攻城的准备，只等鬻熊的信号。那信号是将他们手中的火把一齐抛向城外……

现在，城里燃起了熊熊大火。

这是怎么回事？

西伯昌皱起眉头问："哪里来的大火？难道是鬻熊放火烧城？"

姬发摇了摇头，说："千万不能烧城！那就害了百姓呀！"

姜子牙对辜江洋说："辜江洋，迅速前去查明情况！"

辜江洋答应："遵命！"说罢，如箭一般，奔向南城门。

不大工夫，辜江洋回来报告说："禀报军师，那城中大火，南城门的兵士均不知情。鬻熊说，请军师做好准备……"

他的话还没说完，只见南城门里抛出几十支火把。那火把一支接着一支，在黑夜的半空中飞转着……

姜子牙对姬昌说："主公，请击战鼓！"

姬昌点头，举起粗粗的鼓槌在战鼓上敲打起来。他只开了个头，接着几百面战鼓同时在夜空中擂响。

鼓咚咚咚——鼓咚咚咚——

鼓咚咚咚——鼓咚咚咚——

攻城开始了！

第三十二回　西伯侯乘胜入城　崇国君兵败被杀

那崇侯虎满怀仇恨，杀了崇文豹全家，烧了将军府邸，这才想起刚才有人报告的南城门出事的事！

他大声喊："快去南城门！"

还没到南城门，崇侯虎就听到了震耳欲聋的战鼓声。他不大相信自己的耳朵，问："什么声音？"

部下答道："战鼓声音。"

他又问："谁的战鼓？会不会是朝歌的援军？"

部下答道："不知道。"

他们终于来到了南城门前。

这里已经是一片火海。可以看到，崇国军队的将士倒的倒，卧的卧，死的死，伤的伤……到处都是西岐的周兵，他们举着兵器在喊："周兵已经杀进城了！崇军快投降吧——"

辜江洋骑马冲在前边，他传达姜子牙的军令："前边的军士，快去救火！"

他和崇侯虎的马走了个对面。

辜江洋立即认出了崇侯虎，他掉转马头，大声喊："崇侯虎，快下马受降！"

崇侯虎哈哈一笑，说："休要猖狂，看老子剑！"说着，双腿一夹，那马向辜江洋奔来。崇侯虎的剑在空中一抖，说时迟那时快，一个飞燕亮翅，剑尖抖动着直刺辜江洋的喉咙。

辜江洋早已看出了对方的这一手，便举起手中神枪，同样一抖，那枪在夜空中"嗖嗖嗖"画了一个圆圈，只听"当啷啷"一声响，那神枪将崇侯虎的剑挡了回去。

崇侯虎心中说：好厉害的枪法！

他觉得不好，兵败如山倒，三十六计，走为上计，先逃出重围再说。

崇侯虎正要趁机逃跑，一抬头，看到面前有三匹高头大马拦挡。

啊！这是谁？原来是姬昌、姬发、姜子牙。姜子牙大声说："崇侯虎，你下马投降吧！"

崇侯虎愣了一下，拱拱手说："你等胆敢谋反，罪该万死。禀报纣王，绝不会轻饶。今日崇某兵败，也是天意。姬昌，看在旧日情分上，放我走。我到朝歌，可以替你美言几句，免得纣王严惩你。"

姬昌一听，哈哈一笑，说："不是我等谋反，是你为非作歹，亲众叛离。放不放你，问问我的军师吧！"

崇侯虎当真了，说："姜子牙，你一介村野匹夫，竟当了军师，可敬可佩。你闪开，放我走，我在纣王面前可保你做天子的大将军。"

姜子牙哈哈笑着说："放不放你，让我们问问众兵士和百姓吧！"

在一旁的西岐兵士、崇国兵士、众老百姓几乎是异口同声地喊："不同意！"

崇侯虎失望了。他扫视了一下周围，猛地策马飞奔，想冲开人群逃出城去。

可是，众将士与百姓竟不怕那马的踩踏和崇侯虎手中的剑，呼啦啦围了上去，掀翻了他的马，夺去了他手中的剑。人们踩他，捶他，唾他……

崇侯虎终于受到了人们的惩罚：他死了，死于乱军之中。

听到崇侯虎已死，姜子牙感叹地转过头对姬昌说："主公，崇贼已死，请主公回中军帐去吧。"

夜已深了，夜风习习，有些寒意，公子姬发也上前对父亲说:"父王已累,我们回去吧。"

话刚说完,姬昌"啊"了一声,猛地在战马上向前扑倒……

第三十三回 论时势重建都城
说亲情缔结良缘

西岐王姬昌突然在马上向前扑倒，吓了姬发和姜子牙一跳。

姬发忙伸手去扶，问："父王，您怎么了？"

姜子牙从马上跳下来，搀扶着姬昌也从马上下来，让姬昌靠在自己身上，同时伸手去掐他的人中穴位。

姜子牙吩咐侍卫，说："快，抬来担架，抬主公回中军帐。"

侍卫动作麻利，将姬昌抬回中军帐，让他躺下休息。姜子牙摸了姬昌的脉，看了他的舌苔，安慰他说："主公不必着急。近日主公劳累，特别是今日，因外出时间太长，休息不够，又加上天突然寒冷，所以一时晕眩。"

草药煮好，让姬昌喝了药。

姬发轻轻为父王捶着腰背。

姜子牙小声地说："公子多费心照看主公，我暂去崇城安排，就绪后就回来。"

姜子牙看了崇城情况，指定了军队驻扎地，又派专人救济饥民、掩埋死者。到一切料理妥当，已是后半夜了。

第三十三回　论时势重建都城　说亲情缔结良缘

回到营房,看到姬昌醒来,他高兴地说:"主公醒了,太好了!安民告示已经贴了出去。另外,我已经让人去收拾崇王府,明日主公就可以搬过去住。"

姬昌指指床前,轻声说:"师尚父,你也很累了,快坐下休息一下。你的汤药管用,我已经好多了。"

姜子牙坐在床前,望望公子姬发,又望望姬昌,说:"主公,有一事,子牙禀奏主公,公子也应知晓。这就是,崇城修得结实牢固,城中建筑也十分整齐规矩,这周围土地肥沃,民风也不错,更主要的是它靠近东方,守能防,攻可进,所以,我想将周都搬迁至此,有百利而无一害。请主公考虑。"

姬昌听罢,点头说:"师尚父说得有理。发儿,你说呢?"

公子姬发说:"我很同意师尚父的建议。"

姬昌想了想,说:"师尚父自磻溪出山,屡战屡胜,使周国发达扩展,功高如山。可这还不是我的最终目标,我最终是要灭商兴周,行天下仁政。"

姬昌已预感到自己身体不行了。

他对能再活在这世上多少年没有了信心,他甚至想到了,也许今日,也许明日,自己就会突然死去。可他真不愿死啊!

不愿死,他倒不是留恋人间的富贵荣华,他留恋的是他的事业,也就是推翻商纣,建立一个新的朝代。

他想到了死。

想到死,就可能会死。因为他预感到了死的威胁。

他死了,谁来完成他的事业呢?

姜子牙是可信赖的,可他是军师啊!这君主的担子看来是要落在发儿的肩上了。

他有意识地与姜子牙谈话,让发儿听,听人间真谛,听为人之道,听治政要点,听军事征战,听……

当前主要是征战。

姬昌问:"师尚父,关于军事征战,我与发儿都应向你请教学习。请你讲讲,军事征战中主公该怎么做?"

姜子牙笑了,说:"主公所问也是我所思考的,我正在写述一部书,书的名字叫《六韬》。关于君王统帅军队,我认为,君王是军队的主宰,他应该掌握全面情况,而不在于去精通某一项具体技能;他应该能统一调动、调配军事力量,录用人才,取其长避其短。所以,将帅应有七十二人辅佐。"

姬昌问:"七十二人,都是什么人?"

姜子牙说:"心腹一人。心腹之人掌握机密,能协助君王统帅应付突发情况,观察天象,预测祸福,消除灾患;同时,能与主帅互诉肺腑。"

姬发问:"还有呢?"

姜子牙说:"还有谋士五人、地利三人、天文三人、兵法九人、通粮四人、奋威四人、伏旗鼓三人、股肱四人、通材三人、权士三人、耳目七人、爪牙五人、羽翼四人、游士八人、术士二人、方士二人、法算二人。共七十二人。"

姬昌、姬发点头。

姬发想了想,又问:"如何才能当个好的将帅?"

姜子牙说:"这是很不容易的。"

之后,他罗列了将帅应该具备五种美德,克服十种缺点。

五种美德,也就是好的将帅必须具备的:

一勇敢:勇者无惧,故不可犯。

第三十三回 论时势重建都城 说亲情缔结良缘

二智谋：智者不惑，故不可乱。
三仁义：仁者爱人，能得人心。
四信守：信者不欺，故能信服。
五忠诚：忠无二心，故可重任。

做一名合格的将帅，要克服十种缺点。这十种缺点是：

勇猛者轻于死；
暴躁者急于战；
贪婪者好于利；
仁慈者爱姑息；
聪明者易懦弱；
诚信者易轻信；
廉洁者易刻薄；
多谋者易犹豫；
坚强者易刚愎；
懦怯者易依赖。

姜子牙一口气讲了这许多，头头是道，条理清楚，使人信服。

姬昌问："有了这些缺点，怎么克服呢？"

姜子牙想了想，说了克服的办法：

勇而轻死的人，可以用激将法战胜他；
急而心速的人，可以用持久战拖垮他；
贪而好利的人，可以用财物拉拢他；

仁而不忍的人，可胁迫他让他疲惫；

智而心怯的人，可胁迫他让他困窘；

信而喜信的人，可欺骗他让他被动；

廉洁而不爱人的人，可轻侮他让他难堪；

智而心慢的人，可突袭他让他失措；

刚毅而自用的人，可骄纵他让他失误；

懦而又要别人垫背的人，可诓他让他败落。

姬昌靠在枕头上，又问道："如何去考察一个人的好坏呢？"

姜子牙说："可以去识别他们。"

姬昌问："怎样识别？"

姜子牙说："可以用八种方法去检验。"

姬发也问："哪八种？望师尚父讲具体。"

姜子牙喝了口水，沉思了一会儿，说了八种检验人才的办法：

一是提出问题，观察他的知识深浅；

二是用疑难问题追问他，观察他的应变能力；

三是用间谍侦察他，看他是否忠诚；

四是明知故问，看他是否隐瞒，考察其品德；

五是让他管理财物，看他是否廉洁；

六是用女色试他，观察他是否喜爱女色；

七是告知他危难，看他是否勇敢；

八是使他酒醉，看他是否失态。

第三十三回 论时势重建都城 说亲情缔结良缘

姬发刚刚还在给父王捶腿,由于听得专心,他的两只手仍在捶,但没有捶在姬昌的腿上,而是捶在床的边缘上……

砰砰砰……

姬昌问:"什么响?"

姜子牙说:"床的边缘在响。"

姬发摇头说:"不,是父王的腿在响。"

姬昌看了看自己的腿,又看了看床的边缘和发儿的手,笑着问:"我的腿有那么硬?"

这时姬发才低头一看,不禁哈哈大笑起来。姬昌也觉得非常好笑。

姜子牙早就憋着笑,只是忍着。此时见主公与公子都大笑起来,这才也放声大笑,而且还笑出了眼泪!

姬昌望着儿子,目光中充满了希望与期待,希望中又含着深沉的慈爱。他忧虑地说:"做一个君王,难呀!"

姜子牙问:"主公此话指的什么?"

姬昌叹了口气,说:"唉,连婚姻都难。"

姜子牙又问:"主公可以明讲。"

姬昌说:"师尚父啊,你难道还没看到吗?我整日忙于政务国事,发儿的婚事都耽误了。"

姜子牙点点头。

姬昌问:"师尚父,我听发儿讲,你家有个女儿,名叫邑姜?"

姜子牙点头,说:"是的。"

姬昌瞧了姬发一眼,然后将头伸向姜子牙,悄悄在姜子牙耳边说:"我看,发儿挺喜欢你的女儿哩!"

姬昌悄悄说只是走走形式,他是怕儿子不好意思。其实,他的话姬发完全能听得见。

姜子牙斜着眼睛看了看姬发公子。姬发有点害臊,微微低着头。

姜子牙问:"真的?"

姬昌点头:"真的。我不骗你。"

姜子牙绕着弯儿,问:"主公的意思是——"

姬昌哈哈大笑,说:"我们做个亲家吧!你答应不答应?"

姜子牙心想,他当然答应;再说了,不答应恐怕也不行了。可是,他故意说:"此事还须问问我的女儿呀!"

姬昌急了,说:"我是问你答应不答应?至于邑姜,我亲自去问。"

姜子牙故意问:"我要是不答应呢?"

姬昌说:"你要是不答应,我——我——我就让邑姜一辈子不许出嫁——"说罢,大笑起来。

姜子牙也大笑起来。

姬昌笑着,笑着,突然大叫一声,昏死过去。

第三十四回　壮志未酬昌先死
　　　　　　　世子即位发为王

　　姬昌大笑不止，为姜子牙答应将女儿邑姜嫁给自己的儿子姬发高兴。

　　邑姜十分漂亮，也十分懂事，姬昌没有见过，但听儿子姬发讲过。

　　想不到，由于过于激动，他竟昏死了过去。

　　姜子牙连忙将姬昌放平，轻轻按压他的人中穴，直到他慢慢地苏醒过来。

　　他叹气说："主公，你已犯了两次病，要特别小心了。我看，明日就送主公回西岐城，那里的生活环境可能对主公更加适合。"

　　姬昌点了点头，又闭上了眼睛。

　　这一夜，姬昌安然入睡，没有什么异常。第二天天一亮，姜子牙给姬昌服了草药，吃过早饭，就送他起程返回西岐城。

　　那是一辆挺大的车，由三匹马拉着走。车上有篷，可以遮阳挡风。

　　一路上有姬发和侍者照顾，几天后，回到了西岐城，住到宫中，安心养病。

姜子牙留在新都丰京，贴告示，颁法令，丰京城里城外秩序安定，百姓高兴。

他忙了几天，觉得有些累了，便对辜江洋说："江洋，明日我们去看望闳夭将军，他这次受伤太重，不知恢复得怎样了？"

辜江洋点头，说："好的。闳夭将军是一个人才。"

第二天，天刚亮，姜子牙就穿衣起床。他在院中练了功，浑身的疲劳除去了不少。树上一只喜鹊在叫，他走过去，说："你叫什么？难道今日有什么喜事？"

这时，辜江洋来了。

他有些神秘地走到姜子牙身旁，压低声音说："师父——"

姜子牙眨着眼，皱起眉，问："今儿个，你是怎么了？"

辜江洋说："您别急嘛！门外有个女人——"

姜子牙纳闷，问："什么女人？"

辜江洋说："那个女人说找姜子牙。"

姜子牙一惊，问："天下有同名同姓的，她找哪个姜子牙？"

辜江洋说："我问了。她说就找姜尚姜子牙。也就是说找当今周国的军师、师尚父、太公望、姜太公！"

辜江洋一口气说了这么多，"扑哧"笑了。

姜子牙问："有个女人找我？会是谁呢？"

辜江洋说："师父，她说了，她是我的师娘，名字叫作孟玉兰。"

姜子牙这才真正地吃了一惊："孟玉兰？她找我？"

不错，孟玉兰曾经是他的妻子，可那是几十年前的事了。

第三十四回　壮志未酬昌先死　世子即位发为王

他怎会忘记，是她嫌自己穷，决意与他离婚出走的。

他怎会忘记，是她改嫁时，不愿抚养孩子，将邑姜送还给他的。

他怎会忘记，是她说的，她永远不愿再见到他，而且永不后悔！

…………

想起了这些，姜子牙满肚子恼怒。

他对辜江洋说："你去告诉那女人，说姜子牙已经死了。"

辜江洋吃了一惊，说："怎好说死了呢！"

姜子牙说："去，就这么说。"

辜江洋去说了。一会儿回来了，说："师父，她说她不走，她非要见你不可。"

姜子牙叹了口气，想了想，说："好吧，见就见一面吧。"

辜江洋将孟玉兰请到院中，摆了小凳子，让师父和师娘坐下，端上茶水，倒好，说："师娘，请喝水！"

姜子牙瞪了辜江洋一眼，说："你怎么回事，怎么乱叫师娘！"

辜江洋一笑，连忙退了下去。这时院子里只有姜子牙与孟玉兰二人。她老多了，但经精心打扮，显得也还精神。

孟玉兰问："你好吗？"

姜子牙答："还好。"

"听说你当了大官？"

"什么大官小官，我不在乎。"

"你是军师嘛！是周国的三公之一。"

"唉，那有什么！"

"有官，就有钱。"

"什么钱？"

"你发了财呗！"

"没有。我永远发不了财。"

"你还挺虚心的。我知道，你甭想瞒我。你有钱有势。"

"我真不想听这些话。"

"当初你穷，我离开了你，我不对。现在，你当了大官，富了，我想回来。"

"你的丈夫呢？"

"他瘫痪了，整日躺在床上。"

"你该照顾他，不该来找我。"

"不，我是专门来找你的。"

"你想怎么样？"

"我想再嫁给你。"

"那不可能，也不道德。"

"那就看你了！"

"看我？"

"对！"

"那，好吧。你能做到一件事，我就答应。"

"我一定能做到。"

姜子牙叹了口气，冷冷地一笑。那笑是痛心的。他望着碗中的茶水，清清的泛着淡绿。院子那边拴着的他和辜江洋的马，仿佛也在说："你们两个在吵什么？"

姜子牙端起那碗茶水，说："这碗中是什么？"

孟玉兰说："水。"

第三十四回　壮志未酬昌先死　世子即位发为王

"不错，是水。"说罢，便将水泼到马前的土地上。那水在地上湿了一片，渐渐地渗进了地里。

姜子牙望望面前又熟悉又陌生的孟玉兰。孟玉兰也带着无数疑问望着姜子牙。

姜子牙说："请你将刚刚泼出去的水再收回到这碗里。"

孟玉兰皱着眉头说："泼出去的水怎么能再收回呢！"

"你做不到？"

"做不到。你在为难我。"

姜子牙又长长地嘘了一口气，寓意深长地说："泼出去的水不能收回，你我过去分手的婚姻又怎么能收回呢？"

孟玉兰明白了姜子牙的用意，说："你不娶我，我就不走！"

姜子牙说："你不走，我走！"说罢，站起身，回到房中，取出一些银两，放在孟玉兰面前，说："带些钱赶紧回去，照顾你的丈夫去吧。"说罢，招呼辜江洋说："江洋，出发吧。"

辜江洋知道自己帮不上忙，只好骑上马，跟姜子牙一起返回西岐城去看望闳夭将军。

辜江洋跟师父走了一段路，心中总觉不踏实，便找了个借口，说："师父，我忘了带衣服，我回去取。"

姜子牙说："速去速回。"

辜江洋快马加鞭，回到他与姜子牙暂住的院子，抬头一看，吓了一跳：只见孟玉兰已将自己挂在了那棵槐树上，上吊死了。

辜江洋上前喊："师娘！"

孟玉兰气绝身亡，辜江洋忍不住流下泪来。他在孟玉兰的尸体上，盖了一条布单，找来了他熟识的兵士，嘱咐他们将孟玉兰埋在郊外……

辜江洋赶上了姜子牙。姜子牙发觉辜江洋的神色不对，便问："出了什么事？"

辜江洋摇头："没事。"

姜子牙说："你取什么衣服？你骗我。"

辜江洋赌气说："你都让人家上吊了，还说我骗你！"

姜子牙一惊，问："她上吊了？"

辜江洋哭了，抹着眼泪说："人都死了。我让人把她埋葬在郊外。"

姜子牙沉默了。他眼眶里含着泪水，望着背后那远远的地方，默默地说：孟玉兰呀孟玉兰，你为什么这样做啊？我不想有负于人，可今天，你让我有负于你，你将使我的心灵永远不能安宁了！

一路上姜子牙都很少讲话。

到了西岐城，姜子牙来到闳夭的住处，见他已经康复，心中十分高兴，这时脸上才第一次有了笑容。

他嘱咐闳夭："再养一养，养好伤，还有好重的担子要你去挑呢！"

然后，姜子牙又去看望姬昌。

想不到，几日不见，姬昌变了个样。姜子牙已经预感到，他的生命已快走到尽头了。

坐在姬昌跟前的还有姬发、周公旦和召公奭。

姬昌半闭着眼，说："师尚父来了，太好了。我正盼望你到呢。"

姜子牙说："禀奏主公，丰京已经安定，几处工程正在进行。待主公好些，即可搬去住了。"

第三十四回　壮志未酬昌先死　世子即位发为王

姬昌摇头说："不。我可能不行了。我知道，我的列祖列宗已经在召唤我了。我有几句话你们要记住。"

姬发说："父王慢慢讲，我们都听着呢。"

姬昌一字一句地讲道："兴周灭商，一定要东征朝歌，讨伐无道昏君，这是我毕生的愿望。统一天下，一定要实行仁政，万万不可重蹈桀、纣的覆辙。还有，师尚父啊——"

姜子牙说："主公，我在这儿呢。"

姬昌又叫："旦儿——"

周公旦说："父王，我在。"

姬昌又叫："召公奭——"

召公奭说："主公，我也在。"

姬昌声音更微弱了，但能够听清。他说："发儿还年轻。上天的安排啊，让他的哥哥夭折了。现今，我归天后，王位要由发儿继承。你们一定要像帮助我那样，去辅佐他呀！"

众人异口同声答："主公放心。我们虽死不辞，绝无二心！"

姬昌微微笑了，说："那我就放心了！"说罢，就昏迷过去了。从此，他就再也没有醒过来。次日夜，一生坎坷，为政以仁、为人以义的一代文武双全的诸侯王，怀着壮志未酬的遗恨，离开了人间。

周国为他举行了国葬。

姬昌逝去，他的儿子姬发继位为王。姬发为纪念父王，给他谥号为文王，而姬发就是后来的周武王。

周文王、周武王是周朝的开国帝王。

周武王姬发是个孝子。为父王逝世，他悲痛欲绝。姜子牙劝他说："小主公节哀啊！不要伤了身体，有好多事要等着你去做呢!"

　　话刚说完,辜江洋来报告说:"师父,不好了。"

　　姜子牙问:"什么事?"

　　辜江洋道:"丰京来人说,那里打死人了!"

第三十五回　移都丰京正纲纪
　　　　　　　会师孟津大演习

　　辛江洋来报说，丰京出了人命。原来在迁都过程中，周族贵族申己一家搬去了丰京。他们在城东买了一处房产。

　　原房产主人是崇国的投降将领，名叫崇实规。崇实规曾是崇文豹的部下，为人正派厚道，见申己要买房产，就便宜地卖给了他。

　　可当申己搬进去住以后，不但不给钱，还多占地盘，口出污言秽语，骂崇实规说："你是一名降将，该杀的。我大周留住你的狗命就不错了，还要什么钱？"

　　崇实规心中不满，可忍下了。

　　但是，他的儿子崇狮年轻，血气方刚，说："姓申的，你怎么骂人？"

　　申己说："骂你们了，你敢怎样？"

　　崇狮说："你太不讲理了。钱可以不要，但不能侮辱我们！"

　　申己上前，打了崇狮一拳，说："狗东西，骂你？还打你呢！"

　　崇狮被他父亲拉开了。

　　不想，次日一早，申己竟将一盆粪便泼在崇家的门口，使他们无法下脚。

这回崇狮更急了,质问申己:"你欺人太甚了!"

申己说:"欺负你了,你敢杀我吗?"

崇狮脸涨得通红,愣愣地站着,但他心中的怒火在燃烧。那申己上前将一口唾沫喷在崇狮的脸上。

崇狮忍无可忍,弯腰拾起地上的一块带尖儿的石头,猛地向申己头上砸去。

申己当时就脑浆迸裂,一命呜呼了。

这可不得了,被灭的崇国降将之子竟敢杀死胜利之国的贵族,当政者将崇狮抓进了监牢,并判处死刑。

姜子牙了解了事情原委,又听说原崇国百姓纷纷集会,为崇家打抱不平。丰京人群情沸腾,议论纷纷。

姜子牙叫了召公奭一同急驰丰京。他们认为,崇狮杀人,当然有罪。但申己不讲道德,事情是他引起的,也有责任。

召公奭说:"师尚父,你说还要判那崇狮死刑吗?"

姜子牙想了想,说:"可以免死,但刑不可免。"

召公奭点头,说:"好,让他服终身劳役。"

商量以后,召公奭公布了告示,还派人到原崇国民众中去说明理由,那些愤愤不平的人们渐渐安静了下来,说:"姜太公、召公奭办事公平!"

事态平息之后,丰京的几处工程也都完工,武王姬发和众文武大臣、有关人等都搬迁到了丰城。

武王住在经过重修的原崇侯虎的府邸。自继王位以后,他确实显得成熟了。周公旦对姜子牙说:"师尚父,父王在世时,提到我王兄与您女儿邑姜的婚事,我看可以办了。"

姜子牙点头说:"好吧。这事只有烦请周公操劳了。"

周公旦答应说:"全交给我了!"

经过一番操持,武王姬发与邑姜的婚事办得隆重而又俭朴。成婚之后,夫妻恩爱,十分美满。

转眼九年过去了。

一天,武王姬发对姜子牙说:"师尚父,你难道忘了文王的遗嘱吗?"

姜子牙说:"没有。主公的意思是……"

武王姬发激愤地说:"我以为你们都忘了呢!我想了好多日子,我们今日已很强大,该发兵东征,去灭掉商纣了!"

姜子牙说:"主公勿躁,我一定赶紧与周公旦、召公奭一同商议。"

姜子牙与周公旦、召公奭商议后,来向武王姬发禀告:"禀奏主公。我们商议后,以为当今纣王虽不堪一击,但我们面对的是整个天下。众诸侯现在各自为政,强弱不一。为了给东征创造条件,我们可以先做一次大演练,东进到黄河南岸的孟津,观察一下天下的反应。不知主公意下如何?"

武王姬发想了想,说:"好吧。由太公你负责,抓紧时间,不可拖延。"

姜子牙说:"遵旨,主公放心。"

几个月以后,一切都准备好了。夏天,天气炎热,武王姬发传旨:"全军将士一律披麻戴孝,在大军前边竖一牌位,上写'周文王姬昌'字样,以示此次东征是父王统帅,是为了完成父王的遗志。"

全军在军师姜子牙,将军闳夭、南宫适率领下浩浩荡荡地出发了。

武王姬发在后边压阵。他站在战车上，望着自己威武的军队，不禁舒畅地唱道：

军旗招展，
意气飞扬。
巨鹏翱翔，
壮哉周王！

大军先西行，来到毕原（今陕西西安市长安区），在文王姬昌的陵墓前举行了祭奠，然后折返，向着通往商汤朝歌的征途前进。

日行夜宿，大军纪律严明，几天以后，到了孟津。

周王姬发率大军到了孟津的消息，很快传遍了各地，邻近的各部族首领和各诸侯王公都纷纷前来助威。

诸侯们说："周王姬发啊，你的军队真够威武的！打垮商纣没有问题！"

还有的部落首领说："周王仁义，我们都愿跟随你。你渡过黄河去征伐纣王吧，我们与你一同作战！"

这些呼声几乎是一致的，非常强烈。

姜子牙悄悄对武王说："主公，人心所向，你心中有数了吧。"

姬发点点头，说："明日可以演习渡黄河，以试我军实力。"

第二日，天公作美，万里无云，黄河上风平浪静。数万大军聚在黄河南岸。无数条大小船只停放在岸边。

武王姬发下令："开始吧！"

第三十五回　移都丰京正纲纪　会师孟津大演习

姜子牙接着又传令:"东路由将军南宫适率领,中路由闳夭将军率领,西路由辜江洋将军率领。冲上对岸,先到者奖,落伍者罚。出发!"

战鼓齐鸣,大军迅疾地登船。万船齐发,千舟竞渡。

北岸,大军齐列,周武王姬发说:"将士们,我们的祖先对上天是尊崇的。上天已经显示,商纣无道,气数已尽。我们遵照天意,要讨伐无道之君。众诸侯友邻受尽了商纣迫害之苦,征讨之日已到,我们一定要齐心协力才是!"

众将士齐声高呼:"齐心协力!齐心协力!"

武王姬发接着说:"你们向北方看,朝歌就在前方。今天,我们只是演习。等着上天让我们进击的那一天,我们就杀向那里。这一天,很快就会到来的。"

姬发说罢,姜子牙便指挥大军返回黄河以南。命令刚下,忽见几名兵士突然向北飞奔……

辜江洋喊:"站住!那边是商纣管界,危险!"

第三十六回　继遗志誓师东征　坚信心不惧西风

向北飞奔的兵士被辜江洋追了回来。他愤怒地问:"你们是要投降商朝?"

那些兵士摆手摇头说:"不。"

辜江洋问:"那你们要干什么?"

那些人异口同声地说:"我们都是当年从朝歌逃出来的难民。听说现在朝歌混乱,纣王昏庸,我们要回去报仇!"

辜江洋叹气道:"靠你们少数几个人怎能报仇?不要急,主公讲了,时机一到,就会发兵征讨商纣的。"

劝说了好一会儿,那些兵士才回到军中。大军沿原路回到了丰京。接下来,便是加紧训练,补充军备,准备征伐纣王。

西周与众诸侯孟津演练与渡河之举,早有人报告了商纣朝廷。

纣王的叔父箕子大惊,忙将此事禀报纣王,并指出他长此以往,亡日即到。纣王大怒,将他赶出宫中……

纣王的哥哥微子启看到箕子精神失常,流浪街头,心中恼怒,也向纣王进谏。结果,也被纣王骂了一通。他怀着绝望的心情,逃出了朝歌……

第三十六回 继遗志誓师东征 坚信心不惧西风

随着时间的推移,东征灭商的大进军的时机终于来到了。

出发前,武王姬发请太史卜了一卦。他本想能得一吉卦。出人意料,这一卦却是大凶。

姬发大惊,脸上不悦。

姜子牙走上前去,将案上的卜卦用的龟甲、蓍草等,一下子全都用手扫到地下,严肃地说:"枯骨死草,怎么知道我们伐纣之事!照常出征,不要因这些鬼东西,影响我们的正义之举!"

众人听后,觉得有理。

军师的威望,军师入情入理的话,扫去了武王心头的阴影,打消了全军的疑虑。

大军出发了!

这时正值冬季。为什么选冬季进军?姜子牙是这样想的:东征伐纣,必渡黄河。过河需大量船楫,十分费事。冬季出兵,周兵可徒步过河,可以说又省时又省事……

冬日风多。大军刚出发不久,天就阴云密布,西北狂风大作。只听"咔嚓"一声,东征大军的中军大旗旗杆折断了。

在场的人个个大惊失色。大臣散宜生惊恐地问姜子牙:"军师呀,这会不会是不祥之兆?"

姜子牙望望惊恐的人们,大声说:"冬日大风,是正常事。旗杆折断,是旗杆有伤。这有什么?放心地走吧!"

人们听了军师的话,放心地向前进发。这条路因为会师孟津时已经走过,所以非常熟悉。大约十二月初,大军到了黄河南岸。

看,黄河浩浩荡荡的大水,现在变成了白晶晶的平亮如镜的厚冰。大军渡河,竟不费吹灰之力。

第二年的二月初,在一连打了几个小仗后,来到了商纣国都朝歌附近的牧野（今河南汲县）。

这里是一望无际的平原，只是在近处有几个小小的山丘。山丘上树木丛生，姜子牙问辜江洋："看见那一棵高树了吗？"

辜江洋说："看到了。"

姜子牙说："派几名眼力好的兵士，轮流爬上去远望，监视军营周围的动向。"

辜江洋点头："是。"

将武王与众大臣、各诸侯首领的军营一一安置好了以后，姜子牙召集各军将领开会。就在这时，辜江洋前来报告："禀报军师，远处有两个人走来。一个高个子，身穿官服；另一个满头长发，衣服褴褛。"

辜江洋刚刚说完，帐外探子又来禀报："那二人已到我军军营，求见军师。"

姜子牙想了想，自言自语地说："是谁呢？"

然后抬起头，吩咐辜江洋："带他们进来。"

那二人进来了。他们站在军帐当中，呆呆地望着姜子牙。看得出来，他们浑身在发抖。姜子牙认出来了，说："您可是微子启？"

那细高个子连连点头说："是，是。你是姜子牙，神仙呀！我们是见过的。"说着，又指指身旁那个长头发、衣服褴褛的人说："他也是军师见过的。他是我的叔父箕子呀！"

姜子牙感叹地说："哎呀呀！你们二人怎么落到这步田地？快，给两位先生更衣进食！"

辜江洋将他二人领了下去。那箕子走到帐门口，突然大叫："纣王啊！你对不起我呀！瞧，姜子牙来灭你啦——哈哈哈——"笑着，"咕咚"一声，倒在了地上……

第三十七回 太公挥戈周获胜
昏王自焚商灭亡

那箕子精神失常，今日见了姜子牙，胸中郁闷突然爆发出来，大喊大叫，一下子晕了过去。

众人将他抬到浴帐中，替他洗了澡。浑身血脉流通了，箕子这才渐渐醒了过来。

微子启轻轻呼唤他："箕子，你醒醒！睁开眼看看，我们在哪儿？你不用怕了，那纣王不在这里。"

箕子睁开眼，巡视四周，猛地坐了起来，惊讶地问："这是什么地方？"

微子启帮他穿好衣服，说："我们来到了西周姬发、姜子牙的军营，他们驻扎在牧野。"

箕子一下子恢复了过来，说："太好了！我好像做了一场噩梦！"说罢，二人收拾得干干净净，吃好了饭，来拜见姜子牙。

姜子牙说："看见你们两位前来，十分高兴。我想，现在先请两位见见我家主公。"

微子启、箕子连忙说："好，好。"

姜子牙将他们带到武王姬发帐中，微子启与箕子施礼道：

"拜见圣明君主!"

武王姬发连忙迎上去,拉着他们的手,说:"不敢当,不敢当!两位大名,姬发早已闻知,只是未曾得见。今日相会,幸甚幸甚!"

姜子牙笑着说:"他们两位可是仁者,是商汤的王公贵族,是商纣的忠臣。"

微子启不好意思地说:"惭愧,惭愧呀!要说我们叔侄是商汤贵族,这不假。要说是忠臣,实不敢当。所谓忠者,忠于明君,当今纣王昏庸,如若忠君,那实在是该死。我与箕子不忠于昏君,前来周军,是弃暗投明,我们愿忠于像周王这样的明君。"

箕子点头说:"我同意贤侄之言。"

姬发、姜子牙听后都大笑起来。微子启与箕子讲了纣王朝廷的情况,对姬发和姜子牙部署牧野之战极有用处。

他们说,朝歌城民心浮动,人人都盼望正义之师速速到来。

他们说,纣王与妲己荒淫无度,毫无悔过之意。商汤朝纲散乱,已如一盘散沙。

他们说,朝歌城中无大军驻守,闻仲率大军仍在东夷,城中仅有恶来率领的禁卫军。

他们说,朝廷大政掌握在费仲、尤浑等少数奸佞手中,纣王对他们言听计从。

朝歌城内闻知西周讨伐商纣的大军已进驻牧野,满朝惊慌。又传来消息说天子的叔父、兄弟均已逃亡,投降了西周,人心更是惶恐。

第三十七回　太公挥戈周获胜　昏王自焚商灭亡

纣王此时才觉得大难临头了，问妲己："这可如何是好？"

妲己说："实在不行，就投降西周吧，想来他们也不会虐待我们。"

纣王第一次骂道："妇人之见！我堂堂商汤天子，怎能投降！他西周与我商汤有不共戴天之仇，他能饶过你我？你简直是糊涂透顶了！"

妲己遭到辱骂，"呜呜"哭了起来。她不明白，平日爱她宠她的纣王，今日怎会变得这样……

纣王烦躁极了，推开妲己，大步来到大殿。他吩咐道："快召费仲、尤浑、恶来！"

费仲、尤浑、恶来接到圣旨，急速来见纣王。他们跪下施礼说："奉召前来，听候天子吩咐。"

纣王问："你们可知西周姬发和姜子牙率大军已到牧野？"

三人同时答："已经听说。"

纣王骂道："兵临城下，才听说此事？你们失职啊！"

恶来说："微臣已有奏章呈上，陛下未曾看到？"

纣王不说话了。是呀，那些奏章堆积如山，他很少过目。

他叹了口气，心中不由得后悔，但脸上并没有表现出来。

沉吟了一会儿，他说："速派人通知闻仲，率军赶回朝歌。另外，恶来率禁卫精兵先行开拔，在牧野扎营，以阻周军前进。"

恶来答应："遵旨。我这就去。"

费仲灵机一动，出了一个主意："陛下容奏。费仲有良策。"

纣王问："什么良策？快说！"

费仲说："朝歌城中兵将不多，但奴隶、囚徒很多。"

尤浑也说："还有最近押解回来的东夷俘虏。"

纣王皱着眉头问："什么意思？"

费仲兴高采烈地说："将他们组织起来，把兵库打开，发给他们武器，让他们去和西周作战！"

纣王点了点头，说："是个好办法。大约能有多少人？"

费仲算了算，说："能有几十万人。"

纣王笑了，大声说："几十万人？哈哈哈，几十万人！太好了，我有几十万军队，难道还敌不过他西周十几万人马吗？"

纣王下诏：释放所有的奴隶、战俘、囚徒，发给他们各种兵器。

真是奇迹，在几天之内，竟组织起了一支三十万人的军队。

纣王重新披挂上阵。他在战马上巡视，见兵马如潮、甲胄耀眼，不由感叹地说："纣王我不减当年威风！"

两军对垒，已经到了决战的时候。初十是个好日子，姜子牙向纣王下了战表。

这一天，天气晴朗，朔风劲吹，两军阵中军旗招展。此前，姜子牙已得知商军骤增的底细，并报告了武王姬发。姬发说："如何作战，由师尚父定。决战日期不变。"

姜子牙巡视了西周大军，对武王说："万事齐备，主公可以下诏开战了！"

武王姬发命令："我军将士们、友军将士们！讨伐无道昏君、符合天意的战争开始了！勇敢地冲上去，消灭那迫害百姓的禽兽们！"

他擂响了战鼓。

十几万大军如潮水一般杀向纣王的阵营，顿时似地裂山崩、天摇地动……

最大的那辆战车上坐着武王姬发。他旁边是指挥大军的另一战车，正中坐着姜子牙。

他们看到大军如天兵一样，脸上露出了微笑。

猛然间，姜子牙站起身，对武王叫道："主公，快看！"

只见商纣大军的前排兵士突然掉转身去，互相喊着："掉转头去，杀纣报仇——"

天啊！几十万商纣军队倒戈了！他们转回身，向后边的督促他们的禁卫军杀去……

武装起来的奴隶、俘虏、囚徒们，个个奋战，与西周军队一起杀向商纣军队，杀向朝歌。

商纣军队大乱。

恶来死于乱军之中。费仲、尤浑在后边陪着纣王，见大事不妙，飞马逃窜。

西周军队与倒戈大军紧跟着也杀到了朝歌。牧野遍地都是商军尸体，血流成河……

如同丧家之犬的纣王、费仲、尤浑逃回朝歌，正要冲进城门时，道旁突然冲出几个人将他们拦住，大喊："奸贼休逃！"喊罢，便手持兵器，向他们砍来……

原来，这几个人也是被放出来的奴隶。他们拿到了武器后，就躲了起来。现在见商军大败，便想趁机杀贼报仇。

费仲、尤浑均为文官，大喝声中，早已吓得屁滚尿流，跌于马下，当即被这几个人砍死。

纣王见状，心中也恐惧万分。他不敢恋战，急忙策马飞驰，奔回宫中。

妲己正泪流满面地为他担心，见纣王归来，连忙上前询问："大王，战事是胜是负？"

纣王没有好气，说："败了！败得好惨啊！"

妲己又"呜呜"地哭起来，问："那可怎么办呀？他们是不是马上就要杀进来了？"

纣王说："是的，他们马上就会杀进来！天啊，我完了！上天啊，你为什么不保佑我？你为什么这样对待我？"说罢，伏在地上号啕大哭。

妲己爬过去，将纣王揽在怀中，哭着说："天让我们亡，不能不亡。我们是不是自作自受啊？"

她脑子里忽然记起了姜子牙留下的话：

善心勿忘理成章，
恶念初升改衷肠。
有山丛林隐虎豹，
报春自当好阳光。

她突然大笑起来，喊："恶念初升改衷肠——我为什么不改衷肠？我是无辜的，我，我是胡仙儿，一个无辜的姑娘，怎么会落到今日这个地步？哈哈哈——晚了，晚了——"

远处传来了震耳的喊杀声、奔马声、战鼓"咚咚"声……

纣王听到了。他霍地站起身，抱起妲己，奔跑着，上了鹿台。

妲己喊："你要干什么？"

纣王、妲己自焚而死

纣王不说话,将妲己放在鹿台的锦床上。这里有他们欢乐的过去,有他们甜言蜜语的恩爱,也有密谋害人的奸计……

纣王对宫女们喊:"将珠宝都搬到这儿来!快!"

宫女们哭着,搬着……

一位领班说:"启奏大王,珠宝都已搬来。"

纣王愣了一会儿,喊:"滚!你们都滚!"

宫女们失魂落魄地逃离了鹿台。刹那间,这里安静了。

纣王远望蓝天,说:"天啊!你要我死,我只好死了!我不能让敌人杀我。列祖列宗们,我是不是个罪人?我不知道……"

妲己问:"大王,我们怎么办?"

纣王猛回头,说:"死!"

妲己瞪着哭红的双眼,问:"死?"

"不错,死!"说罢,纣王取过火石,打燃了火引。那火从小到大,越烧越猛。

妲己忽然大叫:"我不要死——我不要死——"

纣王一把把她推到床上。

他用火种点燃了帐子、锦被、窗帘、木器、衣物……

在大火的"噼里啪啦"的声响中,传出了凄惨的哭泣声、呻吟声……

大火烧掉了一个时代,烧掉了一个身体魁伟而灵魂丑陋的男人,烧掉了一个随波逐流的、世间少有的、美丽而狠毒的女人……

商朝已经化为灰烬……

尾 声

从成汤灭夏开始,到帝辛纣王自焚,约有六百四十四年的商朝,终于灭亡了,继之的是周朝。

周武王姬发率领大军攻占了朝歌以后,姜子牙忙着整顿秩序,改编倒戈与归降的商军,治理朝政……

姜子牙对武王说:"主公,商朝已灭,这是天意人心。不过,我们对待商朝宗庙还要尊重。"

武王点头,说:"对。你可传令,明日本王就到殷人宗庙祭祀。"

商朝的原大臣以及各路诸侯,见武王祭祀商人宗庙,无不称赞说:"周族仁义,名不虚传。"

又过了几天,武王颁诏,祭天祭地,成为大周天子。他与三公商议以后,为了安定天下、稳定民心,特封纣王的儿子武庚为殷侯,继续治理殷民。为了监视武庚,姬发又把他的三弟管叔鲜封在管国。

接着封五弟蔡叔度于蔡国,封八弟霍叔处于霍国。

他下令恢复微子启的官职。同时,重新安置了箕子,整修了比干的坟墓。

做完了这些事,在姜子牙陪同下,他返回了丰京。不久,又颁诏在距丰京二十五里的沣水东岸,修筑一座规模更宏伟的新都城,起名叫镐京(今陕西西安一带)。

他当然没有忘记功臣们。

功臣中第一名就属姜子牙。武王封他为齐国(今山东临淄一带)王侯。第二人是周公旦,封他为鲁国(今山东曲阜一带)王侯。第三人是召公奭,封他为燕国(今北京一带)王侯。

武王封过王侯,先请三公赴宴。

宴席上,三公向天子武王姬发施君臣之礼,然后祝福,举杯饮酒。

武王说:"灭纣兴周,天意人愿,这自不必说。可是,若无你等三人与众文武大臣相助,哪有今天!现已封三公为王侯,不知满意与否?"

周公旦说:"谢天子厚意。微臣暂不前去属地,仍留于镐京,助天子治理朝政。"

武王点头说:"正合本王意。本王也祈望太公望与召公奭一起留在京城。"

姜子牙沉吟许久,说:"望陛下恕罪,姜子牙已决意赴齐地,治理齐国。"

武王皱着眉问:"不愿留在京城过繁华生活?"

姜子牙摇头:"不。"

武王又问:"难道不愿与本王共理国事?"

姜子牙摇头:"不。"

武王又问:"难道齐地有珍宝、美女?"

姜子牙仍摇头:"不。"

尾 声

武王不明白了，又问："那是为什么呢？"

姜子牙说："我记起了四句话。"

武王问："哪四句话？"

姜子牙深沉地一字一句说了那四句话：

> 善心勿忘理成章，
> 恶念初升改衷肠。
> 有山丛林隐虎豹，
> 报春自当好阳光。

众人听后，都陷入了沉思。

次日，姜子牙叮嘱了两个徒弟，见了女儿一面，告别了周武王，踏上了奔赴齐地的路途。

他带了极少的随身物品。

他带了极少的随行人员。

他上路了，那路向着东方……

战争过去了。战争过后会有和平。他和千千万万的老百姓一样，盼望着这一天。

他想起了那昆仑山上的日子……

他想起了世界上那么多好人……

他想起了在战争中阵亡的将士和逝去的一切……

…………

远处传来了歌声。那是谁唱的？声音是那样苍劲有力：

> 牧野洋洋，
> 檀车煌煌。

> 驷騵彭彭,
> 维师尚父,
> 时维鹰扬。

他问自己：师尚父是我吗？

他热泪盈眶，继而老泪纵横……